五南圖書出版公司 印行

Reflective Writing ————————————

我寫・我思・我在

反思寫作教學的理論與實踐

林文琪————————著

自序
哲學的隱身與登場

（怪獸　孫祖望畫）

　　這張圖是兒子小時候畫的怪獸。

　　在臺灣的學術環境中，「哲學」給人的刻版印象就像是一頭怪獸。學術界的人士覺得哲學工作者總是站在思維的象牙塔中去檢視世界，美其名是要作為社會的良心，批判社會，但卻常以一種高度抽象的語言去做表達，給人一種與群眾隔離的崇高感。而一般人士則對就讀哲學系的人有一種刻版印象：「怪怪的」。在這樣的學術、社會氛圍裡接受哲學教育的過程中，自己也一直在思考，哲學可不可以更親民一點？我可不想當住在閣樓中，從高處冷眼檢視世界的怪人。

　　哲學研究所畢業後，由於所服務的學校沒有人文學院，因此筆者主要在通識教育中心開設哲學課程。為了增加哲學課程的親和力，已盡可能地做了些調整，但總是還會聽到學生對「哲學」課程的回應，認為是：太難、太抽象了等等；甚至為了促進學生思考所用心規劃的提問式教學、操作手冊式的閱讀法及各式書寫作業，也招致學生反映，認為：「作業太多」、「老師以為把我們問倒，她就很厲害！」……。學生對哲學課程的反應，再再呼喚著我必須正視「哲學教學」這件事，必須更用力去思考：如何讓哲學更親民一點，如何可以啟動學生思考哲學問題，而又不會讓學生覺得困難、挫折或害怕？

　　當時適逢教育部推動「通識教育課程計畫」（2003），雖然有不少學者指責教育部用這種競爭型計畫，傷害了大學教育的自由發展，但對筆者而言，這個競爭型的個別型「通識教育課程計畫」反而是開啟個人關心課程發展與改進的關鍵因素。這種開放的課程計畫，讓教師可以依據自己的需求及規劃去提出申請，提供了教師重新檢視自己的課程及教學活動的機會；而為了申請計畫、為了在競爭中脫穎而出，更敦促教師以學生、以他者的視角來對自己的課程及教學實務進行反身性的及批判的思考。記得筆者當時提出申請的第一個課程計畫是「倫理與美學」，這是一門整合中西方哲學理論及傳統禮樂教化的課程，雖然自己覺得很有特色，但卻是申請了三次才通過。面對失敗，不免抱怨審查者看不懂自己的計畫，甚或沒證據地懷疑審查不公，但無論如何，不通過的挫折，讓我開始以第三人稱的態度重新檢視自己的計畫書，思考如何把自己的課程理念、課程規劃說得更清楚一點。而每一次的計畫改寫都經歷了再一次的自我反思，使得自己的課程理念越來越清楚，課程規劃也越來越細緻。這個經驗讓自己明白，教學規劃是另一個專業，為了促進持續地自我改善，除了需要紮實、清楚的認識論或認知心理學的基礎，更需要具備教育領域及課程的相關知識。

曾經有一陣子，自己還笑稱要去報考教育研究所，再讀一個博士。

2006年為了執行「行動／問題解決導向課程計畫」，帶著再學習的心態接觸到「行動研究」的領域，更讓自己有一種相見恨晚的感覺。過去一直狹隘地以為發展「教學專業」應該要去就讀教育研究所，在接觸「行動研究」之後才意識到，原來教師是可以透過記錄及分析自己的教學活動而改善或提升自己的教學，進而發展「教學專業」的個人化知識（personal knowledge）。這個經驗也讓我連結到在哲學領域中所讀到的know that和know how的二類知識，連結到默會知識與知識的轉化等問題領域，這才讓我第一次意識到，原來這些理論都不只是書本上的知識，而是可以轉化為真實的、在自己身上發生的知識創造的行動：作為一個教學實務工作者，可以反省自身的經驗，從自身的經驗中概括出個人化的知識。

透過對「行動研究」書籍、論文的深入研讀，筆者越發覺得「行動研究」根本是一種反思的態度，是一種在自己的工作實務中「做哲學」的活動。筆者以為，不只是教師，學習者也應該抱持行動研究的態度來面對自己的學習；以行動研究的態度面對自己的學習，才能展現學習者的自主性、反身性及自我監控的能力，並在學習中實現「做哲學」的行動，更進而將學習轉化為一種道德上的努力——追求自身的完善。這個經驗讓筆者連結到在博士班時曾選修的杜威哲學專題，這才明白為什麼杜威認為教育是哲學的實踐場，並致力發展「做中學」的教學，而「反思」（reflection）和「感受」（undergoing）更是促進發展的兩個關鍵活動。

在「行動研究」的再學習與實作過程中，筆者發現了一條哲學的隱身與重新登場之路——反思寫作。做為哲學工作者，筆者隱身在醫學大學的通識教育中心，感覺好像遠離了哲學專業學系；但卻可以為醫學大學的學生規劃反思寫作教學，促進學生反思思維的深化，並為他們將來在各自的專業發展中所需的經驗學習做準備；也可以與專業學系教師合作研發臨床

反思、敘事反思、技術反思的教學模組；也因此開始參與以及申請醫學教育研究計畫，發展醫學教育專業的反思與研究工作。一路走來，已超過十多個年頭。很有趣的是，「哲學」之名不見了，但它卻可以隱身在「反思寫作」的教學中，發揮深化教育及學習的功能。更重要的是，隱身在反思寫作中的哲學，不再像是令人望之卻步的怪獸，而成為可以融滲在所有學習活動中，促進自我發展的媒介。

　　基於教育是哲學的實踐之理念，筆者經營反思寫作教學十多年，持續發展寓哲學思維於反思寫作的教學模式。所謂教學相長，在教學的過程中，有幸能得到許多師長、同儕、同學的指正與回饋、建議，讓筆者能從中得到成長與發展。茲將多年來在困頓中發展、成形的教學理念、教學規劃、教學實踐等等經驗與實務整理出版，一者希望保留並展示筆者自我批判與自我轉化的軌跡，二者希望這個哲學隱身與登場之路可以持續發展，也盼望藉此書拋磚引玉，邀請讀者一起參與反思寫作教學的研究與發展，為深化臺灣學生的觀察力、自我覺察力、思維力和感受力的品質而盡一分心力。

林文琪

2019年元月

目錄

前言

在閱讀本書之前，首先邀請讀者把您有關「反思寫作」的經驗或想像「置入括號」中，以利後續可以自我檢視。

> 您有關「反思寫作」的經驗或想像是什麼？您認為「反思」是如何的活動？請寫下來：

　　提到「反思寫作」，不少人第一時間聯想到的可能是中小學時期的作文、心得寫作，或是大學學院內的學術論文寫作，如果這是您心中升起的想法，那麼請擱置這個心理的期待。因為這本書並不是直接有關語文表達及書寫的指導手冊，也不是直接教導您如何進行精緻化地表達自我情感或思想的創作指導，也不會直接提供如何撰寫學術論文的引導，這本書主要是在向讀者提供一種把「反思寫作」當作學習工具的教學（教育與學習）建議，並希望藉此邀請讀者起而行，嘗試把反思寫作融入自己的教學或學習行動中。

　　本書雖然不是直接有關如何寫好文章或學術報告的指導，但是書寫者如果善加利用「反思寫作」這個學習工具來進行自我探索，展開有關自己外在和內在世界的觀察和分析的活動，進而發展出有關世界的理解及自我知識（self-knowledge），將促使作品的內容因為與書寫者的真實經驗有更多的聯結、更具個人化特色、或更具源自內在的問題意識而有深度。[1]

　　教育學者的研究指出，寫作本身是一個反思實踐（reflective practice）的過程，在寫作的行動中我們展開著許多不同形態的反思行動，例如在構成作品的回顧、計畫和修正等行動中展開「行動中的反思」（reflection-in-action）；在作品不斷修正以達到極致的過程中，展開「建構性的反思」（constructive reflection）進行多元觀點的整合；或者投身於「呈現中的反思」（refection-in-presentation），因著書寫方式的不同、書寫者所預設的閱聽之大眾不同，展開著不同形式的反思（Yancey, 1998：200）。

　　方才被您「置入括號」裡有關「反思寫作」及「反思」的前理解，是否出現以上這個寫作觀呢？如果沒有，那麼就請您嘗試改變自己的寫作觀

---

[1] 本書的行文有時會評估前後文的脈絡，用「書寫」這個詞來指稱「寫作」的活動，以避免讀者在閱讀的過程中，僅把「寫作」理解成是寫作文。

來重新理解「反思寫作」；如果答案是有的，也請您調動被「置入括號」中的想法，再仔細思考下面的觀念：

> 寫作不只是把腦中既存的看法或情感概念寫出來，成就一個作品；寫作是一個反思實踐（reflective practice）的過程，我們可以透過寫作的媒介來展開自我紀錄與分析，並藉此以理解、評估和解釋我們所參與的事件和經驗，更進而引發自我轉化與專業發展。

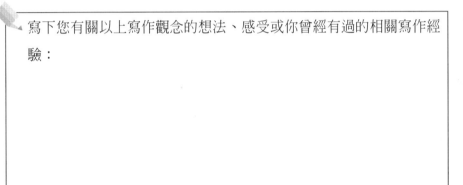

寫下您有關以上寫作觀念的想法、感受或你曾經有過的相關寫作經驗：

這種把寫作當作反思實踐的觀點，寫作的目的不是生產美文的生產技藝，也不是使用符號的符號技藝，更不是用來獲取高分以進入好學校的權力技藝，寫作是一種涉及自我認識與自我關注的自我技藝。也就是說，寫作不

僅是我們反思式的認知之發生過程，寫作本身也是一種自我賦能，透過寫作我們不僅是為了「去看見」，而更是為了讓我們能更有洞察力地去實踐，寫作過程中的每一個步驟都成為一種自我教養的實踐訓練，關涉到我們自身的身體、心靈、思想、行為及存在狀態的改變和發展。

　　本書所介紹的把反思寫作當作學習工具的教學構想與實踐，就是立基作為「自我技術」的寫作觀而發展出來的。無論它是不是您原先「置入括號」內的想法，都邀請您透過本書的閱讀一起思考這種教學如何可能：把「反思寫作」當作學習工具，融入到一般課程、學術寫作或文藝寫作的教學過程或各式的學習活動中，啟動學習者，讓學習者在書寫活動中展開反身指向自己的思考並促進自我的轉化及專業的發展。

　　把「反思寫作」作為一種學習工具，所謂的「工具是一種理論，一項提議，一種推薦的方法或行動的過程」，「他的目的是以某種方式重新理解經驗，從而克服經驗的不均衡、不協調或不一致。」（韓連慶，2010：34）也就是說，作為學習工具的「反思寫作」，關涉到的不僅僅只是「如何書寫」的寫作技巧或寫作方法的問題。教育上的變革固然需要新的技能，新的行為，和新的信念、新的認識，新工具背後的新思維尤其重要，新的思維方式夠幫助我們應付不可知的事物（中央教育科學研究所加拿大多倫多國際學院，2000）。為了協助讀者產生把「反思寫作」當作學習工具的內在動力，為了協助讀者的教學變革成為一種深思熟慮的行動，本書不只是向讀者介紹如何操作反思寫作的方法而已，反而用了比較多的篇幅在向讀者揭示筆者有關反思寫作的思考脈絡及實踐經驗，企圖以此為邀請，邀請讀者在閱讀本書的過程中，同時把您有關反思寫作的想法、感受及經驗「置入括號」，反身思考您自身有關反思寫作的想法、感受及經驗，探索：在您自己的寫作行動中所使用的理論或觀點是什麼？有沒有可能透過核心觀點的改變，引發寫作行動方案的調整，以改善自己寫作的品

質且藉以深化自己的學習。

簡言之，本書著重在邀請讀者一起澄清自己有關「反思寫作」的相關觀念，對「反思寫作」進行後設認知（meta-cognition）的反省，透過對自己思考活動的覺察與知識的討論（Zimmerman, 2002：65）以找到有效的行動策略，將「反思寫作」融入自己各類型的學習或教學行動中；並在反思寫作的實踐中，引發自我轉化（transform）的內在動力，成為主動的學習者或具反思實踐力的教學者。

本書分為二個部分，第一部分基礎篇介紹反思寫作相關理論，第二部分實踐篇是教學實務的介紹。

第一部分基礎篇有關反思寫作理論介紹，主要從認識論的角度去探討反思思維，寫作活動的特性，及反思、寫作與學習的關係；一者希望藉此釐清自己對反思、寫作活動的概念，並尋求理論的依據；再者希望經過理論的說明，有助讀者在探索「反思」、「寫作」是如何的活動時可以參考。作為教師，如果我們不希望自己在教學現場只是傳授整理好的套裝知識，如果我們希望可以透過某些教學規劃來「讓學生學習」，啟動學習者經歷某些心智的練習，而發展出某些智能或素養；那麼我們就應該先針對這些心智活動有所研究與掌握，才能規劃出明確的學習路徑。因此本書第一篇，首先從認識論的角度去探討反思、寫作的心智活動特徵，目的在展現筆者對反思寫作的理解背景。其中除了介紹在知性活動中發揮作用的反思外，並特別介紹了在感性認識活動中發揮作用的反思；筆者也認為，反思在感性認識活動中的作用及相關教學規劃，是值得後續再持續探索與經營發展的教學方向。事實上，筆者已經開始操作立基於具身認知理論的身體技術的反思教學（林文琪，2017），並經營身體學習及身體書寫等教學實務的操作。

第二部分實踐篇，分別介紹三個反思脈絡下的反思寫作教學；所採取

的介紹方式，先從相關的理論的澄清開始，並提出一些比較具體的教學建議，接著介紹筆者規劃的教學方案及實踐經驗。

第一章「反思寫作與自我知識的建構」，分別介紹了親知理論、內感覺理論及理性主義理論三種自我知識的理論，並從中歸結出二種建構自我知識的反思模式：觀察模式與非觀察模式的反思，並分別闡述二種反思模式的認識論特性。所提出協助學習者建構自我知識的教學建議有四：提供非觀察模式的反思訓練；發展觀察模式的反思訓練；建議導向自我解放與自我發展的實踐；以及嘗試因應新時代的教育發展趨勢，採取具身心智理論作為教學設計的理論框架，以發展新的教學規劃。在這個單元中以「古琴與哲學實踐」課程為例──這是一門整合傳統中國的禮樂教化教學構想與現化西方具身認知理論基礎的自我教養課程──說明筆者如何透過反思寫作的融入，發展出「整合知識，感受，行動與存在」四個面向的自我教養課程。

第二章「反思寫作與深思熟慮的思維」，這一章主要介紹杜威的反思思維理論；並特別指出杜威所理解的反思是一種面向情境的具體思維（或稱敘事思維），是一種在懸而未解的情境狀態中發揮作用的探究。立基杜威反思理論上所提出的反思教學建議是：導向面向經驗的雙循環學習，培育學生面對不確定感的耐心及主動探索的熱情，規劃與生活連結的理論學習，融入敘事化的反思教學等。在教學案例的說明中，本章主要介紹了筆者如何在理論課程中融入反思寫作，以協助學習者建立理論與經驗連結的教學規劃。在這個單元中，筆者先介紹八種可供參考的結構化反思框架；進而介紹筆者如何參考結構化的反思框架，規劃適合筆者教學目標的結構化反思寫作表單，以及筆者所發展出的配套教學模組：「反思寫作教學模組」──引導學習者學會如何使用反思這個學習工具，深化自己的反思能力及提升學習成效。本單元所介紹的「反思寫作教學模組」，主要目的是

在引導學習者學會如何使用反思寫作這個學習工具，進行自我導向的學習，強化學習者發展自我提問、自我督導、自我回饋及學伴合作學習的能力。

第三章「反思寫作與行動中的反思」，這一章的理論依據主要分析了尚恩有關「行動中的反思」之研究，並強調「行動中的反思」是指在面對複雜的、不確定的、不穩定的、獨特性和價值衝突的情境中的問題解決過程。也說明了在行動科學探究的問題解決模式中，「行動中的反思」是指重新框定情境及重新設定問題的活動；其內涵是多義的，除了是指在特定的情況或經歷中暫停，以便理解並重新定義情況的「有關行動的反思」（reflection-on-action），還包含「與當下瞬間在一起的反思」（reflection-within-the-moment）和一種「全身心的關注」（mindfulness）的特殊反思。「行動中的反思」作為重新框定情境及重新設定問題的活動，它是一種「與情境的反思性對話」；它是以「欣賞－行動－再欣賞」的方式展開的，其所引發的是感性認識的活動——也就是一種更富細節的觀察，直接的、充分的知覺力或洞察力所形成的感性理解，以及戲劇排演式的具體性的思維。依此理論所提出的教學建議有：導向雙循環學習，重視感性理解力的培養，以及發展行動研究的態度等。在教學實務方面則以「兒童美學」課程為例，說明筆者如何引導學習者以經驗學習的模式來學習理論；以及如何融入反思寫作，引導學習者在學習「美學」（感性認識學）的過程中，進行自己感性認識活動的探索。再透過「以通識教育課程為基礎的服務學習」課程，引導學習者學會如何操作「行動學習」，融入反思寫作及反思會談到行動學習的過程中，去經歷雙循環的學習——在協助特殊兒童畫畫的服務過程中，調整自己說明特殊兒感性認識活動的解釋框架，以利學習者發展教案及改變自我學習的態度。

以下，邀請您一起展開有關反思寫作的探索之旅。

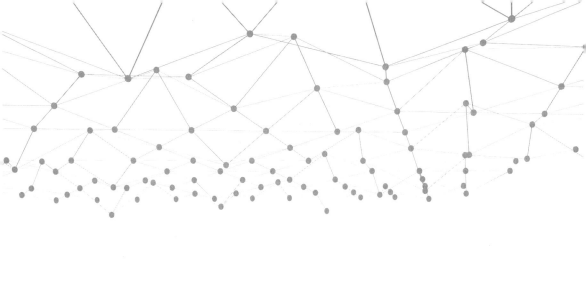

◆ 壹、基礎篇

基本觀念的澄清

　　本篇分就「有關反思」、「有關寫作」、「反思、寫作與學習的關
係」及「有關反思寫作」等四個章節，與讀者一起探索反思寫作相關的基
本觀念。

第一章
有關反思

　　反思（reflection）在日常生活中經常被當作一種思考的活動，尤其是指對某一議題或事件的思考。英文「反思」（reflection）源於拉丁文reflectere，有「反轉」、「後退」（to bend back）的意思，這個字詞被應用在各個領域而有不同的意思，例如在文法中的反身代名詞，如：「我把我自己（myself）準備好，以迎接這個旅程」，即涉及自我指涉的反身性（reflexive）；用於物理學中主要指光、聲音、熱能的「反射」；在心理學中反思是指涉心理意象（mental image）及表象（representation）的心理活動（Valli, 1997：67）等。

　　有關反思的性質及實踐已有很多文獻的討論，但至今有關反思是什麼，仍然少有達成一致同意的見解，甚至有些斷言還是混亂和矛盾的（Ixer, 1999），然而誠如美國心理學家卡爾‧羅杰斯（Carl Ransom Rogers, 1902年-1987年）所說的，反思是一個「複雜、嚴謹、智力和情感的事業，需要時間去好好經營」，他建議教師首先必須對「反思」有深入的探討，才可以更有效地教導、學習、評估、討論和研究反思（Rogers, 2002：845）。為免造成Ixer所說的因為對「反思」的誤解或誤用而引發各種教學實踐上的混亂（Ixer, 1999），我們將首先邀請讀者一起從認識論（epistemology）的立場，探索「反思」是如何的心智（mind）活動，亦即對反思這個心智活動本身進行後設認知（meta-cognition）的探討，覺察發生在自己身上的反思活動並且對它進行知識的討論（Zimmerman,

2002：65）[1]，藉此以澄清和整理自己有關反思的理解，建立有關「反思能做什麼」的操作定義（不是探討「反思是什麼」的本質定義），並持以發展有效的、有關反思的教學、學習、評估、討論和研究的策略及行動。

一、反思作爲意識或認識焦點的反轉：一種自我認識與自我關懷

從認識論的角度而言，扣緊反思作爲「反轉」的意思，它主要是一種「反身朝向觀者自己的意向活動」（倪梁康，2002：18），與這個意義的反思相關之心智活動如：自我反思（self-reflection）、自我覺察（self-awareness）、自我意識（self-consciousness）、內觀（insight、mindsight）等。

反思作爲一種意識或認識焦點的反轉，從朝向外界的意向（intention）轉而爲朝向內界的意向，[2]亦即一種指向自己的心智（mind）、心理（mental state）或意識（consciousness），「認識自己」的活動，在哲學上的「認識自己」不只是一個認識論（epistemology）上的關懷，更是一種存有論（ontology）的關心與運動，一種「關心自己」及「成就自己」的自我教養。法國哲學家傅科（Michel Foucault, 1926年-1984年）指出：「關心自己」不僅只是一種態度；也是某種注意、觀

1　後設認知（meta-cognition）是指：有關個人思考活動的覺察與知識的討論（Zimmerman, 2002：65）。

2　詢問臺灣學生有關「反思」這個心智活動的想像，學生通常會說反思是思考、自我檢視、對過去經驗的反省，還有一個經常出現的想像是「反向思考」。基本上學生對「反向思考」的理解是著重在觀點的轉換上，也就是說換一個與原先觀點相反的觀點去思考的意思，大部分學生並沒有注意到「反向思考」可以是一個認識方向上的反轉，由習慣指向外界的認識轉而朝向內在世界的認識。

看的方式，「關心自己包含有改變他的注意力的意思，而且把注意力由外轉向『內』。……人們必須把注意力從外部、他人和世界等轉向『自己』，關心自己意味著監督我們的所思和所想的方式」（佘碧平，2005：12），也就是說「關心自己」不僅是向內的觀看與注意，同時也一種涉及如何成就自我的存有論運動（ontological movement），一種實踐的關懷。傅科指出在希臘傳統哲學中「關心自己」是「認識自己」的基礎（佘碧平，2005：3-12）。

反思作為一種「反身朝向觀者自己的意向活動」，這種有關自我的認識論（epistemology）是為存有論（ontology）而服務的（Dall'Alba, 2005；Dall'Alba & Barnacle, 2007），立基這種為存有論服務的認識論，在教育與學習上所關心的就不只是學生知道什麼，還要關心他們正在成為什麼樣的人，這種學習不是把知識當作可以在非具身的（disembodied）心靈中積累的資訊，而是被理解為一種具身化知曉的發展（development of embodied ways of knowing），或者換句話說，學習知識就是學習一種「存在的方式」（ways-of-being）（Dall'Alba, 2004, 2005；Dall'Alba & Barnacle, 2007）。與這個意義反思相關的心智活動、心智鍛鍊活動或實踐活動如：作自己作者的能力（self-authorship）、自我轉化（self-transform）、自我發展（self-development）、自我技術（techniques of the self）等。這些概念會在本書後面的章節中討論，在此不多做討論。

二、反思作為「後退」的心智活動：一種批判性的回顧

反思作為一種「後退」的心智活動，是時間的後退，是對於曾經歷事件的「回顧」，它是在心靈、心理或意識中「重構」（reconstruct）或者

說「再現」（represent）過去所曾經歷事件的心智活動。反思的「回顧」有點類似回憶的活動，但它並不是一般生活脈絡中的「回憶」，從認識論的角度而言，它不是中性的再現，而是一種對象化、主題化及具批判性的回顧（倪梁康，2002：19-20）。反思在心智中去「重構」或「再現」經驗事件，作為一種批判性的回顧，不是導向有關外在經驗事件的再現或解釋而已，「反思」的「反轉」作用，讓我們在進行指向外界的認識或思考的同時，也向內覺察到自己的認識或思考，以及思考自己的認識或思考，思考自身「重構」或「再現」經驗事件的心智活動，進而發現其中的主觀性及有限性，並試圖自我超越，試圖找尋其他的觀點及建構其他可能的解釋；為了建構新的理解，我們又返回到直接面對經驗事件的經驗，重新仔細地去檢視事件的細節。與這個意義反思相關的心智活動如：反身性（reflexivity）、批判反思（critical reflection）或反思實踐（reflective practice）。

作為反身性的反思是指「找到我們自己以外的觀點，以更客觀的方式看自己」（Kitchener, 1983），這是一種從自己的觀點或所在情境後退的活動，有足夠的時間以他者的觀點來批判地回顧（look back）我們自己、我們的觀念、我們的假設、我們的文化。學者指出：關注二個或二個以上觀點衝突的地方，將導致個人形成新的理解與成長（Carter & Gradin, 2001：4）。

批判反思一樣是從自己的觀點後退，從他者的觀點來做自我檢視（Brookfield, 1995），但批判反思更強調以自我挑戰的態度來進行更脈絡化和系統化的分析，Mezirow指出：當我們分析和挑戰我們前提假設的有效性，以及評估源自我們脈絡中所得到的知識、理解和信仰的適當性時，批判性的反思就發生了（Mezirow, 1990）。批判性反思不只是分析與挑戰個人前提假設的有效性，也分析與挑戰社會脈絡中隱含的假設

（Silverman & Casazza, 2000：239）。

　　反思實踐是「關於行動的反思能力，能促使我們投入持續學習的過程」（Schon, 1983：102-104），反思實踐是將思想和行動與反思相連結的模式，它包括思考和批判地分析一個人的行動，其目的是為了提高自己的專業實踐。從事反思實踐時通常會要求個人承擔外部觀察者的觀點，以確定其實踐所依據的假設和感受，然後推測這些假設和感受如何影響實踐（Kottkamp, 1990；Osterman, 1990；Peters, 1991；Imel, 1992）；如Eby以為反思實踐是反思、自我覺察（self-awarness）和批判思維的綜合，支持反思實踐的心智技能除了展開一般反思，進行與情境相對立的理解與詮釋外；還包含批判性反思，對自己持以理解現象的假設及所處情境的挑戰；以及自我覺察，展開對當下情境及自我的直覺，一種對情境與自我情感反應的直接掌握（Eby, 2000）。

　　從以上有關反思作為一種「後退」的心智活動的探討可知，反思的「後退」是透過時間的暫停或後退而開出一種觀看及探索的距離，使得我們可以展開對自我或世界的探索，但是一般「反思」所展開的對自我或世界的探索，不只是為了建構再現性的知識或是真理，而是促進我們對自我與世界的解釋與理解，因此我們有時又稱其為「反身性」的思維；而「批判反思」作為對自我或世界的解釋與理解，不只是為了自我理解，更是為了促進個人或社會的改變與發展，在批判反思的脈絡裡反思具有解放（liberating）和賦能（empowerment）的功能。德國哲學家哈伯馬斯（Jürgen Habermas, 1929年-）認為認識的旨趣決定了人的科學活動，他區分三種旨趣以及因之發展出來的知識活動：(1)技術的旨趣，人們試圖通過技術佔有或支配外部世界的旨趣，或是有效地控制自然的過程的旨趣，這種旨趣促進自然科學的發展；(2)實踐的旨趣，一種維護人際間的相互理解以及確保人的共同性之旨趣，這種旨趣促進了精神科學的發展；(3)

解放的旨趣，一種人類對自由、獨立和主體性的旨趣，把「主體從依附於
物件化的力量中解放出來」的旨趣，批判性的學科即是在解放的旨趣上建
立和發展出來的。哈伯馬斯主張自我反思具有解放的力量，把反思當作一
種解放運動（黃瑞祺，1986：167-172）。

　　批判反思的旨趣在於「解放」而不是為了建構再現性的知識或有關世
界的真理，強調人們可以透過洞察（insight）（或稱向內觀看）自身的起
源而獲得解放。早在希臘時期強調認識自我的哲學反思，就不是為了真理
而真理，而是為了達到更好的自我關照，以及隨之而來的社會生活的改善
（彭鋒等，2002：18）。如美國哲學家理查德‧羅蒂（Richard Rorty, 1931
年-2007年）曾指出：哲學的功能不是認識而是教化（edifying）（王俊、
陸月宏，2009：2），傅柯也曾指出：「我們自己的批判本體論當然不應
被視為一種理論，……〔而〕應被視為一種態度、一種精神特質、一種
哲學生活，在這種生活中，對我們之所是的批判，同時也是對於強加於我
們之上的界限與它們可能超越（franchissement）的磨煉（épreuve）的歷
史分析。」（彭鋒等，2002：25）透過對自身限制的起源之反思而獲得解
放，過程中會獲得一種覺醒，如巴西解放教育學家保羅‧弗雷勒（Paulo
Freire, 1921年-1997年）所說的，這種覺醒：「並不會導致人們『毀滅
性的狂亂』。相反地，它會使人們以負責任之主體的身分進入歷史過程
中，覺醒可以幫助人們尋求自我的肯定而避免盲從。」（方永泉，2003：
68）。

　　反思作為「後退」的心智活動，不僅僅是透過時間的中斷或退後來做
自我與情境的檢視，反思所追求的不是脫離情境的抽象，而是為了解釋與
理解，為了獲得不同的解釋與理解，它同時還是一個「返回」直接面對自
己及情境的活動，反思是在懸而未解的情境中，往返於自我與經驗世界之
間的連結活動。

三、反思的兩面性：在懸而未解的情境中往返於自我與經驗世界之間的連結活動

　　反思這個心智活動，無論作為一種「反身朝向觀者自己的意向活動」的「反轉」，或是作為一種的批判性回顧的「後退」，都不是導向脫離情境的認識或思考，基本上反思是在懸而未解的情境中，往返來回於自我與經驗世界之間進行連結的心智活動，它是具有兩面性，也就是說它既是指向主體的意向，又同時是向外在情境開放的。

　　有關反思的兩面性，可以參考德國哲學家康德（Immanuel Kant, 1724年-1804年）對反思判斷的分析。康德在《純粹理性批判》中指出：

> 反思〔übedegung〕（reflexio）並不與對象本身相關，以便
> 徑直從它們獲得概念，相反，它是心靈的一種狀態，我們在這種
> 狀態中首先要發現使我們能夠到達概念的諸般主觀條件。反思是
> 被給予的表象與我們不同的知識來源的關係的意識，惟有通過
> 這種意識，各種知識來源的相互關係才能夠得到正確的規定。
> （李秋零，2013a：208-209）

康德以為反思是反身指向主體自身的一種意識活動，它雖然不是直接指向外部對象，形成再現性認識或理解的活動，但它卻是指向外部對象形成再現性認識或理解活動所以可能的基礎，反思作為意向主體的意識活動，在再現性的認識或理解的過程中擔負什麼功能呢？康德區分二種判斷，一種是決定（或稱規定）判斷力（determinative judgment），一種是反思判斷力（reflective judgment）。

一般判斷力是把特殊的東西當做包含在普遍的東西之下、來對它進行思維的能力。如果普遍的東西（規則、原則、法則）被給予了，那麼，把特殊的東西歸攝在普遍的東西之下的判斷力（即使它作爲先驗的判斷力先天地指明了諸條件，惟有依據這些條件才能被歸攝在那種普遍的東西之下）就是規定性的。但如果只有特殊的東西被給與了，判斷力必須爲此找到普遍的東西，那麼，這種判斷力就純然是反思性的。（李秋零，2013b：188-189）

在我們進行指向外部對象，展開再現性的認識或理解的活動時，我們會需要一些內在的知性範疇或普遍的規則等來整理所接收到的感性雜多，康德指出如果普遍規則已被給與了，那麼把特殊的東西納入普遍規則下的思維活動就是叫做「決定判斷」。然而在進行判斷時，若只有特殊的東西被給與了，而普遍規則是尚未確定的，那麼我們就需要讓「反思判斷」先行，指向心靈，去找尋適當的知性範疇或普遍規則，這個在特殊的東西中去找尋普遍律則的思維活動就是「反思判斷」。

反思作爲一種思維活動，即是這個指向自己的心智去尋找適當的知性範疇或普遍規則的反思判斷，它是在做決定判斷之前，當普遍規則尚未確定時，當一切懸而未決時，認識主體反身指向自身心智去找尋適當的知性範疇或普遍規則的心智活動；此時所進行的反思，不只有反身指向自己的心智，同時也是向經驗情境開放的，隨時保持回到直接面對被給與的、特殊的事物狀態，去確認所選擇的知性範疇或普遍規則是否適合特殊的事物。反思判斷就是來回在面向自己心靈去尋找適當的知性範疇，與面向特殊的經驗世界去做確認之間展開的思維活動。

四、反思作為一種經驗探索的心智活動：導向新的知性認識和感性認識

承接前面康德對決定判斷和反思判斷的區分，我們可以知道經由反思思維，可以導向知性的決定判斷活動以形成有關經驗世界的理解，但知性的理解並不是認識活動的最後完成，事實上，在反思思維的作用下也可能導向直接面對對象的感性認識與理解，展開一種所謂欣賞（appreciations）或感受（feeling）的認識活動。感性認識論（Aesthetics，大部分中文翻譯為「美學」）的研究指出，透過感受來完成的直接面對對象的感性認識，與前反思的直接性不同，它因為與個人的連結更多，因而比知性認識更為有深度（Dufrenne, 1973：374）。

英國教育學者Moon（1999：94-95）曾指出：一般在討論什麼是反思時，大多數的學者比較側重在知性面向的探討，忽略反思與情緒、感受等感性認識活動面向的連結，但Boud、Keogh與Walker等學者（1985a, 1985b）、Mezior（1990）及Korthagen（1993）等是少數例外的學者。Boud等學者對反思的定義如下：

> 反思是一個有關知性和感性活動的通用術語，反思是在知性和感性的活動中，個人為了導致新的理解和欣賞（appreciations）所從事的經驗探索。（Boud, Keogh, and Walker, 1985b：19）

引文明白地指出反思所進行的經驗探索是為了獲得新的理解及新的欣賞，也就是說反思對於經驗的探索不僅僅導向知性的認識，也可能導向感性認識。

　　Boud等學者雖然重視感受（feeling），但是他們對感受的重視其目的在於「利用積極的感受」和「消除消極的阻礙感受」來促進學習的清晰度（Boud et al., 1985b）。Michelson認為這依然是屈從於理性化知性認識的解釋，也就是說Boud等學者是為了理性的明晰才去「重視」或「清除」感受，這與把情感和感覺當作是知識的重要來源而去擁抱感性認識的進路有所不同（Michelson, 1996）。

　　一般而言，強調經驗中反思的學者會展現重視反思與感性認識面向連結的傾向，如美國哲學家及教育學家杜威（John Dewey, 1859年-1952年）所強調的做中學，不僅只是重視在實作中的反思而已，且重視實作中的「感受」（undergoing），他認為實作中的「感受」使得經驗中的實作不會淪為機械地反應，而成為「一個經驗」，是實作中的「感受」（undergoing）讓我們的經驗具有統一性（Dewey, 1958）。

　　加拿大教育學者Max Van Manen（1942年-）區分遠離情境的反思（或問題解決性的反思）與在經驗中展開的具體思維，他認為在經驗中展開的具體思維有別於與對象相對立的反思，它是「充滿智慧的」（thought-full）及機智的（tactful）。所謂的機智（tact）是指「包含著敏感性，一種全身心的、審美的感知能力」（李樹英，2001：165），它不僅只是一種認識，更是一種行動，一種「全身心投入的敏感的實踐」（李樹英，2001：168）。德國哲學家伽達默爾（Hans-Georg Gadamer, 1900年-2002年）將機智理解為「一種對情境的特殊敏感性並且知道在其中如何表現」（Gadamer, 1975：17）。Max Van Manen認為教育實踐中的智慧性教育行動（thoughtful pedagogical action），「多數情況下既不是習慣性的也不是解決問題型的，它也不僅僅是智力方面的，也不僅僅是身體方面的，既不是慎思意義上的純粹反思，也不完全是自發的或任意的行動。……智慧性行動（thoughtful action）與反思性行動（reflective action）的區分在於前

者以智慧的方式對它的行為關注，而不是從情境撤出來反思各種辦法和行動後果。」（李樹英，2001：146）。

美國當代教育家、哲學家尙恩（Donald A. Schon, 1930年-1997年）則稱在經驗中展開的具體思維爲「行動中的反思」（reflection in action），尙恩透過案例的考察與分析，探討這種在「實踐中的認識」是如何運作的，建立有關「實踐中的認識」之模式，指出：實踐者是透過一系列的「欣賞—行動—再欣賞」的過程循環來進行問題設定過程中的評估實驗（夏林清，2004）。

近來越來越多的神經科學及具身認知的研究，重視思維與情感或情緒的關聯，指出無論是實踐推理或理論推理，都是自主情緒系統延伸進化而來的，情緒是推理過程中的一個組成部分，在推理過程中也扮演著不同的角色（Damasio, 1999；Edelman & Tononi, 2000；Lakoff & Johnson, 1999），立基這些研究，學者們開始呼籲要認眞思考反思與情感的關聯，如Zull（2002）即呼籲：反思作爲一種尋求連結的心智活動，可以讓我們與感官經驗有更好的連結，因此如果我們想要促進深入的學習，必須認眞思考情緒的作用（p. 167），也有教育學者開始重視「通過講故事學習」的敘事化反思教學，把講故事的技藝與反思和學習相關聯，認爲我們是透過講故事來創造意義，甚至進行反思實踐（McDrury & Alterio, 2002；Mattingly, 1991）。

五、導向感性認識的反思

過往經驗學習的論述中，反思主要被理解和強調其認知的面向（Sodhi, 2006），其主導的假設是「理性認知的思想在認識論上是優於具身的（embodied），興趣的，經驗的知識」（Cooper, 2005：42），在這

假設下，反思被當作爲一種純粹的認知的運作，使得人類經驗和意識的豐富和複雜性被排除在知識創造之外。在具身化認知發展的思潮下，立基身體哲學和具身化認知的研究，研究反思的學者們也開始重視感性認識作爲人類知識的根源性地位，並重新思考「反思」在這個新的理論框中的作用（Jordi, 2011）。

隨著學界對人類感性認識和具身化認知的研究發展，開啓了有關反思與感性認識連結的關注，然則作爲感性認識的「欣賞」是什麼樣的心智活動？而反思作爲一種獲致欣賞的探索又是如何的心智活動呢？以下將針對這些問題進行簡單的闡述，以喚起讀者的注意與重視。

有關感性認識活動的討論，基本上是哲學領域中美學或感性認識學（Aesthetics）研究的主題，在此提醒讀者千萬不要因爲Aesthetics這個學科的中文名通常習慣被翻譯成「美學」，就直觀地以爲它只是一門研究「美是什麼」的學科而已，事實上現代「美學」研究的主題非常的廣泛，如可以研究藝術家的創作活動；藝術品本身的存在；審美欣賞；描述、解釋及評價藝術品相關的概念及藝術的社會功能等等（劉昌元，1994：3-6）。但回到18世紀中葉，西方美學之父鮑姆嘉通（Alexander Baumgarten, 1714年-1762年）將「美學」（Aesthetics）定義爲「研究感性認識的學科」（簡明等，1987：13），「美學」（Aesthetics）學科之名的確立，是承接哲學認識論研究的脈絡而來的，反轉當時以知性認識爲主的研究，開啓了有關感性認識的研究。

對於感性認識有不同的名稱，或稱之爲「欣賞」（appreciate），「一種理解與享受——掌握表現形式、風格與精妙的氣氛」（王柯平等，2006：33），或稱之爲感受（percipience或feeling），一種「敏感而具有情感色彩的感受」（王柯平等，2006：33）。英國美學家Harold Osborne（1905年-1987年）透過對藝術經驗的反省指出，欣賞是一種認

識，一種直接的、充分的知覺力或洞察力，也就是審美知覺（aesthetic perception）。這種認識並不僅限於在藝術領域中，而是可以在不同的生活領域中發揮作用的，只是因為藝術是感性認識的高度發展，因此學者在研究時通常會以藝術經驗為例子去做討論。感性認識的特色是，它首先要求我們把注意力集中於眼前的對象，直到對象的所有特質依照它們各自的強度一目了然地呈顯於我眼前（王柯平等，2006：48）。美國藝術教育學者Elliot W. Eisner（1933年-2014年）指出，所謂的欣賞是「能夠看、感受到微妙複雜或重要的事物」，它是需要鍛鍊和需要累積豐富的相關經驗，要能「欣賞、感知特定的事物，需要喚起感官記憶，例如，要培養品酒能力，需要品嚐大量的酒，學會分辨酒的特質，同時從味覺記憶（甚至嗅覺及視覺記憶）中回想起其他酒的特質。」（陳禎祥、陳碧珠，2008：222）。

所謂的感性認識（或稱欣賞或感受）不只是憑藉各種感官來支配各種訊息而已，也不是前反思階段對事物的直接感受，而是立基知性認識的基礎，更進一步深入地「理解」他人或世界的一種認識能力；這種感性的理解力或認識能力，不只是推理、判斷或理論分析的理解力，而是一種具身化的（embodied）認識，是以身體為媒介「把整個存在都帶進去的相通（communion）行為」（Dufrenne, 1973：406）。透過這種把整個存在都帶進去的感性認識能力或感性的理解力，我們把對象當作是一個有內在生命的、有深度的存在，所企圖掌握的是對象的內在生命或情感狀態。

透過感性認識我們究竟如何掌握對象的內在生命或情感狀態呢？當然不能只是進行主客對立式的觀察，法國哲學家杜夫海納（Mikel Dufrenne, 1910年-1995年）指出，「只有通過參與，也就是說，我們一定要同化（identify）對象，才能在我們身上發現對象具以成為自身的那種運動（movement）。」（Dufrenne, 1973：394），亦即調整自己的存在使之與

對象保持同一（identity）的狀態，與之同頻共震：與對象保持共同存在（consubstantiality）的關係；並且我要能感受到我與對象有一種親緣關係（affinity），至少間接地經歷對象的內在活動過程，且我要在我身上遭遇到一種與對象相互關聯的感覺（a sense of complicity）（Dufrenne, 1973：394-395）。若能做到這樣，我們即可以掌握對象的內在生命或存在的必然性，不過這時對象內在生命，不是被觀察到的，而是在我們反身覺察自己時，從自己身上去覺察到的（Dufrenne, 1973：396）。Dufrenne指出「這種存在的必然性不能從外部去認識，如果我能向它開放的話，它只能在我身上被體驗到（experienced）。……但我必須在自己身上認出它來」（Dufrenne, 1973：396）。

為了引發以上這種對事物的欣賞或感性認識，需要二種反思伴發其中，一種是與對象相對立的（separate us from the objects）反思，一種是與對象相依附（adherent或譯伴隨）的反思，或稱共感反思（sympathetic reflection）（Dufrenne, 1973：392-393）。與對象相對立的反思，就是前述的知性活動中的反思，把自己與對象相對立，對它進行批判性的考察，這種反思可以讓我們看清對象，但這種反思是透過分析對象，把對象納到自己的認識結構中去理解，並沒有深入對象內部（Dufrenne, 1973：388-389）。與對象相依附的反思（或稱共感反思），「是一種信任的和熱情的注意（attention）」（Dufrenne, 1973：395），我們通過這種注意，我使自己與對象成為共同存在的關係，而且在自身中充滿著對象，對象因熟悉而明確了，而因為我的認識、因為更深地與我自己結合，所以我的認識也深化了（Dufrenne, 1973：395）。

簡言之，透過欣賞或感性認識，我們可以掌握與理解對象的內在生命、內在必然性或情感狀態，為了解讀對象的內在生命、內在必然性或情感狀態，需要啟動我們的感受（feeling）。杜夫海納指出「感受的兩極都

是被反思包圍的──爲感受作準備的反思和認可感受的反思」（Dufrenne,
1973：416），這裡爲感受作準備的反思和認可感受的反思，主要是指共
感反思，共感反思一方面爲感受的發生作預備，且當感受發生時，也因爲
伴發的共感反思使得我們可以在脫離感受狀態後，仍可以回顧當時發生在
我們身上的體驗，而不會成爲心醉神迷的狀態。

　　在我們參與世界互動的過程中，無論是與對象相對立的反思或是與
對象相依附的共感反思，二者都是同樣重要的。與對象相對立的反思，
協助我們讓我們看清對象的外觀，並就該對象與其他對象的關係進行反
思，以形成知性的理解；而共感反思則是將我們拉回到對象面前，並引生
感受（feeling）：一種清醒的、進入對象深處的感受。透過共感反思，我
們不是把對象納到我們的認知結構中，讓對象服從我，相反的，是我服
從對象，聽任對象把它的意義放置在我的身上。在與對象相依附的共感
反思中，我們不是把對象當作物，而是視之爲有內在性的準主體或主體
（Dufrenne, 1973：392），我們調整自己的存在使之與對象保持相當同一
的狀態，並且反身在自己身上去覺察到對象據以成爲他自身的內在生命或
情感狀態。

　　基本上感性認識與理性認識是我們與世界交往互動，二個不容忽略的
面向。與對象相對立的反思主要導向知性的理解。而共感反思則是一種爲
引生欣賞或感受的感性認識之探索，它是爲感性認識作準備的反思，讓我
們不斷地返回直接面對世界的狀態，對經驗世界中的人事物展開更有細節
的觀察，進而引生掌握人事物的內在生命及情感的感受力；共感反思也是
認可感性認識的反思，讓我們進行反身的覺察，對自身在情境中發生的具
身認知或情感展開更敏銳的自我覺察。這些感性認識的結果，累積成爲我
們據以在經驗世界中展開行動實踐的經驗資料庫，成爲具體思維的材料，
也是建立人類社會情感連結的基礎。

　　以上是現象學美學家有關感性認識及引生感性認識的共感反思之研究，其他領域的學者也有涉及感性認識的研究，只是所使用的學術語言不同。如教育學者Max Van Manen有關教育實踐的研究指出，在教育實踐中有一種共感的理解（sympathic understanding）（李樹英，2001：129-130），就是美學研究中所謂的審美知覺（aesthetic perception），Max Van Manen將引發共感理解的特殊反思稱之為mindfulness，他認為mindfulness與行動中的反思（reflection in action）不同，Max Van Manen以為行動中的反思仍然是有時間的間隔，而mindfulness作為一種特殊的反思，是在瞬間行動中發生和完成的「全身心的關注」（李樹英，2001：135）。

　　Mindfulness作為一種特殊反思，中文或翻譯成「正念」或「覺照」，Daniel J. Siegel指出覺照作為對當下身心經驗豐富性的關注，包含以「以好奇、開放與接納的特定方式，面對當下的經驗」，以及「對注意加以調節，使其維持在即時的經驗上，讓人得以更深刻認知當下的心理事件」（李淑珺，2011：336-337）。kabat-Zinn認為：「覺照的操作型定義是：在當下刻意集中注意力，不加評斷地專注每一時刻所發生的經驗」，其主要內涵有：刻意的（on purpose）、活在當下（in the present moment）、不加評斷（non-judgmentally）。覺照會「導致心靈從理論、態度和抽象反回到經驗情境本身」，以一種初始者心靈、充滿好奇的、放棄成見的方式來審視經驗情境，避免為偏見和成見所限，避免視若無睹的粗心大意（李淑珺，2011：35）。覺照作為一種特殊反思，強調的是對情境的開放與注意，以及對自己的身心歷程進行第一人稱式的直接覺察的「後設認知」（李淑珺，2011：37）。

　　共感反思（sympathetic reflection）與Carl Rogers所謂的「移情的反思（empathetic reflection）不同，共感（sympathy）是高於移情（empathy）的活動。移情是in-feelings，以觀察者的態度，把自己放到另外一個人的

位置上去，感受到自己好像進入到他人的經驗之中，但卻仍然與對方的情感保持中立。共感則是with-feelings，設身處地生活在對方式的世界中，或者說他人已經活在我的世界裡，我認識到他人的經驗是一種人的可能經驗，因而也是我自己可能的經驗（李樹英，2001：129-130）。「移情的反思（empathetic reflection）比較接近與對象相對立的反思，它可以發生在共感反思（sympathetic reflection）覺察到發生在自己身上的感受之後，一種非當下的，以主客對立的方式，對曾發生的感受的回憶式探索。事實上當我們引發感性認識的探索時，除了需要啓動與對象相依附的共感反思，也需要啓動與對象相對立的反思。

為了增進教學者理解感性認識面向中的反思是如何運作的，也可以參考其他學者的研究，如德國哲學家Hermann Schmitz有關身體知覺（embodied perception）的研究、美國具身認知哲學暨心理治療學家Eugene T. Gendlin所提出的深感（felt sense）與聚焦（focusing），Michael Polanyi的默會知曉（tacit knowing）等，都值得讀者去做進一步的探索，以精進有關感性認識的教學。

六、小結

從以上的討論可知，反思這個心智活動，不僅是針對某個議題的思考；也可以是一個反身指向自己，「認識自我」，檢視自己，形成自我知識（self-knowledge）的活動；反思也可以是人們「關心自我」，建構自我的自我技術（technology of the self）；反思更是與我們透過自我分析來理解、評估和解釋我們所參與的事件和經驗，以形成新的洞見、個人理解、知識和行動的過程。

在懸而未解的情境中進行探索的反思，由於其「回反」的作用，將我們有關外界或內界的探索導向不是以建立真理為目的知識活動，而是導向

一種不斷地與過去及自我連結的理解性或解釋性的探索，透過對曾發生事件的回顧與檢視（含描述、分析、解釋及指向未來規劃等），引發新的理解，並影響未來的行動。而其對自身的探索也不只是為了建立自我知識，而是一種自我批判與後設認知的反思，旨在發現自身的限制，並不斷地自我超越，追求新的觀點、新的理解，更進而將後設認知的反思導向一種自我轉化（self-transform）的反思，如此反思也可以是一種自我解放（self-liberation）與自我賦能（self-empowerment）的活動。

在懸而未解的情境中進行探索的反思具有兩面性，讓我們「反身」指向自己的內在時，同時是向外界開放的；讓我們透過時間後退的「回反」去重構事件時，並指向未來。反思作為尋求連結的心智活動，它不只是導向知性的理解，也可以導向把整個存在都帶進去的感性理解，去認識與理解對象的內在生命及情感狀態。

反思的探索不僅促進知性和感性活動的發展，反思也是我們整合過去、活在當下及朝向未來的生存活動，透過反思的進行，不僅建構著我們自己的內在性，讓我們成為一個有內心生活（inner life）的人，透過反思也讓我們感受到：我們能將自身統一起來，而且能不受時間之流的限制，但又能忠於回憶和展望而建立新的時間，透過反思的進行，我們讓自己成為一種有深度的存在（Dufrenne, 1973：400）。

反思這個心智活動是如此的複雜，讀者在走向反思的教學實踐之前，不能不先對反思展開後設認知的探索，覺察並討論這個發生在你我身上的反思活動，澄清與整理自己所認為的反思是如何運作的，確立自己在反思教學實踐中所意圖引發的是如何運作的反思，讀者如果在這個問題上有所不明，則需透過閱讀，做再一步的後設認知探究，以確立要自己要教什麼？學習什麼？再去思考如何教？如何學？如何評量？相關教學實踐問題，將在本書第二部分中討論。

第二章

有關寫作

　　寫作（或稱書寫）是人類有意識地使用文字媒介來記錄資訊、表達意向的活動（維基百科，書寫，2017），然而寫作並不只是把腦中的想法、感受或事件寫下來而已，1970年代以來，西方文學理論興起了一種重視書寫與思維關係的思潮，視每一次的書寫都是重新思考（reconceptualize）或重新敘述（re-narrate），從而引發寫作教學觀的改變，造成「作文課程的本質徹底更新了，寫一篇作文不再是把腦中既存的看法記下來，寫一篇大綱也不再是濃縮資料，列舉呈現而已，改寫（edit）更不是文字的潤飾、篇章的移位；事實上，在寫作過程中的每一步驟都牽涉到觀點的改變，思考的重塑。」（何春蕤，1990：77）寫作與人類認識、思考及學習活動的關聯受到重視。

一、寫作創造了一種反思式的認知形態

　　加拿大教育學者Max Van Manen（1942年-）從詮釋現象學的立場探討寫作的活動，指出寫作是一種方法，一種人文學科的根本研究方法，或者說研究本身即是一種寫作的活動，寫作創造了一種反思式的認知形態，在反思與行動之間創造了距離與張力。Max Van Manen（高淑清、連雅惠、林月琴，2004）指出：

　　　　寫作將想法定著在紙上。它試圖將內在感知外在化；它試

圖將我們生活世界的一些生活即刻性暫時的分離出來。當我們瞪
著寫作的紙，且瞪著我們的書寫時，我們客觀性想法便回瞪過
來。因之，寫作創造反思式的認知形態，這或許可以創造我們對
於社會科學的理論態度。人文科學研究的目標在本質上常是語言
學的：讓我們生活世界或生活經驗的某些層面，透過反思更令
人了解並充滿智慧。研究者認知到研究的語言性質提出必要的
提醒：「寫！」人文科學研究需要對寫作有所承諾。但是寫作
對人文科學研究者而言，不能只是附帶的活動。……寫作是一
種方法，去問人文科學的研究方法，就是去問寫作的性質是什
麼……。（p.154-155）

寫作，作為認知結果向書面言語的轉化，是認知結果的具體化和客觀表
現，透過寫作把所知寫下來，我們才能知曉我們知道什麼；然而在我們寫
下什麼時，寫作同時創造了一種「反思式的認知」——亦即以上引文所描
述的「當我們瞪著寫作的紙，且瞪著我們的書寫時，我們客觀性想法便回
瞪過來」——也就是說當我們把認知的結果寫下來時，透過寫作不僅讓我
們更容易看到我們自身，而且我們在寫作的活動中進行著反身式的思考，
我們以自己以外的觀點來檢視自己，思考著：自己所寫下來的文本是否符
合所知的事物？自己的行動是否可以做得更好？是否有其他的理解或其他
的可能性等問題。在進行這種反身性的思考時，我們經歷著反思的兩面
性：我們一方面把我們拉回到直接面對所知的經驗或事物，重新在所知事
物與自己所寫出的文本之間來回檢視，以重新確認我們所知；另一方面我
們也在這種反身性思考中面對自己，讓自己也成為問題，把經驗中的主體
轉化為反思知覺的客體，聚焦在自己身上，進行著自我檢視與探索。

　　簡單地說，寫作創造了一種反思式的認知：(1)寫作將我們與所知的

事物分離，抽離視為理所當然的事物，重新確認它，這種重新確認讓我們更貼近所知事物。(2)寫作讓我們與生活世界產生距離，企圖去形成經驗的抽象結構，在寫作中發生的客觀性要求，促使我們展開反思，在寫作中所引發的反思，反而讓我們重新面對生活世界，拉近自己與生活世界的距離，而且把經驗中的主體也轉化為反思知覺的客體，展開自我聚焦的關注（高淑清、連雅惠、林月琴，2004：156-157）。

　　在寫作中所創造的反思式認知，不只是與生活世界產生距離，去形成經驗的抽象結構，由於反思的兩面性，反而引發了重新面對生活世界的活動。有關生活實踐中的反思式寫作，讓我們暫時產生去脈絡化的想法，創造對行動的理解，但這個對行動的理解並不是導向去脈絡化的探索，在反思思維中，有關行動的理解反而是返回到經驗脈絡中，影響我們接下來的實踐。透過寫作具體化我們對行動的理解，這個被書寫下來的文本，雖然是生活經驗的抽象化，但這個被寫下來的文本，卻成為一種獨立的存在，而且比真實世界更具有說服力、更能令人感動，且引發了更深層的連結與理解，促成更具洞察力的實踐（高淑清、連雅惠、林月琴，2004：158-159）。

二、寫作是一種自我賦能、自我生成的實踐

　　寫作不僅在認識方法論上為我們創造反思式的認知形態，讓我們有更具洞察力的實踐，而且「寫作是一種自我形構或形成的過程。」（高淑清、連雅惠、林月琴，2004：155）也就是說，書寫作為一種生產的活動，不僅生產文本，而且生產自我。Max Van Manen指出：

　　　　真正的寫作，是創作的過程，是權威的運用：作者形塑我
　　們個人存有的一種權利。寫作使我們增權並蘊含知識的能力，

使我們更能夠扮演或理解將日常生活的表演或戲碼化爲行動。

（高淑清、連雅惠、林月琴，2004：160）

寫作不僅只是一種反思式的認知，而且是一種自我賦能，透過寫作我們不僅是「去看見」，而且是爲了讓我們更有洞察力地去實踐，寫作被視爲是身體力行的修身實踐訓練。

　　至少在西元1-2世紀時，西方人就已經把寫作視爲一種修身訓練了（佘碧平，2005：373）。法國哲學家傅科（Michel Foucault, 1926年-1984年）的研究指出，在斯多葛學派中閱讀，寫作，再閱讀曾寫過的東西，是一組相關聯的準身體訓練（佘碧平，2005：374-375），其中所謂的「閱讀」並不是去探問文本要表達什麼，而是「主體通過思想置身某種處境中的一種訓練」（佘碧平，2005：373），這個訓練包含「佔有思想的訓練」和「形成認同的體驗」二個方面：(1)佔有思想的訓練，不是努力去詢問文本要表達什麼，也不是去理解注解的意義，而是在閱讀的時候說服自己以下列的方式去理解文本：

　　　　一方面認爲它是眞的，另一方面又能夠不斷地說出它，而且一旦這種思想必然出現時，就立即說出來它來。因此，這就使得這種眞理是以一旦有需要就能記起來的方式被銘刻在精神之中的，也即把它掌握在自己手中……並立即作爲一種行爲原則的方式。這種佔有就在於讓我們從這種眞實的東西出發而成爲了思考眞理的主體，並從這種思考眞理的主體進一步成爲一個舉止得體的主體。（佘碧平，2005：372）

佔有思想的訓練，是讓自己成爲思考眞理的主體以及依照眞理而行的主

體。(2)形成認同的體驗，「不是有關思想及其內涵的訓練，而是主體通過思想置身某種處境之中的一種訓練。」（佘碧平，2005：373），亦即根據所思考的對象來訓練自己，調整自己的存在，使自己進入所閱讀文本的世界中，讓自己的思考狀態與文本世界所展現的思考維持同一的狀態。例如思考死亡的訓練，是「通過思想，讓自己置身某個正要死去的，或將要死亡的，或餘日不多的人的處境中。因此，思考不是主體與其思想的互動，……而是思想對主體自身的作用。這樣，通過思想，人成為了正在死亡或即將死去的人。」（佘碧平，2005：371-372）。在這個形成認同的體驗中，參與佔有思想的訓練的人，需要啟動本書前面所提到的「共感反思」，在自己身上去覺察及認可發生在自己身上的狀態──「正在死亡或即將死去的人」的狀態。

　　閱讀後的寫作，是把從別人那兒聽來或看來的東西轉化為自己所佔有的訓練。寫作是為己的活動，寫作幫我們把思想對象扎根於靈魂中、身體中，使之成為一種身體的習慣或身體的潛能（佘碧平，2005：374），所以為了控制思想，為了使思想成為自己的，為了自己能再閱讀自己所寫的東西，我們就得寫作（佘碧平，2005：375）。通過寫作我們進行自我關注和自我訓練與發展，傅科把這種與自我關注和自我教養有關的寫作當作一種「自我技術」，視寫作具有形塑性格（ethopoietic）的功能（汪民安，2015：225）。寫作也是為他人的，寫作不僅是自我對話，寫作預設了讀者，通信類的寫作更是為他人而寫的，傅科指出在寫作中人們進行著「靈魂的互惠，……人們彼此在對方邁向善和自身的路上互助，……相互交流有關自身的情況，了解對方的靈魂有何變化」（佘碧平，2005：375），在德行上較進步的人給另一個人提出建議，他人可以借由閱讀而引發佔有思想的訓練和形成認同的體驗；而在寫下建議的同時，也為自己記住了真理，也給了自己建議，以便可以再閱讀。總之，寫作不僅是一種

自我關注的活動，也是關注他人的活動。

三、小結

簡言之，本書邀請讀者正視寫作與人類認識、思考、學習及生命發展的關聯性。(1)寫作活動本身作為一種認識和思考方法，它創造了一種反思式的認知形態，因為寫作的活動在反思與行動之間創造了距離與張力，讓我們得以與生活世界產生距離，並且據此去發現經驗的結構及創造意義，這種意義的創造又影響了我們接下來的行動。(2)寫作不僅在認識方法論上為我們創造反思式的認知形態，而且「寫作是一種自我形構或形成的過程」。寫作作為一種自我賦能的實踐行動，意謂透過書寫，我們不僅生產文本，具體化我們對生活的理解；而且寫作本身也是一種自我教養的實踐行動，在其中我們不僅透過寫作的活動訓練與發展自己，成為我們自己生命意義的「作者」，展現「做自己作者的能力」（self-authorship）。所謂「做自己作者的能力」（self-authorship）是「定義自己的信念、同一性（身分）和社會關係的內在能力」（Magolda, 2008：269）。這個構成內在同一性的「做自己作者的能力」（self-authorship），「它可以協調，整合，行動，或創造價值，信仰，信念，概括，理想，抽象，人際忠誠和內在狀態。」「做自己作者的能力」（self-authorship）的運作，使得內在自我的同一性的不再是由他們所創作，而是由自己主動創造，並從而獲得了個人的肯認。（Kegan, 1994：185）。

第三章
反思、寫作與學習的關係

前面分別簡要介紹了「寫作」與「反思」二個活動，在以上的說明中可以發現：「寫作」與「反思」除了與我們理解世界、掌握意義及知識的創造有關外，也與我們的自我認識和自我教養有關。接下來我們要在前兩章的分析說明的基礎上，進一步探索反思、寫作與學習的關係。

一、反思提供有利學習展開的條件

把反思融入學生學習中是現在教育的趨勢，但反思究竟與學習有什麼關係呢？有關這個問題的研究很多，可以參考Jennifer A. Moon的著作（Moon, 1999）。Moon整理歸納相關的文獻資料指出：就反思的心智活動特性而言，反思提供了一些有利學習活動展開的條件（Moon, 2001：7），如：

- 反思減慢了學習活動，給與學習者處理學習材料的時間，並把它與以前的想法聯繫起來。研究顯示當教師在演講中的停頓，這個「等待的時間」使學生能夠更好地學習。（Tobin, 1987）。
- 反思能夠更強化學習者關於學習材料的「所有權」（ownership），使之更具個人化意義，並提高他們對個人化意義的掌握（Rogers, 1969），提高學生在學習中的「聲音」

（Elbow, 1981）。

- 反思活動透過鼓勵後設認知的方式來支援學習，所謂後設認知是指對自己認知功能的覺察，有研究證明，優秀的學習者比較差的學習者有更好的後設認知過程（Ertmer & Newby, 1996），支援學習者覺察他們學習過程的技術學習方案，似乎比那些只專注於技術本身的方案更成功（Main, 1985）。
- 鼓勵學生反思，在某種意義上，我們是在挑戰他們的學習。有證據表明，通過挑戰學習者，可以提高他們的認知能力（King & Kitchener, 1994）。

就反思的心智活動特性而言，確實有利學習的展開，或有學者認為反思是學習的內在本質，它不是簡單的內省，而是一種深思熟慮的、有序的、結構化的智力活動（Bolton, 2001）。

二、反思促進學習的深化

不僅反思的心智特性有利於學習的展開，而且反思也是促進學習深化的關鍵要素。以下將分別說明什麼是深度的學習，以及反思如何促進學習的深化。

（一）什麼是深度的學習

Marton與其同事於1976年提出了深度學習的概念，並借助實驗推展深度學習的研究。他們首先經由學生的深度訪談發現，大學生在學習期間的學習觀主要在以下六個學習概念之間移動（Marton & Säljö, 1984）。其間Säljö（1979）先提出了前五種不同的學習觀：(1)知識量的增加，(2)記

憶，(3)獲得有利後續可以使用的事實或方法等，(4)意義的抽象，(5)旨在理解現實的解釋過程；後來又增加了(6)個人發展。Marton與其同事後來將這六個學習觀，概括爲：(1)知識量的增加，(2)記憶和儲存，(3)應用，(4)理解，(5)以不同的觀點看，(6)成爲一個人（Marton, Dall'Alba, & Beaty, 1993：283-284）。

　　基本上，學習觀和學習方法有著密切的相關性（Van Rossum & Schenk, 1984），學習者所持有的學習觀，作爲學習者的學習意圖，是決定學習行爲深淺的一個重要因素（Marton & Säljö, 1976；Säljö, 1979），相應這六個逐步深化的學習觀，導向不同深淺程度的學習行爲取向，前三個學習觀所導向的是表面的學習（surface learnig），而後三個是導向深度的學習（deep learnig）（Marton & Säljö, 1984）。圖式化表述如下：

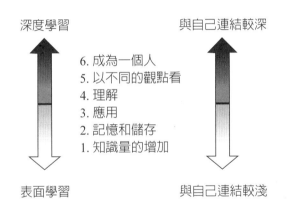

圖1　學習觀、學習深度與自我連結關係示意圖

前三個學習觀認爲：學習只是獲取更多知識或技能；或學習只是去記住所學的知識或技能；或學習只是去獲取知識或技能並在未來去做運用，持這三種學習觀者在學習過程中只是意圖去記憶材料、應用材料，並不試著透過與以前的觀念或其他領域的解釋結合來理解學習的材料，所表現的學習

行為是表面學習的取向。後三個學習觀認為：學習是意義的抽象、旨在理解現實的解釋過程或個人發展，持這三個學習觀者，將會表現深度的學習行為，意圖去理解學習材料的意義，主動將所學的材料整合到他自己先前的觀念和前理解中，且盡可能地思考和改變他的理解，提出深思熟慮及整合過的新的觀念等（Marton & Säljö, 1976）。

從Marton與其同事的研究可知，所謂深度的學習行為取向，主要特徵為能將所學與個人過去原有的經驗或知識結構相連結，展開知識或技能的內化、展開理解與意義的創造；並將所學的知識或技能遷移到未來，成為我們面對真實情境的基礎，成為我們持以理解現實、做出決策及解決問題的基礎。這時所學的知識或技能，將在與情境的互動過程中展開不斷的轉化過程；最終視學習是一種自我發展的活動，學習者轉而以成就自我為目的，這種學習觀認為學習不只是為了獲取知識、理解知識或運用知識以解決自己所處情境的問題而已；更進而把知識或技能的學習當作一種自我教養、自我賦能、自我生成和自我認同的活動。

在此要特別提醒讀者，當我們在教學上企圖「深化」學習時，所謂的「深化」是指要啟動學習者以下的身心活動：(1)與自己過去的經驗相連結，亦即展開行動後的反思（reflection-on-action）。所謂的「深度是發生於我們對過去的使用之中」（Dufrenne, 1973：400），深度是在我們把所學與過去已建立起來的認知結構、信仰系統或行動系統相連結的活動中生成的，它是在反思中出現和發展的。(2)整合現在走向未來，亦即展開行動前的反思（reflection-for-action）。我們是在整合現在走向未來的反思中而有深度的，一種觀念當它決定一整套智力系統時，或者一種情緒當它渲染許多思想或引起眾多行為時都是有深度的（Dufrenne, 1973：403）。(3)呈現於當下並自我覺察，亦即展開行動中的反思（reflection-in-action）或覺照（mindfulness）。我們也是因為呈現於當下並自我覺察而有深度

的、流逝的瞬時，所以有深度是因為我完全呈現於它之中，並加以確認，它成為我身上的過去，成為我今後之所是的一個根源。呈現於當下，就是要把自己集中起來，變得能有內心生活（inner life），帶著自己的過去，呈現於現在，並朝向未來，獲得一種與自己的親和關係（intimacy）（Dufrenne, 1973：400）。但所謂把自己集中起來並不是進入唯我的世界，而是向情境開放的，所謂的開放，不只是意向某個對象而已，而是參與到整個情境中，我們「把自己置於整個存在都有感覺的水平中，使自身集中起來並介入進去」（Dufrenne, 1973：403），引發一種「把整個存在都帶進去的相通行為」（Dufrenne, 1973：400），這時學習者所引發的是自我轉化與自我生成的存有論運動，而不只是知識的獲取而已。

（二）反思促進深度學習的湧現

　　無論是深度或表面的學習，都只是一種學習活動的取向，並不是學習者穩定不變的特質，也就是說「深度學習應該是從感知、整合和行動中湧現出來」（Zull, 2002：17）的學習行動或狀態，它是由整體複雜的因素決定的，包含：(1)學生相關因素，如能力；(2)教學相關因素，如課程、教學方法和考核方式；和(3)學習方法等，所有這些因素相互影響，形成一個互動式系統（Biggs, 1993b）。然則學習者要做什麼才能展現深度的學習狀態呢？學者們有不同的建議，據英國教育學者Steve Draper（2013）的整理，認為有以下幾點：

- 把你的內容整理成一個連貫的整體（Ramsden, 1988）。
- 有決心實現，理解和從事學術工作。
- 試圖發展一些固有的好奇心的主題；想想你可能會對個人感興趣，或者理論如何適用於每一天的體驗。

- 考慮到你的評估答案，並把來自不同領域的想法結合在一起。
- 試圖發展一些你想學習的背景知識（Biggs, 1999；Entwistle, 1988；Ramsden, 1992）。
- 將新的知識，概念和原理鏈接到該背景知識上！建立聯繫；將想法聯繫起來並尋找模式（Pask, 1976, 1988）。
- 批判性地分析新的想法（Matron & Säljö, 1976）。
- 監視你自己理解的發展，反思和評估你的工作（Entwistle, McCure, & Walker, 2000）。

以上林林總總有關學習者要做什麼才能讓深度學習狀態湧現的建議，究其根本而言就是要「反思」自己的學習經驗。Marton與其同事即曾明白地指出，表面學習取向的問題之一就是缺乏積極和反思的態度（Marton & Säljö, 1984）；Moon（1999）也曾指出，表面學習的定義特徵之一就是它不涉及反思（p. 123）。

Moon利用表面學習和深度學習的框架，指出要如何反思才能促進深度學習的出現。Moon（1999）區分由表面學習到深度學習為五個層次如下：

1. 注意（Noticing）

這是從學習材料中獲得感覺材料（sensory data）的親知階段，學習材料的再現是以背誦的方式被記起來，相當於Marton模式(1)知識量的增加及(2)記憶知識。相關的學習議題如：

- 為了明天的考試，我將把它記在心裡。
- 我只注意我所需要的訊息。
- 我此刻焦慮的是：考試將近，我不能把這些筆記全記起來。

- 我以前有看過這個，對於這些東西我覺得很無聊，而且我不打
  算被這東西打擾。

（Moon, 1999：139、141）

2. 掌握表面意思（Making sense）

　　這個層次學習材料以內在融貫的方式被知覺到，但不涉及與學習者先前的理解相整合，只與材料本身相關聯，像拼圖玩具一樣被拼在一起。相當於Marton模式的(3)應用知識，相關的學習議題如：

- 這些材料有道理嗎？
- 為了這個考試我只需要把盡可能多的事實證據死記硬塞進腦子
  裡就好了。
- 這個化學複合物在這個群體中發揮作用或其他群體。
- 為了有效解決這個問題，我認為我們的事實證據是足夠的了。
- 處理這東西的意思像在做十字填字遊戲。

（Moon, 1999：139、142）

3. 生產意義（Making meaning）

　　生產意義是深度學習的開始。升級到這個階段，學習者持續與學習到材料直接接觸，但因已超越原先給與的感覺材料，連結到學習者的認知結構中，學習者將合理地、適當地學習到材料，以及能解讀材料的詮釋性要素，學習材料已取得認知結構中的合法地位。雖然已連結到一個認知模式，但覺得仍需更進一步的理解。這相當於Marton模式的(4)理解知識，相關的學習議題如：

- 這個觀念與去年我們課程中所關心的觀念如何相應。
- 哦，現在你已告訴我：你懂了。
- 所以，根據這些理由，我可以知道在這裡我該怎做了。
- 這與我持續思考中的東西有關。
- 我現在知道這系列結果背後的理由了。
- 我正試著持續思考這東西。

（Moon, 1999：139、143）

4. 加工意義（Working with meaning）

　　加工意義是認知結構更進一步調整的階段，學習者擔負知識管家的工作，思考超越事物，直到獲得更進一步的意義或解釋，或者朝向某個目的去組織我們的理解，使我們的理解呈現不同的樣態。學習者不需與原初的學習材料接觸，原初學習材料已納入學習者的認知結構中，學習者回頭沉浸到外部資源中以獲得更多資訊，或者去檢視細節，但在這個階段中與意義一起工作的過程，將由來自持續學習中形成的所累積的觀念來主導，所以反思扮演重要角色（Moon, 1999：139-140）。相當於Marton模式的(5)理解現實的解釋，相關的學習議題如：

- 把這些觀念組織起來，我認為我可以有效呈現這個論證。
- 為了適當地批判，我需要分析它真正在說什麼。
- 讓我以這方式整理出我的思想，然後我將給你一個答案。
- 從每件事中得出建議，以作為自己下一個行為的依據。
- 我正在思考如何呈現我的理念好讓他們可以理解。

（Moon, 1999：145）

5. 轉化學習（Transformative learning）

　　轉化學習與前階段在性質上沒有很大的差異，主要是比前一階段更複雜，學習關涉到更大規模認知結構的調整，且學習者展示出他們可以評估他們的參考框架、知識的性質以及認知的過程。學習者是主動積極的，而且他們的理念是可以從討論中及環境中而獲得他人的檢驗。這相當於Marton模式的(6)自我發展。相關的學習議題如下：

- 我知道我的觀點是基於過去而來，現在我正重新考慮這個情境。
- 助教告訴我的東西，幫我以全新的眼光來看這件事。
- 我的看法已改了，且我對我們的進路是批判的，讓我解釋爲什麼。
- 這些日子以來，我研究細節，現在我立基原則來防衛我的立場。

（Moon, 1999：146）

　　以Marton及Moon有關學習深淺模型爲框架，我們可以發現，所謂的「有深度」都不是知識量的多少，也不是記憶背誦，也不只是簡單地理解或應用知識而已，而是如何在學習過程中，將所學習的材料與自己的認知結構相連結，而反思的主要作用就是在於把所學的與自己的認知結構連結起來。就學習逐步深化的過程而言，如果我們要讓我們的學習「升級」，我們可以回到第二層次掌握表面意思（making sense）階段，透過反思再次處理這些學習材料，將其與自己先前的理解或認知結構相連結，去理解學習材料，如此學習即可以升級爲第三層次生產意義（making meaning）的學習；若學習者再進一步去進行反身性的反思、批判性的反思或後設

認知的反思，促進理解的改變，提出更具深思熟慮及整合過的新的觀念，創造個人化的知識或理解，就可以再上升到學習的第四層次——加工意義（working with meaning）的學習；再進而展開自我作者身分（self-authorship）反思或自我轉化的反思，則學習可以再進階升級爲第五層次——轉化學習（transformative learning）。轉化學習基本上與前一層次差不多，只是這個層次的學習關涉到更大規模認知結構的調整，同時學習者也必須展示出他們可以評估自己的參考框架、知識的性質以及認知的過程，獲得一種源自自己內在的根源性意義，最終視學習是一種自我發展的活動，因此學習者轉而以成就自我爲目的。也就是說這種學習觀認爲學習不只爲了獲取知識、理解知識或運用知識以解決自己所處情境的問題而已，更進而把知識或技能的學習當作一種自我教養、自我賦能、自我生成和自我認同的活動。

在這個過程中促進學習深化的反思，或稱之爲反身性思考、批判反思、反思實踐、後設認知的反思、自我作者身分的反思、自我轉化的反思等，相應不同層次的學習需要引發不同類型或層次的反思。

三、促進學習深化的反思類型

在學習的過程中，學習者可以選擇融入反思，也可以選擇不融入反思。不融入反思的學習，或稱之爲「非反思的學習」（non-reflective learning），是一種「發生在行動情境中展開的學習，在其中默會地被提出的理論及實際有效的訴求，是在未經推論考慮就被天眞地視爲理所當然和被接受或拒絕。」（Habermas, 1976：16）這種學習所導向的是表面的學習取向。學習過程中融入反思，是促進學習深化的關鍵，相應不同深度的學習，也有不同類型或層次的反思，如Grossman（2009）曾提出反思由

淺到深的四個層次如下：內容本位反思（content-based reflection）、後設認知反思（metacognitive reflection）、自我作者身份反思（self-authorship reflection）、轉化的和了然於心的反思（transformative reflection and intensive reflection）。

　　茲將這四個層次的反思，與Marton的學習觀層次、Moon的學習層次的深淺等彼此相對應的狀況，整理如下表，並加以分項說明：

表1　Marton、Moon、Grossman反思層次比較

Marton學習觀層次	Moon學習層次	Grossman反思層次	相關的反思活動
知識量的增加	注意	—	不反思
記憶與儲存	注意	—	不反思
應用	掌握表面意思	—	不反思
理解	生產意義	• 內容本位反思	• 反思
以不同的觀點看	加工意義	• 內容本位反思 • 後設認知反思	• 自我反思 • 反身性思考 • 批判性反思 • 反思實踐
個人發展	轉化學習	• 後設認知反思 • 自我作者身份反思 • 轉化和了然於心的反思	

註：林文琪（2019）整理。
資料來源："Knowledge about learning," by F. Marton, G. Dall'Alba, & E. Beaty, 1993, *International Journal of Educational Research, 46,* 4-11; *Reflection in Learning and Professional Development* (p.139-145), by J. Moon, 1999, London: Kogan Page；"Structures for facilitating student reflection," by R. Grossman, 2009, *College Teaching, 57*(1), 15-22.

1.內容本位反思

　　內容本位反思是有關學習材料內容的反思，學習者若不反思，只是意圖去記憶材料、應用材料，並不試著透過與以前的觀念或其他領域的解釋結合來理解學習的材料，那麼所表現的只是表面學習的取向。當學習者開

始針對學習主題展開內容本位的反思，主要是要開始進行意義的抽象，意圖去理解學習材料的意義，主動將所學與個人過去原有的經驗或知識結構相連結，將所學整合到自己先前的觀念和前理解中，亦即展開Moon所說的第三層次生產意義（making meaning）或Marton所說的意義抽象、理解現實的初階深度學習。

2. 後設認知的反思

「後設認知」是「關於認知現象的知識和認知」，亦即能覺察、思考和理解自己的認知歷程，甚至能去監控、調整自己的認知歷程（Flavell, 1981），也就是說進行「後設認知」的反思時，我們不僅對外在事物進行覺察、思考和理解的認知活動，而且「回返」自身，認知自己的認知，反身覺察、思考和理解發生在自己身上的認知現象，並監控和調整自己的認知歷程（覺察、思考和理解的歷程）。後設認知反思包含對「個體所知道的」、「當下所進行的」或「目前所處的認知或情意狀態」的覺察、認知、思考和監控（Hacker, 1998），後設認知反思，將會導致個人形成新的理解與成長，有利Marton前述第五、六層次的學習觀及行為的發展，透過後設認知的反思，會促進對現實的理解之學習行為及個人發展等深度學習的取向。

3. 自我作者身分反思

這是進一步將學習從以理解現實為目的，轉向批判性的「自我認識」與自我理解，進而發展「做自己作者的能力」（self-authorship）[1]，創造

1　self-authorship是一個複雜的概念，本書為了理解的方便，行文的順暢，在不同脈絡有不同的譯文，當翻譯成「做自己作者的能力」（self-authorship）是強調「定義自己的信念、同一性（身分）和社會關係的內在能力」；若翻譯成「自我作者身分」，則是指「做自己作者的能力」運作的結果，如自我作者身分反思（self-authorship reflection）；如果強調作為動詞的意義，則翻釋成「自我編寫」，如「自我編寫的系統」（self-

自我的意義。

　　自我作者身分反思（self-authorship reflection），所關涉的是我們如何理解我們自己，如何界定我們自己的自我認同（self-identy）問題，如探索我是誰？我為什麼在這裡？我的人生目標是什麼？等問題，是有關理解我們自己和界定我們自我認同的關鍵探索。作為人類，我們都需要發展個人認同或同一性（personal identity），以區別自己和其他人，自我認同有外在的，也有內在的構成，「自我作者身分反思」強調的是要透過自我反思，發展出由自己建構的認同，而不是不經批判地接受來自他人的決定。

　　「做自己作者的能力」（self-authorship）是由Kegan（1994）首先提出的概念，他指出「做自己作者的能力」（self-authorship）是「意識形態或外顯信仰系統的內心製作」，它構成一個「自我編寫的系統」（self-authored system）（Kegan, 1994：91），這個自我編寫系統，不是一次性的完成，而是發展的，建構的。「做自己作者的能力」（self-authorship）的運作，使得內在自我的同一性不再是由他人所創造，而是由自己主動創造，並從而獲得了個人的肯認。（Kegan, 1994：185）。

　　Baxter Magolda（Magolda, 2008：269）將「做自己作者的能力」（self-authorship）定義為人們「定義自己的信念、同一性（身分）和社會關係的內在能力」，與我們看待世界的方式（認識論的維度），我們如何看待自己（個人的維度），以及我們如何看待社會關係（人際維度）的相互聯繫有關（Magolda, 2008：269）。就「做自己作者的能力」（self-authorship）的構成而言，有三個不同但相互關聯的因素：信任內在的聲音，建立內在的基礎，並確保內在的承諾（Magolda, 2008），當自我編寫的挑戰出現時，「做自己作者的能力」就會逐漸發展，在學習上，我們

---

authored system）。

可以提供足夠的支持來幫助個人轉變爲內部意義的創造（Magolda, 2001；Kegan, 1994）。

有關「自我作者身分」（self-authorship）的反思，所關心的是個人如何從對外部權威未批判的接受狀態，到透過對外部權威進行批判分析，而建立自己內在權威（或肯認）的轉化過程。用Mezirow的說法，這也是一種轉化學習（transformative learning），「轉化學習涉及一種特定的反思功能：重新評估我們的信念所立基的預設，並根據由這個在重新評估活動中所引發的、經由意義觀點的轉化而生的洞見而行事。」（Mezirow, 1990）「自我作者身分」（self-authorship）的反思使我們可以「根據我們自己的目的，價值觀，感覺和意義來進行協商和行動，而不是根據那些從他人那裡未經批判地同化而來的」（Mezirow, 2000：8）。

4. 轉化的和了然於心的反思

以Mezirow爲代表的個人轉化學習理論，認爲轉化學習涉及參考架構（frame of reference）有效改變的過程。參考框架是我們理解我們經驗的假設結構，而且這些假設有選擇地形塑和限定我們的期待、知覺、認知、情感和行動等。我們可以透過批判反思檢視這些假設而轉化我們的參考框架。（Mezirow, 1997）。

Peltier、Hay與Drago定義「了然於心的反思」（intensive reflection）爲「學習者成爲對爲什麼他們如此思考、知覺或行動有所覺察（aware）」（Peltier, Hay, & Drago, 2005：253），不僅批判地反思自己的參考框架，轉化自己的參考框架，也透過反思自己行動的理由來形成一種了然於心的反思（intensive reflection），在行動中覺察到自己爲什麼如此思考、知覺或行動，而對自己作爲理性能動者產生一種通透性（徐竹，2013：7、194-194、203、208）的自我明晰感，一種了然於心的「即行之知」。

　　這個層次的反思，主要是對於我們既有持以理解世界的參考架構之批判反思，但當我們對既有的假設進行批判反思並產生新的洞見之後，仍需要透過集體對話，才能對新觀點予以合理化（Mezirow, 2000：19-20）。在過程中批判反思者還要能覺察到自己為什麼如此思考、知覺或行動；為了支援具自明性的了然於心的轉化學習，教師必須協助學習者對自己和對他人的假設具有覺察力和批判性；而學習者則必須練習如何辨認出自己的參考框架，且能運用他們的想像力嘗試從不同的觀點來重新定義問題。過程中學習者必須被協助，以致有能力有效地參與教學活動的對話（Mezirow, 1997）。

　　簡言之，在學習中融入反思是深化學習的關鍵，將所學連結到自己的認知結構中，去進行學習材料的理解並展開意義創造的活動，這是一種內容本位的反思（content-based reflection）；也可以在學習中融入後設認知反思（metacognitive reflection）、自我作者身分反思（self-authorship reflection）、轉化的和了然於心的反思（transformative reflection and intensive reflection）等，以促進自我賦能與個人的轉化。相應不同層次的學習，有不同層次的反思或類型，為了更有效地促進學習的深化，如何培養不同層次的反思能力，或是經營有利於不同類型反思發展的學習條件，將是意圖促進深化學習的關鍵問題。至於有關如何深化反思的問題，將在本書第貳部分實踐篇中進行討論。

四、寫作與深化學習

　　從本書前面有關「反思」及「寫作」二個活動的探索，不難看出寫作活動本身因為涉及了反思、意義的創造、自我發現及自我生成等特性，創造了有利深化學習的可能性。以下我們將簡單介紹幾個透過寫作來學習（writing to learn）的教學規劃，以作為思考寫作與學習關係的借鑑。

（一）作為學習工具的寫作：從「學習寫作」到「透過書寫學習」

　　早在1966年以前，英美語言學家就已經觀察到學生思想與理解可以透過書寫過程來強化和澄清，英國的詹姆斯‧布里頓（James Britton）和美國的珍妮特‧埃米（Janet Emig）二位教育學者是將這個觀察付諸教育實踐的重要人物，開啓了「透過書寫學習」（writing to learn）的運動。這個「透過書寫學習」的運動，區分了「學習寫作」（learning to write）和「透過書寫學習」（writing to learn）二種學習經驗，呼籲大學的語言教學不能僅只是教導學生如何書寫、培養書寫技能；也應該把書寫本身當作學習工具，引導學生透過書寫來學習（Britton, Burgess, Mcleod , & Rosen, 1975），甚至直接指出書寫本身就是一種獨特的、有價值的學習型態（writing as a mode of learning）（Eming, 1977：122）。

　　Britton有見於語言對於我們組織經驗具有強大的作用（Britton, 1970），以及寫作在學習環境中對個人和心理的影響，提出跨課程的寫作課程計畫（cross-curricular writing programs）來提高學生的學習能力（Britton et la., 1975）。他們認爲寫作有事務性的（transactional）、詩意的（poetic）和表達的（expressive）三種功能形態。事務性的寫作是爲了溝通訊息或引發行動；詩意的寫作，是爲了創造美的事物。表達性寫作（expressive writing）有二個面向：一是意義和觀念（meaning producing）的生產活動，就這個面向而言，寫作被當成是揭示學習，發現或創造意義的工具（Britton et la., 1975：114）；二是導向眞實性的表達或創作（authentic expression），要求書寫者誠實地面對自己，寫作被視爲是自我發現和自我成長有關（Britton et la., 1975：110）。透過書寫來學習的計畫，主要是針對表達性寫作，尤其是表達性寫作與意義生產及自我發展相關的特性。

　　Emig（1977）曾明白地指出：寫作本身就是一種獨特的、有價值的學習型態（p.122）。寫作這個活動本身因為具有某些特殊性而有利於學習的深化，例如：進行寫作會同時使用到大腦二個半球；人們是透過再現才開始去認識、理解事物和學習，而寫作同時涉及Jerome Bruner所提出的三種再現事物的學習模式——演示模式（enactive mode），透過實做學習；圖像化模式（iconic mode），透過製造圖像學習；象徵模式（symbolic mode），透過象徵化來學習。此外寫作的速度比說話較慢，提供了可以更好地綜合信息的機會；寫作不同於說話，它迫使學習者進行自我反思，而在過去、現在和未來之間進行協商和穿梭；寫作導致更高層次的思維和學習（Emig, 1977）。

　　Langer與Applebee（1987）在《書寫如何形塑思維》一書中，透過經驗的實證研究指出：(1)融入寫作活動比只是學習或閱讀的效果更好；(2)不同類型的寫作活動會引導學生重視不同種類的信息；(3)相較於簡答式的反應，將訊息轉變成分立小段落的分析式書寫，會促進較複雜和深思的探究。立基於實證研究，Langer和Applebee指出寫作對學生積極的影響，建議教師應該用寫作來支持他們的教學目標，而且學校機構也應該支持教師的努力（Langer & Applebee, 1987：135-136）。這是一種把書寫作為意義和觀念的生產，把書寫當作揭示學習，發現或創造意義的工具之教學行動。

（二）作為反思實踐過程的寫作：從學習者到作者的身分轉化

　　繼教導寫作的教師開始把反思視為構成作品過程的部分（Pianko, 1979）之後，美國Miami大學Jeff Sommers（1988）教授的「走向論文後台」（go behind the paper）的寫作教學計畫，是進一步把反思寫作與一般寫作訓練結合的教學規劃，這個教學計畫不僅透過寫作來促進學生的反

思，甚至視寫作本身就是一個反思實踐（reflective practice）的過程。

Jeff Sommers曾採用後現代「把背景前景化」的後設認知（metacognition）作爲寫作策略（Miller, 1982：182），及寫作「責任的翻轉」（transfer of responsibility）的觀念，強調寫作教師必須承認學生對自己文本的權利及談論他們所做事情的權威（Brannon & Knoblauch, 1982），要求學生在寫作課程中不能只是針對某一主題進行寫作練習而已，同時要求學生撰寫日誌，寫下自己構思過程中的所見、所聞、所感及所思。上繳的作業也不只是完成品及日誌，同時要求學生專門爲老師讀者寫一分「作者備忘」（writer's memos）（Sommers, 1989）。

Jeff Sommers針對「作者備忘」的撰寫，規劃了一些具有引導性的問題，要求學生在寫完論文後，在「作者備忘」中去回應老師的提問。Jeff Sommers（1988）所規劃的、引導同學撰寫「作者備忘」的指引性問題有：

- 在你的論文中是否有源自你日誌的地方？如果有，請指出是什麼部分？
- 這篇文章中最成功或最好部分是那裡？爲什麼？
- 你認爲在這篇文章裡那一（或些）部分需要修改？你特別希望我給你評論的地方是那裡？
- 指出一個段落，如果你用寫給老師而不是寫給私人朋友的方式書寫，會有所不同。指出其差異何在？
- 你論文中所使用的組織邏輯是什麼？
- 在你所使用的材料中那些是你考慮要刪去的？當你改寫時，你認爲你會改變想法嗎？
- 在這個版本裡你有什麼改變？此論文曾改寫過嗎？你曾校對修改過嗎？你編輯過嗎？

• 在這個修改後的版本中，那一面向是你希望我仔細檢視的？
（pp.78-80）

以上的這些問題，主要在引導學習者對自己的寫作發展過程產生後設認知，透過「作者備忘」的書寫，促使學習者關注他們自己的構思是如何發生的；並進而向老師讀者揭示自己的書寫過程，並鼓勵學習者轉換身分，把自己當作是作家，練習作家會問他們的同事、朋友和編輯的問題。通過要求學生從事作家所做的事情，強化了學生是年輕作家的觀念，「作者備忘」不僅改變了學生，同時也使得老師從他們學術的角色中解脫出來，透過「作者備忘」的閱讀與學生作者進行真實的交流，了解學生作者對指派作業的感受、學生作者對自己論文內容的看法以及為什麼他們做這些事情時會有這種感覺（Sommers, 1989）。有些Jeff Sommers的同事有關「作者備忘」的規劃是引導學習者，把自己在學習過程中所撰寫的日誌也當作是一種作品，並對它進行第二序的創作，製作成學習檔案，撰寫檔案簡介以引導讀者進入檔案作品的世界（Sommers, 1989）。

Kathleen Blake Yancey曾指出，Jeff Sommers的寫作課程案例，基本上是一種把反思實踐（reflective practice）與文本發展結合起來的教學規劃。對參與寫作課堂中的學習者而言，寫作不只是完成文本的活動而已；寫作活動本身即是一個反思實踐的過程，創作出的文本則是一個發展到極致的反思性文本。反思在這類寫作課堂上與其說是支持個人文本發展的活動，不如說是文本發展達到極致及綜合的行動（Yancey, 1998），而使反思登上了寫作課程中的主角。

Yancey分析這類寫作課堂的實踐經驗指出，有三種反思在寫作行動發生過程中的不同時間進程裡上演著：(1)行動中的反思（reflection-in-action）：發生在構成作品事件中的回顧、計畫和修正等行動中的反思。

(2)建構性的反思（constructive reflection）：在不同的構思事件中發生的反思，如作品不斷修正以達到極致的過程，這是一個多觀點、多元的整合的過程。(3)呈現中的反思（reflection-in-presentation）：在準備檔案的過程中，作者投身在呈現中的反思中，這種呈現中的反思，因著書寫方式不同、書寫者所預設的閱聽大眾不同，其反思的方式也有所不同。例如書寫時預設的讀者是老師，與預設的讀者是好朋友，其反思方式將有所不同（Yancey, 1998：200）。

簡言之，寫作教學除了教授各類型式的表達技巧外，如果我們改變寫作觀，視寫作本身即是一種反思實踐，那麼寫作課程將可以有不同的規劃。在Jeff Sommer的寫作課程規劃中，反思與其說是有助於文本的發展，不如說反思是在寫作過程中發生和達到極致的。當寫作本身被視為是作者反思實踐的過程，最終的美文或論文成品則是一篇發展到高點的反思性文本。搭配反思日誌的撰寫及「作者備忘」的撰寫，讓寫作課程的學生在書寫中展開反思，而且透過日誌的書寫，以文字形式保存了學生在寫作這個反思實踐的過程中之所見、所聞、所感及所想，讓他人有機會看到作品的後台。「作者備忘」的撰寫，一方面引導學習者再反思自己的寫作過程；透過寫下來的備忘，引導讀者不僅只是看到最終的論文成品，而且「走向論文後台」去看到作者反思實踐的過程。這整個教學構想，引導學習者成為主動的書寫者，讓寫作成為學生由學習者轉變成為專業「作者」的反思實踐，促進了學生的轉化。寫作過程中最終的論文成品固然重要，但論文的後台則是別有一番的風景，一樣值得欣賞，它讓我們看到一個「作者」如何在其中生成發展著。

（三）作為反思行動的寫作：在閱讀、書寫與行動實踐中成就自己

Duncan Carter與Sherrie Gradin合著的《作為反思行動的寫作》（Writing as Reflective Action）讀本，提供了各種樣式、具結構化引導的反思寫作規劃，讓學生利用反思日誌的書寫發展反思及反身性思考，並引導學習者立基不同階段所完成的反思寫作，針對反思進行再反思，並進一步完成正式的學術性寫作。

該讀本在每一單元之前規劃有「前書寫」（prewriting）的反思寫作，由教師規劃具引導性的提問，協助學生在進入學習單元之前，先寫下自己有關這個單元主題的個人經驗、已知的內容、前理解或想像，並且要求學生追問：自己怎麼知道的？為什麼我這麼想？這是我的經驗嗎？是從什麼書上學來的呢？等等問題，並寫下來，以協助學生建構與學習單元相關的起始經驗。

這本讀本也規劃了「對話筆記」（dialectical notebook）的反思寫作，來協助學生透過書寫來進行批判性反思，如搭配文本閱讀，該書要求同學在閱讀文本時，要撰寫「讀者反應日誌」（reader-response journals）。讀者反應日誌採取左右欄的形式規劃，要求學習者直接閱讀文本，一邊讀一邊把自己認為值得討論或重要的文字片段，摘錄在讀者反應日誌的左手欄，並要註記出處。通讀指定文本後並完成讀者反應日誌的左手欄的記錄之後，再回頭針對自己摘錄在左手欄的文字，進行逐條的再閱讀與反思，並在右手欄寫下自己的感受、想法、判斷、評估或疑問，希望透過讀者日誌的書寫，引導學習者進行再思考和觀念的形構。該書也規劃了三段式小事件日誌（triple-entry incident journal），目的是透過記錄自己對同一文本或同一事件的前、中、後三階段的個人反應，可以看到自己的改變（Carter & Gradin, 2001）。

　　這雖然是一本閱讀與寫作課程的教材，但卻與傳統的閱讀寫作的課程有著不同的規劃。該讀本的作者們意識到不能讓學習只是在教室內發生而已，教師需要更努力地規劃，促使學習者的學院學習能與生活經驗相連結。同時該讀本的作者們也意識到大學對社區的社會責任，於是在這本書中引導學生從理解自我開始，並進而涉及文化中的自我探索，以及社區中的自我探索，更進而引導學習者投身進入社區互動中的自我探索等面向作為學習的主軸。像所有教科書一樣，這本書既有指定閱讀，也有寫作的規劃。指定閱讀的文本主要包含自我、文化、知性及社會議題；書寫的訓練則主要在邀請學習者投身發展反思和反身性思維、合作學習和以社區為基礎的學習。由於結構化的反思寫作規劃與引導，讓學院內議題的討論與學生個人生活、文化、社會經驗緊密連結；引導學生在各類反思寫作的規劃中，進行文本的批判閱讀：思考他們是誰；在文本及教師選定的議題探討中他們發現什麼是重要的，發現他們思想、書寫和生活中個人與公共、私人與社會間的關係。利用合作學習及反思寫作去創造可能的反身性思考，並設計各種非正式的寫作來引導學生進行反思。希望學習者能夠立基在這些非形式化的寫作訓練上，去完成形式化的寫作；讓學院的學術寫作與學生個人生活、文化、社會經驗緊密連結，而不只是文本的複製與編輯而已（Carter & Gradin, 2001：ix-xiii）。

　　基本上，本書所展現的是把寫作當作是「書寫自我」的自我技術，在書寫的過程中，引導學習者不僅生產文本，具體化學習者對生活的理解；也把寫作本身當作是一種實踐行動，作為「作者」的我，在書寫的過程中生成和發展，並形成一種「自我作者身分」的反思，促使學習者成為自己生命意義的「作者」。

第四章
反思寫作：深化反思的學習工具

　　經由以上的探索，我們可以知道：「寫作」作為學習的工具，就其寫出來的成品而言，可以用來展示學習過程或成果；而寫作的活動本身也是可以被學習所用，也就是說我們可以透過寫作的活動來達成某個學習目的。把「反思寫作」作為學習工具，即是一種透過寫作來強化反思，以深化學習的教學構想與教育實踐（Walker, 1985）。

　　依照傅科的說法，有四種技藝：「(1)生產技藝學：讓我們得以生產、轉變或操縱事物；(2)符號技藝學：讓我們得以使用符號、意義、意指；(3)權力技藝學：規定了個人的行為，使他們屈從於某種目的或宰制，是對於主體的一種客體化；(4)自我技藝學：讓個人得以運用他們自己的方法或借著他人的協助，對於他們的身體及心靈、思想、行為及存在狀態施行某些操作，來改變他們自己，以達到某種愉悅、純粹、智慧、完美或不朽的狀態。」（黃瑞祺，2005：19-20）。在這個分類下，從事反思寫作這個學習工具的學習不只是學習符號技藝，也不只是生產美文的生產技藝，更不只是用來獲取高分以進入好學校的權力技藝，而更是一種涉及自我轉化的自我技藝。作為自我技術的反思寫作學習所關心的是：如何透過寫作來形塑或鍛鍊我們的反思，促使我們個人身體、心靈、思想、行為及存在狀態和專業的改變與發展。

　　《哈利波特：火盃的考驗》書中，首席巫師暨霍格華茲魔法與巫法學院校長鄧不利多向哈利波特解說關於多餘思緒一事，提到了一個可以盛裝思想和記憶的「儲思盆」，形象化地展現了「反思寫作」展開的方式：

哈利坐下來，望著那個石盆。裡面的東西又恢復原先那種銀白色的模樣，在他的注視下微微波動著並打著漩渦。

「這是什麼？」哈利顫聲問道。

「這個嗎？這叫儲思盆，」鄧不利多說，「我有時候會覺得腦袋裡塞了太多的記憶和思緒，相信你應該懂得這種感覺。」

「呃。」哈利說，事實上他可從來沒有過這樣的感覺。

「在這種時候，」鄧不利多指著石盆說，「我就會用到儲思盆。這東西可以把你腦袋裡過多的念頭吸出來，倒進盆子裡，等你有空的時候再去仔細檢查。你該知道，用這樣的形式檢查思緒，比較容易看清它們的模式和彼此間的關聯。」（彭倩文，2001：622）

鄧不利多把思想從腦子中吸出來倒入儲思盆的動作，形象化地展現了「反思寫作」的活動。反思寫作像一個認知管家（cognitive housekeeping）（Moon, 1999），讓我們得以自我整理和自我釐清。透過「反思寫作」把我們自己內隱的（implicity）想法或感受外顯化，但反思寫作不僅只是記錄我們的想法與感受，保留了我們的想法與感受免於被遺忘。反思寫作還創造了一種反思式的認知形式，讓我們「比較容易看清它們的模式和彼此之間的關聯」；也就是說：(1)寫作將我們與所知的事物分離，抽離視為理所當然的事物，重新確認它，這種重新確認讓我們更貼近所知事物。但是(2)雖然寫作讓我們與生活世界產生距離，企圖去形成經驗的抽象結構；但在寫作中發生的客觀性要求，並沒有讓我們產生脫離經驗的認知結果，反而促使我們展開往返來回於經驗世界與自我之間的反思探索。在寫作中所引發的反思，不僅讓我們重新面對生活世界，拉近自己與生活世界

的距離，而且把經驗中的主體也轉化爲反思知覺的客體，展開自我聚焦的關注（高淑清、連雅惠、林月琴，2004：156-157）。反思寫作不僅創造了一種反思式的認知形式，反思寫作也可以是一種自我賦能與自我發展的實踐。透過反思寫作我們不僅是「去看見」，也是爲了讓我們更有洞察力地去實踐，反思寫作也可以被視爲是身體力行的修身實踐訓練。

　　學習的目標是多樣的，反思這個心智活動也是複雜的。作爲教學者或學習者，在參與反思寫作前，一定得先確認自己的學習目標是什麼，而促進自己學習深化的反思又是如何的活動；如此才能規劃更具結構化的反思寫作教學，或展開更具自主性的學習。在學習中使用反思寫作來促進學習的深化，根本而言，我們所要做的就是透過反思將所學與自己做更深的結合。透過反思寫作，我們所能做的有：

- 從事知識或意義的創造：將學習的材料與自己的前理解或認知結構相連結，去理解學習材料，建立個人化的理解。
- 建構自我知識：扣緊反思作爲「反轉」的意思，它可以是一種「反身朝向觀者自己的意向活動」，它是一個認識自己的活動，透過自我反思（self-reflection）或自我覺察（self-awareness）、內觀（insight、mind-sight）等特殊的反思，建構有關自己心智的覺察與自我知識的建構。
- 批判性的自我認識與自我賦能：反思對自身的探索不只是爲了建構自我知識，更是爲了理解現象。與此相關的反思有後設認知的反思及自我作者身分的反思（self-authorship reflection），旨在發現自身的預設及限制，並不斷地自我超越，追求新的觀點、新的理解；引生「做自己作者的能力」（self-authorship）之運作，使得內在自我的同一性不再是由他人所創造，而是由自己主動創造，並從而獲得

了個人的肯認，這個意義下的反思具有自我解放與自我賦能的功能。

• 對經驗事件進行批判性的回顧：扣緊反思作為一種「後退」的心智活動，它是時間的後退，是對於曾經歷事件的「回顧」；它是在心靈、心理或意識中「重構」（reconstruct）或者說「再現」（represent）過去所曾經歷事件的心智活動。但反思的「回顧」不是中性的再現，而是一種批判性的回顧。也就是說，反思在心智中去「重構」或「再現」經驗事件；作為一種批判性的回顧，不是以建立真理為目的知識活動，而是導向一種不斷地與過去及自我連結的理解性或解釋性的探索。透過對曾發生事件的回顧與檢視（含描述、分析、解釋及指向未來的規劃等），引發新的理解，並影響未來的行動。與此相關的反思有：反身性（reflexivity）、批判反思（critical reflection）、後設認知的反思、或反思實踐（reflective practice）等，透過反思超越自身認識的有限性，發展不同的觀點來組織我們的理解，使我們的理解呈現不同的樣態，直到獲得更進一步的意義或解釋。

• 在懸而未解情境中進行探索：反思作為在懸而未解情境中的探索，這個探索是具有多重的兩面性：(1)它是往返來回於自我與經驗世界之間的連結活動，在我們指向外界的同時也思考著自己；(2)當我們思考著自己的思考同時，所思考的自我不是脫離情境的，而是向情境開放的具社會性的自我；(3)反思不僅僅只是導向理性認知或知性的結果，反思也可以導向直接面對對象的感性認識。

• 投身於自我賦能與自我轉化：反思不僅只是在認識領域中發揮作用的心智活動，反思也可以促進個人生命的改革與發展，與此相關的反思或稱之為自我轉化的反思，自我轉化的反思涉及參考架

構（frame of reference）有效改變的過程。參考框架是我們理解我們經驗的假設結構，而且這些假設有選擇地形塑和限定我們的期待、知覺、認知、情感和行動等；我們可以透過批判反思檢視這些假設而轉化我們的參考框架。除了轉變我們的參考框架，同時也要引發一種了然於心的反思（intensive reflection），「對為什麼如此思考、知覺或行動有所覺察（aware）」（Peltier, Hay, & Drago, 2005：253）。簡言之，自我轉化的反思不僅批判地反思自己的參考框架，轉化自己的參考框架而且當下反思到自己的「反思」，覺察到自己為什麼如此思考、知覺或行動，對自己作為理性的能動者有一種即行之知。

• 對自身存在狀態的覺察、注意與肯定：共感反思、覺照（mindfulness）、或深感（felt-sense）作為一種特殊型態的反思，是對自身存在狀態的覺察、注意或肯定。這種反思伴發在我們各式的生命活動之中，讓我們的生命活動不會淪為機械的操作，或無感的進行著。共感反思認可我們當下的生命活動，並將我們導向一種有深度的感受狀態——共感反思是我們整合過去、活在當下及朝向未來的連結的活動。共感反思不僅建構著我們自己的內在性，讓我們成為一個有內心生活（inner life）的人；透過共感反思也讓我們感受到：我們能將自身統一起來，而且能不受時間之流的限制，但又能忠於回憶和展望而建立新的時間，透過反思的進行，我們讓自己成為一種有深度的存在（Dufrenne, 1973：400）。

• 引生感性認識活動：知性認識不是唯一的認識，也不是認識的最高成果；感性認識是我們認識世界的另一種方式，透過共感反思可以引生欣賞或感受之感性認識的探索。共感反思是為感性認識作準備的反思，讓我們不斷地返回直接面對世界的狀態，對經驗世界中的

人事物展開更有細節的觀察，進而引生掌握人事物的內在生命及情感的感受力；共感反思也是認可感性認識的反思，讓我們進行反身的覺察，對自身在情境中發生的具身認知或情感展開更敏銳的自我覺察。這些感性認識的結果，累積成為我們據以在經驗世界中展開行動實踐的經驗資料庫，成為具體思維的材料，也是建立人類社會情感連結的基礎。

二、書寫的必要性

為了深化反思，一定要書寫嗎？有沒有別的方法呢？在討論這個問題之前，分享一位不想寫反思日誌學生的故事。基本上這位學生的上課反應以及反思寫作的表現都顯示他處於思想成熟而深刻的狀態；但有一天他突然在課堂上提出不想寫反思的意見。帶著好奇與不解，詢問他為什麼不想寫。這位同學回答說：

> 我喜歡用想的。從高中開始，我每天下課回家，就躺在床上回想上課的過程。從第一堂課開始想，仔細地回想老師如何走進教室，如何開始講課，講了什麼內容，甚至好像看到老師在黑板上寫下數學運算的過程，……當想不起來時，才去查看課本或筆記。我覺得用想的就可以了，不用寫；也不想寫，有點懶，覺得用寫的有點浪費時間。

這位同學的分享，讓我們清楚地看到反思思維的進行，並不一定要透過文字或圖像的書寫來進行。除了書寫以外，我們確實可以只用「想」的方式來進行反思，也可以用「說」的方式來進行反思。從這位同學的自

述，可知他所謂的「想」，有一大部分是在進行一種內在言語的獨白，在他心中有內在的口語、文字或圖像發生著，當然也有非語言思維或沉思（meditation）的部分。但請注意，並非所有人可以像這位同學一樣，有這麼強的內在言語的獨白或非語言思維的沉思能力。這位同學已經有很好的反思習慣；而且他習慣用「想」的方式來進行反思，因此面對反思寫作的要求，不免會覺得不耐煩。

　　大家應該有這種經驗：只是在內心進行的獨白或思維，通常會有跳躍的現象，聚焦在一個主題的時間也不會太久；但若與他人談話或者進行書寫，則可以聚焦在一主題上比較久的時間。對於尚未養成使用內在言語的獨白或非語言思維者而言，藉助書寫或談話的協助，確實有助於反思思維的展開。對於善於運作內在言語的獨白或非語言思維的人而言，若遇到需要更加專注去思考的問題時，書寫仍然是一個相對有效的工具。以說和寫來做比較，寫作的速度比說話較慢，提供了可以更好地綜合訊息的機會；寫作不同於說話，它迫使學習者進行自我反思，在過去、現在和未來之間進行協商和穿梭；寫作導致更高層次的思維和學習；此外，寫作在塑造我們的思維上可以比說話更優越，因為寫作透過深思熟慮和文字選擇，可以導致更多的外化的表現（Britton, 1993）。透過書寫來闡明我們行動的理由，來揭露我們的信念和審查我們行動的假設，這使得我們參與探究或知識生產（knowledge-generating）（Hoover, 1994）。

　　從理論上來說，反思思維活動的進行與書寫的關係如何呢？或者說反思思維與語言有什麼關係呢？有關思維與語言關係的理論，有二類主張：一者主張思維與語言是同一（identification）的或聯合（fusion）的；一者主張二者是形上學上分離的（disjunction）和隔斷的（segregation）。

　　主張思維與語言是分離者認為，反思或思維的展開不一定伴發著語言——文字化的或口語化的，有一種所謂的非語言的思維活動；思維和語言

非常地不一樣，思維並不是由彼此獨立的單位所構成的，在說話者心中，思維是立刻整體呈現的，但在言語中卻得一個一個地相續地展開；而且在言語中，總是存在著言不盡意及不同心靈間思想交流的不可能問題，因此反思或思維並不一定要借由文字化或口說的語言來展開（李維，1997）。

前蘇聯心理學家維果茨基（Lev S. Vygotsky, 1896年-1934年）從發生學的角度指出，思維和語言並不是互相獨立、互不相關的二個要素，二者的「聯結（connection）是在思維和言語的演化過程中發生、變化和成長起來的。」（李維，1997：130）對人類而言，「思維不僅僅用言語來表達；思維是通過言語才開始產生並存在的。……每種思維都在運動、成長和發展，實現一種功能，解決一個問題。這種思維流（flow of thought）通過一系列階段作爲一內部運動而發生。」（李維，1997：136）基於交流的需求，以及思維概括化的功能的開展，思維不會停留在內部的狀態，而需要對自己的思想經驗進行概括化；言語中的詞便是一個對自己思想和經驗進行理性而有意義地傳達的一個中介系統（李維，1997：6），「外部言語是思維向語言的轉化，是思維的具體化和客觀表現。而對於內部言語，該過程被顛倒過來：言語轉化成內在思維。」（李維，1997：143）內部言語仍然是一種言語，仍然是與語詞相關聯的思維，但它與外部言語不同的地方在於：在外部言語中，思維是由詞來體現的，但在內部言語中，隨著詞產生思維，便可以得意忘言，詞可以隱退。內部言語是以意義來思維的，是動態的、轉移的、不穩定的（李維，1997：163）。事實上，思維和言語之間的動態轉化，形成人類言語思維（verbal thought）複合的、動態的統一現象。「思維和言語之間的關係是一個活生生的過程；思維是通過詞而產生的。一個詞一旦沒有了思維便成了死的東西，而一個思維如果不通過詞來體現，也不過是一個影子（shadow）而已。然而，思維和言語之間的聯結並非事先形成或始終不變的。它是在發展過程中產

生，而且聯結本身也在改變。」（李維，1997：167-168）人類因爲言語的中介，使得思維更臻完善。

　　立基這種「思維不僅僅用言語來表達；思維是通過言語才開始產生並存在的」的認知語言學觀點，言語被認爲是可以促進思維的發展。這裡所說的言語包含口語及書寫的表達形式，維果茨基指出「書面言語在結構與功能兩方面不同於口頭言語」（李維，1997：109）。

　　基本上口語表達因速度較快的關係，比較不利於闡述複雜的思維過程；對沒有建立良好口語表達習慣的學生而言，更是不利以口語方式促進反思；內在言語的獨白，有利從容地進行構思語言的組織，但因爲只是內在地進行，沒有文字的記錄，事後可能遺忘；或者因爲學習者本身的專注力不足，而無法深入思維，思絮會像蜻蜓點水般跳躍，無法深入。相對地書寫是一種比較有助於我們思維的開展形式，透過書寫我們可以把內部言語的構思寫下來，有助於思想的集中、備忘及反覆的推敲。誠如年老時的法國哲學家沙特（Jean-Paul Sartre, 1905年-1980年）曾在一次訪談中提到：

　　　我仍在思考，但因爲寫作對現在的我而言，已成爲不可能的任務，因此我真正思考活動也受到相當程度的壓抑。（高淑清、連雅惠、林月琴，2004：155）

書寫確實有助於我們展開深思熟慮的思維，或者說寫作本身即是一種反思式的活動（高淑清、連雅惠、林月琴，2004：163）。因此，就算言語的獨白或非語言思維發展較成熟的學習者，爲了促進思維的外化、交流及概括化發展，爲了使思維朝更高層次的發展，請不要輕易放棄書寫這個學習工具。

◆ 貳、實踐篇

反思寫作在教學中的應用

　　反思寫作作為學習工具已被廣泛地運用在各級學校中，以高等教育的運用為例，如用在個人發展的學習檔案、實地考查的工作日誌、課程日誌、研究或專案日誌、職涯發展、課程札記、成人教育等；也運用於學科的訓練，如專門科學、工程、數學、人文社會學科、語言、藝術、商管及法律等；也運用在專業的發展，如護理學、醫學、教育學、社工及心理諮商領域等（Moon, 1999）。反思寫作可以融入到不同的學習活動中，因著不同的教學規劃而發揮不同的學習成效。誠如曾在政大書院推動反思寫作的錢致榕教授所說的：反思寫作是一種花錢最少，即能啟動學生，又能啟動老師的教學策略（林文琪，2015：12）。

　　雖然反思寫作可以融入到不同的學習活動中而帶來不同的學習成效，但並不是只要書寫反思就能深化學習了。曾有學者的實證研究建議，除非以一致的和系統的方式來接近反思寫作，否則高等教育群體中的反思寫作往往是膚淺的（Orland-Barak, 2005）。就規劃課程的教師而言，在時間有限的課堂上，除了本科的學習主軸外還要額外融入反思寫作，已構成很大的教學負擔，又該如何引導學生以一致的和系統的方法來接近反思寫作呢？這當中不只關涉到有關反思寫作教學如何規劃、如何教、如何回饋、如何學習的方法問題，為了追求方法的一致和系統化，還隱含著有關「反思」這個心智活動的認識論或後設認知的理解。誠如Biggs（1999）所說的：幫助教師提高教學的最好方法是使用一種理論，幫助教師反思他們在做什麼，對反思寫作的後設認知反省不僅有助提升反思教學的規劃，對於學生學習的深化也是有幫助的。為了提高學習成效，建議教師及學習者在選擇使用反思寫作作為學習工具之前，還是得先思考如何以更一致的和系統的方法來接近反思寫作，千萬不能只是要求學習者「寫心得」而已。

　　為了展示筆者有關反思寫作的思考與讀分享，以下不僅只是呈現筆者的教學規劃，並盡可能地揭露筆者在反思寫作教學後台的思維、規劃及自

我調整的過程，以供讀者可以看到筆者教學規劃及教學行動背後所使用的
理論。以下將分成三章進行：分別介紹反思寫作如何運用於引導學習者做
自我知識的建構及自我發展，如何運用於理論課程中以培養與經驗連結的
思維，以及如何運用於協助學習者發展行動學習。

第一章
反思寫作與自我知識的建構

　　本章所要討論的是，如何在課程中融入反思寫作，以協助學習者建構自我知識與啓動自我轉化的學習。以下先介紹一些有關自我知識的理論作為後設認知的反省，接著立基自我知識的理論提出教學建議，最後展示作者的反思寫作規劃、實踐經驗及使用中的理論及思維。

一、有關自我知識的理論

　　在日常生活中，當我們被問及對於某個事件有什麼反應、有什麼感覺、有什麼想法、有什麼信念、有什麼意圖、或有什麼規劃時，爲了積極回應這類問題，我們就會展開「反身朝向觀者自己」的反思，引發「指向認識者自己心智狀態的認識活動」，而其認識的結果即稱之爲「自我知識」（self-knowledge）。作爲反思所對的「自己的心智狀態」，隨著使用者所持的心智哲學的理論框架不同，或稱之爲心智（mind）、心理（mental state）、腦（brain）或身體（body）。其中有關心智（mind）、心理（mental state）或身體（body）的知識可以透過我們的覺察和反思而建構，但是有關腦（brain）的知識，則有待腦科學的特殊方法或工具的介入。

　　在理論上，自我知識（self-knowledge）與自我意識（self-awareness）不同。如美國哲學家Brie Gertler所指出的：

　　自我知識是關於某人自己的心智狀態的知識。例如，關於
某人自己當下的經驗、思想、信念或願望的知識。

　　自我意識是識別自我（這個「我」）的能力，即能夠把自
我區別於其他東西。（徐竹，2013：2）

理論上自我意識與自我知識是有所區分的，自我意識無需借助反思，不一
定是對象性和課題性的，但形成自我知識的自我認識活動必須是對象化和
課題化的，而對象化和課題化是以「反思」——反身朝向觀者自己的意向
活動——為前提（倪梁康，2002：16-19）。但是若從教學的立場去思考
自我知識的養成，自我知識的學習，最好是能與自我意識的喚起相伴發
生，將自我知識的學習導向立基自我意識的反思，否則有關自我知識的學
習，可能淪為空洞的知識傳授式教學而已。

　　對自我心智狀態的認識與對外界事物的認識有所不同，對自己心智
狀態的認識，有著第一人稱的權威。儘管有些心理學研究指出，對我們對
自己心智狀態所享有的第一人稱權威的認識是有限的，而且我們很容易對
自己的心智生活產生誤解，但無論如何大多數哲學家還是承認我們對某些
自己心智狀態擁有某些類型的自我知識，肯定自我認識的可能性（徐竹，
2013：3）。

　　對自己心智狀態的認識，不是純然只是去探索心智狀態「是什麼」的
問題而已，其中還包含著把這一狀態認定為是認知者自己的，一種有關自
我身分認同的問題。自我身分認同的問題，包含同一性（identify）的認
同及自身性（selfhood）的認同。自我同一性的認同所關心的是在某一時
刻或某段時間裡，個人是如何被個體化（individuated）的問題；同一性認
同關係到人如何設想自己，如何把自己區別於其他事物，以及生命發展的
自我定向等問題。而有關自身性的自我分身認同問題，對於「我是什麼」

並沒有預設恆定的特徵，而是一種在變動中對自身的堅持，其具體表現是對於諾言的持守（徐竹，2013：19-20；夏小燕，2015：25-26）。

　　如本書第一部分所介紹，在哲學上的「認識自己」不只是一個認識論（epistemology）上的關懷，更是一種存有論（ontology）的關心與運動，存有論意義上的關心自己，包含批判性的「認識自己」、「改變自己」及「創造自己」的自我教養（self-cultivation）。法國哲學家傅科（Michel Foucault, 1926年-1984年）指出：「關心自己」不僅只是一種態度，也是某種注意、觀看的方式；「關心自己包含有改變他的注意力的意思，而且把注意力由外轉向『內』。……人們必須把注意力從外部、他人和世界等轉向『自己』，關心自己意味著監督我們的所思和所想的方式」（佘碧平，2005：12）。也就是說「關心自己」不僅是向內的觀看與注意，而這種觀看是批判性的觀察，它是為了解放與賦能，更涉及如何成就自我的存有論運動（ontological movement），一種實踐的行動。在這個脈絡裡，反思作為一種「反身朝向觀者自己的意向活動」，有關如何認識自我的認識論（epistemology）探討，反而成為是為存有論（ontology）而服務的探索（Dall'Alba, 2005；Dall'Alba & Barnacle, 2007）。如Iain Thomson所說的：「真正的教育引導我們回到我們自己，回到我們所處的位置，它教導我們要居住在那裡，並在居住在那裡的過程中改變我們。」（Thomson, 2001：254）也就是說我們是通過不斷地沉浸在（immersed in）活動、專案以及與事物和其他人的實作中學習，學習並不局限於個人的頭腦中，而是包括在廣泛的實踐中整合知曉（knowing）、行動和存在方式（Dall'Alba & Barnacle, 2007）的學習。

　　企圖實現這類整合知曉、行動和存在方式的「自我知識」的教學，不能只是引導學習者有關自我是什麼的探索而已，更要引導學習者透過認識自己，探索適合自己的生活方式，並進而致力於改變自己以追求幸福生

活的實踐行動；或者更進一步引導學習者透過自我的了解，以發現自己的限制，思考如何超越自我以追求自我解放，展開自我賦能與自我發展的轉化。簡單地說，在這個問題脈絡裡來思考自我知識的教學，所涉及的自我知識，不僅只是有關「我是什麼」、「我應該成為什麼樣的人」的探索；還要涉及行動、責任歸屬和存在領域中的「誰」行動、「誰」負責任、「誰」在的自我能動者（agent）的能動性的探索。

自我知識是如何被認識的？或者說如何被建構起來的呢？以下介紹三種類型的自我知識理論，以供教學規劃或學習者參考。

（一）親知理論：內省或內在掃描

有關自己心智狀態的親知理論（acquaintance theory），認為「人們在內省中直接地意識到——亦即『親知』到——自己的心智狀態」（徐竹，2013：5），「內省」作為「對自己心理內容的內在反思」，所引發的是對自己心智狀態展開直接的把握（徐竹，2013：4-5）。如法國哲學家笛卡兒（Rene Descartes, 1596年-1650年）曾指出：

> 較之於其他人，對於我自己的心智，我能夠獲得更簡單、更自明的知覺。（徐竹，2013：35）

以思維活動為例，當我思維時，我不僅思維，而且透過內省的反思可以對這個進行中的思維本身有一種直接的認識，可以反身直接知道我在思維。這種主張的特色在於認為內省反思是對自我心智狀態展開自我對象化的、直接的認識。

（二）內感覺理論

　　有關自己心智狀態的內感覺理論，以爲反思作爲對於自己心智的認識是對象化的、間接的認識。如英國哲學家洛克（John Locke, 1632年-1704年）以爲我們有二種認識，一種是有關外在世界的認識，一種是有關自己心靈的認識，視覺、聽覺等外感覺所對的是外在世界，而反思或稱爲內感覺與外感覺有所不同，反思或稱爲內感覺是一種指向認識者自己心靈的認識活動（徐竹，2013：46-52）。洛克指出：

　　　　心理活動是觀念的另一個來源──第二點，經驗在供給理解以觀念時，還有另外一個源泉，因爲我們在運用理解以考察它所提供的那些觀念時，我們還知覺到自己有各種心理活動。我們的心靈在反思這些心理作用，考究這些心理作用時，它們便供給理解以另外一套觀念，而且所供給的那些觀念是不能由外面得到的。屬於這一類的觀念，有知覺（perception）、思想（thinking）、懷疑（doubting）、信仰（believing）、推論（rcasoning）、認識（knowing）、意欲（willing），以及人心的一切作用。這些觀念都是我們所意識到，都是我們在自身中所觀察到的，而我們的理解所以能得到那些清晰的觀念，乃是因爲有這些心理作用，亦正如我們的理解所以能得到前一些觀念，是因爲有能影響感官的各種物象似的。這種觀念的來源是人人完全在其自身中所有的；它雖然不同感官一樣，與外物發生了關係，可是它和感官極相似，所以亦正可以稱之爲內在的感官。不過我既然叫前一種爲感覺，所以應叫後一種爲「反省」（reflection）。因爲它所供給的觀念，只是人心在反省自己內面的活動時所得到的。（關文運，2012：74-75）

洛克以爲我們的觀念有二個來源，一個是透過外感官（如視聽嗅味觸等）從外在世界得來的，另一個是透過內感覺從自己的內心得來的。視覺、聽覺等外感官所對的是外在世界，他以爲反思或稱爲內感覺「就是指人心對自己的活動所做的那種觀察」，有了這種觀察，我們才能形成有關自身心靈「知覺、思想、懷疑、信仰、推論、認識、意欲，以及人心的一切作用」的自我知識（徐竹，2013：91）。如布倫塔諾（Franz Brentano, 1838年-1917年）所說的，反思是一種「內觀察」，但它並不是對自己當下心理活動的直接認識（稱爲內意識），而是朝向「自己過去的心理活動」（徐竹，2013：355）所以它是一種間接的認識。

內感覺論者的主張認爲，反思作爲對自己當下心智狀態「是什麼」的認識，是一種自我對象化的、間接的認識。但這種主張引發了反思是一個扭曲事物棱鏡的問題，也就是說當我們反思地探究主體時，所對的是一種被反射的影像或派生的表象，而不是原初作用著的主體（functioning subjectivity）（Natorp, 1912：30）。如德國哲學家海德格（Martin Heidegger, 1889年-1976年）所曾指出的：反思是一種理論性的侵犯，它打斷了體驗之流，並且將一種分析性剖析和消解作用施加於其上：「我們外一置（ex-posit）那些體驗並且將它們從體驗的直接性中抽離出來。我們彷彿浸入流淌著的體驗中並且從中掐出一個或更多的體驗，這意味著我們『使河流靜止了』。」（蔡文菁，2008：95）當我們反思地探究自我時，所形成的是有關自我對象化觀察的重構，所掌握到並不是內在生命借以呈現自身的、持續的、生生不息的生命之流本身。

關於反思內感覺主張所引生的、無法掌握活生生的生命體驗本身的問題，有學者提出：認識自我生命本身不能只是依靠反思，以海德格爲例，他雖然肯定反思是一種自身領會（self-apprehension）的方式，但他透過有關反思本質的批判，發現了反思的非直接性，發現反思不是原初的自身

揭示，於是他另外追求一種對於體驗世界的非反思的、非對象化的、非理論的自身理解，但他所說的非反思的、直接的自身熟知，不是內省、內感知或自身反思，而是「對於一個沉浸於世界中的自身的理解」，「是在我的所做所爲和所遭受事件、在我所面對和完成的事物、在我的關切和漠視中實際體驗著自身」；而且這種自身熟知，不只是指向孤立的意識內部，而是「在我們與世界打交道的過程中，並通過這個過程我們才原初地遭遇了自身」（蔡文菁，2008：99-104）。海德格認爲有一種對自身生命本身的直接掌握，它是一種前反思階段，當我們呈現於生活世界的互動往來中時，把自己「沉浸於世界中的自身的理解」。

有關反思對於自身當下心智的認識是直接的或間接的爭議，有一種比較折衷的立場，如法國哲學家沙特（Jean-Paul Sartre, 1905年-1980年），他主張反思是多義的，以爲：引發對於對象曲解的反思是我們日常遇到的反思，但這是一種不純粹的反思；有一種反思是純粹的反思，提供我們對於對象非歪曲性的專題化，它僅僅是一種「注意接受」，展露和專題化了那些本來已熟悉的事物。純粹反思是反思的理想形式，但不是輕易地自動地顯現，必須經過某種淨化的導泄過程才能獲得（蔡文菁，2008：110-117）。

此外像本書第一部分所介紹的，杜夫海納（Mikel Dufrenne）在有關感性認識的研究中提到二種反思，一種是與對象相對立的反思，一種是與對象相依附的反思，或稱共感反思（sympathetic reflection）（Dufrenne, 1973：392-393）（參見本書：頁24-27）。與對象相對立的反思，就是把自己與對象相對立，對它進行批判性的考察，這種反思可以讓我們看清對象，但這種反思是透過分析對象，把對象納到自己的認識結構中去理解，並還沒有深入對象內部（Dufrenne, 1973：388-389）。然而「通過與對象相依附的反思，是我服從對象，不是對象服從我，我聽任對象把他的

意義放置在我身上，我不再把對象完全看成是一個應該通過外觀去認識的物……，相反的，把它看成一個自發地和直接具有意義的物……亦即把他看成一個準主體（Dufrenne, 1973：393）。透過與對象相依附的共感反思：我聽任對象把他的意義放置在我身上，我調整自己的存在使之與對象保持相當同一的狀態，並且反身在我自己身上去覺察對象據以成為他自身的內在生命或情感狀態。與對象相依附的共感反思「是一種信任的和熱情的注意（attention）」（Dufrenne, 1973：395），它為感受的發生作準備，我們通過這種注意，我使自己與對象成為共同存在的關係，而且在自身中充滿著對象，對象因熟悉而明確了；而且因為我的認識更深地與我自己結合，所以我的認識也深化了（Dufrenne, 1973：395）。共感反思也是認可發生在我身上感受狀態的活動，共感反思對自身感受狀態的認可，不是對象化的，而是與自身當下發生的感受狀態相依附的、直接的「信任的和熱情的注意」。用Max Van Manen的話說，這是一種mindfulness，一種特殊的反思，是在瞬間行動中發生和完成的「全身心的關注」（李樹英，2001：135）。

（三）理性主義理論

　　有關心智的直接親知理論和內感覺理論，基本上都是以觀察的模式來獲得有關自我心智狀態的經驗知識。理性主義理論者並不否認對自己的感覺和其他非理性的心智狀態是可以透過內省或內感覺的觀察模式來獲得，但理性主義論者特別把探討的焦點限定在像信念、願意、意圖等這類「能夠得到合理評價和修正的心智狀態」（徐竹，2013：194）。理性主義論者所關心的自我，是在行動中發揮作用的能動者（agent）自我，一個在行動領域中透過批判反思以改變自我的能動者自我，一個生成發展中的自我，而不只是被對象化的自我。理性主義理論者認為，這種對於理性能動

者性質的自我知識比其他觀察性的自我知識更根本（徐竹，2013：56）。

問題是我們如何形成有關自己作爲能動者（agent）的自我知識呢？簡單地說：

> 只有運用能動性，我們才能把握自己的能動性。（徐竹，2013：56）

能動者自我的知識是在能動性的實踐中被能動者認識到的，這種在運用能動性中被能動者自己掌握到的能動者性質包含那些內容呢？康德曾指出：

> 如果一個人是通過認知的或知覺的行爲才具有自我意識的，那麼，他的自我意識也是一種把自我看作自主的、理性的、自我規約的、自由的行動者，而不是把自我看作表徵內容的被動接收者：「我之所以是一個智慧的存在物，乃由於我意識到智慧只是某種組合的力量」，……這就是「自我的活動」的組合。（徐竹，2013：56）

有關能動者的自我知識，是在運用能動性中被能動者直接認識到的，它是一組「自我的活動」。「自我的活動」是在使用中被自己認識到的，也就是說有關能動者的自我知識是一種「即行之知」，因此有時會稱它是行動中的知曉（knowing），而不稱之爲知識（knowledge），所掌握到的是生成發展中、活生生的「自我的活動」。例如：「當我愼思某個非常重要的決定，我就是在主動地衡量那些相關聯的考慮，權衡各種理由等等。這一活動使我意識到，我是一個能動者，擁有創造思想的力量，能夠決定行動的選擇。」這個「可以創造思想，激發行動」的能動者的動能性，是透過

思想的創造，行動的激發而被實現和被認識的，或者說我們對自己「理性的能動性的把握，……是透過能動性的運用而實現的。」（徐竹，2013：56-58）

法國哲學家呂格爾（Paul Ricoeur, 1913年-2005年）指出：我能做，表示「使……發生」，但我們要區分「有意識地使發生」和「按因果方式發生」，其中「有意識地使發生」才算是能動性的運用，而「有意識地使發生」是指能動者不僅「使……發生」，而且能在行動領域中「承認」我是行動者且對自己的行動負責，並做出「承諾」（汪堂家、李之喆，2011：83）。

呂格爾指出在行動中對自我的「承認」是一種自我身分認同，包含在行動領域中能動者的身分認同，以及責任歸咎領域中責任承擔者的身分認同，當「承認」我是行動者時，表示我有能力（汪堂家、李之喆，2011：83）；「承認」自我是有責任的，表示我「佔有」自己的行動，並認為這些行動是自己的（汪堂家、李之喆，2011：103）。而「承諾」，是面向未來的，是展望性的，當說話者說出「我承諾」時，表示他保證開端會有後續，並保證會揭開事物新的運行過程（夏小燕，2015：299）；承諾就是會有效地「投身到」一個未來的行動，會有效地全心全意去「做」命題所陳述的事情（汪堂家、李之喆，2011：109）。呂格爾指出主動性的展開有四個階段：

> 第一階段，我能（潛在性、力量、能力）；第二階段，我做（我的存在就是我的行為）；第三階段，我介入（我把我的行為列入世界的運行過程中：當下與瞬間協調一致）；第四個階段，我遵守我的諾言（我繼續行動，我堅持，我持續……）（夏小燕，2015：299）

在第一階段「我能」是透過行動者主動「承認」我是行動者，來表示我有能力，這是一種自我認同的承認，旨在於區別於他者；第二階段「我做」，是透過「承認」由我負責任，表示行動是我的，這是一種自我歸咎的認同；第三階段「我介入」，是進一步引發相互的承認，每一個人得到他人的承認，這使得能動者脫離隔離的狀態與另一個系統發生動態的相互協調的互動關係；第四階段「我遵守我的諾言」，能動者的主動性展現為承諾，「承諾就是主動性的倫理。這種倫理的核心是遵守我的諾言之承諾，保證開端會有後續，保證主動性確實將會揭開事物新的運行過程。」（夏小燕，2015：299）

簡言之，理性主義理論的自我知識，它不是關心「我是什麼」的問題，而是關涉到行動領域及責任歸屬領域中的「誰」行動，「誰」負責的問題，立基這類理論，有關自我心智能動性的反思，就不是去描述心智的內容或者說是擁有那些心智內容而已，而是要主動地去「形成了、或者說創造（author）了它們」，並在這個自我創造的活動中，並透過反思自己的理由而意識到自己的態度、信念、意圖中不得不然、主動承擔的責任感和能動性（徐竹，2013：22、207）。在這類行動領域中有關自我心智第一人稱的權威，不是源自自我觀察，而是源自一個理性的能動者，他能夠對他自己的心智狀態形成負責和可修正的承諾，而理性能動者行動中的自我「承認」和「承諾」是透過反思自己行動的理由來形成的，因此而有一種通透性（徐竹，2013：7、194-194、203、208），一種透過反思其行動理由而獲得的了然於心的理性上的通透性。

Peltier、Hay與Drago曾定義「了然於心的反思」（intensive reflection）為「學習者成為對為什麼他們如此思考、知覺或行動有所覺察（aware）」（Peltier, Hay, & Drago, 2005：253），所說的就是學習者所經歷的自我轉化，不僅只是運用其能動性——批判地反思自己的參考框架來

轉化自己的參考框架，而且透過反思自己行動的理由來形成，而形成一種了然於心的反思（intensive reflection），覺察到自己為什麼如此思考、知覺或行動，而對自己作為理性能動者，產生一種理性的通透性。

（四）小結：自我知識的認識方法

以上三種有關自我知識的理論，就其認識「自我的活動」的方式而言，大致可區分成觀察模式和非觀察模式二類。

1. 觀察模式的反思：觀察模式的反思是以對象化的方式，把自我的心智狀態當作某物，以主客對立的方式去對它進行描述性或解釋性的重構，這種認識方式所掌握到的不是當下發生中的「自我的活動」本身，而是一種回顧式的、再現性的認識，可以形成有關「我是什麼」的主題式描述或解釋性的理解。

2. 非觀察模式的反思：非觀察模式的反思是以非對象化的方式與自己生成發展中、活生生的「自我的活動」直接面對面的認識；在這種自我認識中「自我的活動」不是被視為某物，不是肯定有一個具實體的我或心智，而後對它進行對象化或非對象的認識；也不是要去認識一個更加本源的自我或心智。非觀察模式所認識到的是一組複雜的「自我的活動」，對這組複雜的、生成發展中的「自我的活動」引發即行之知，一種行動中的知曉（knowing）。

對理性主義理論者而言，非觀察模式的反思所企圖掌握的「自我的活動」是行動領域中正審思行動理由的「誰」，以及責任歸屬領域中正承擔起責任中的「誰」，所關注的是人作為理性能動者的活動本身。非觀察模式的反思所指向的「自我的活動」，不僅只是人的理性行動；也可以是其他面向的「自我的活動」。非觀察模式反思所指向的「自我的活動」也可以是前反思階段人與情境互動的活動本身。以海德格為例，雖然他不認為

反思可以直接指向這種前反思階段「沉浸於世界中」的互動，但他提出有一種非反思的「沉浸於世界中的自身的理解」，能對前反思階段人與情境互動的「自我的活動」進行非觀察模式的認識。而沙特則認為有一種特殊的反思，或稱之為純粹的反思，可以形成有關「沉浸於世界中的自身的理解」，但這種純粹的反思是需要特別訓練才能展現出來。

杜夫海納審美知覺現象學理論中所揭示的非觀察模式的反思，其所關注的「自我的活動」就不是前反思階段的活動，而是感性認識領域中特殊的認識，它是透過感受（feeling）去掌握對象內在生命或情感狀態的認識活動；它是一種把自己、把整個存在都交涉進去的互動中完成的認識，但這種認識並不是回到前反思階段的互動，是一種比較複雜的感性理解。杜夫海納以為有一種與對象相依附的共感反思，在這個透過感受（feeling）來完成的、複雜的感性理解活動中投以「信任的和熱情的注意（attention）」，讓我的感性理解活動不僅發生，而且我可以參與其中，並與這個「自我的活動」（感性理解活動）直接面對面，見證它的發生。

用Max Van Manen的說法，非觀察模式的反思所指向的「自我的活動」是對他人的「共感理解」，亦即設身處地生活在對方式的世界中，或者說他人已經活在我的世界裡，我認識到他人的經驗是一種人的可能經驗，因而也是我自己可能的經驗（李樹英，2001：129-130），Max Van Manen稱在這個共感理解活動中發揮自身注意的特殊反思為mindfulness，它是在瞬間行動中發生和完成的「全身心的關注」（李樹英，2001：135）。

二、教學建議

有關人類認知活動的哲學或心理學研究一直是教學設計的基礎，立基不同的認知觀點，因運而生不同的教學規劃與設計，作為教學規劃者，

首先必須去思考自己所要採取的心智哲學或認知理論是什麼，以利提出相應的規劃。立基以上各家說法，從事反思教學者，其教學目標如果是設定在培養學習者有關自己心智狀態或「自我的活動」的認識，本書有以下建議：

1. 提供非觀察模式的反思訓練

非觀察模式的反思是指對自己當下發生的「自我的活動」進行非因果的、直接的反思，它不僅有助我們形成自我能動性的覺察，且豐富了當下經驗的豐富多樣性，累積了我們內隱經驗的內容，增加對情境的敏感性，有助於行動中的反思、默會知識及實踐反思的發展。或者說沒有這個對自己當下「自我的活動」非因果的、直接的反思，我們在行動後進行回顧式的反思時，將可能出現一片空白或者內容貧乏的現象。如果我們對自己當下發生的「自我的活動」無所知曉，那麼當下發生的各式活動也可能淪為一種「心醉神迷」的狀態，或者淪為機械地、自動化的重複，甚或無目的的盲動。

非觀察模式的反思，是以非對象化的方式與自己生成發展中、活生生的、一組複雜的「自我的活動」直接面對面的認識；它是在使用這組「自我的活動」中完成的即行之知，一種行動中的知曉（knowing）。為了協助學習者建構這類自我知識，首先要提供學習者啟動這組複雜「自我的活動」之實作訓練，並同時啟動學習者對整個實作的過程產生行動中的知曉（knowing）。

教學者所關注的「自我的活動」可以是：前反思階段的「自我的活動」、感性理解或共感理解中的「自我的活動」、行動或責任歸屬領域中的「自我的活動」、或自我轉化與自我認同活動中的「自我的活動」，或其他的「自我的活動」等，針對不同的「自我的活動」，將有不同的訓練或學習規劃，因此教學者得先做教學目標的設定。

　　如果您所設定的教學目標是要指向行動或責任歸屬領域中的「自我的活動」，那麼即是要提供學習者自我解放和自我賦能的教育，以及後設認知反思（meta-cognitive reflection）、自我作者身分反思（self-authorship reflection）、轉化的和了然於心的反思（transformative reflection and intensive reflection）等反思思維的練習。如果您的教學目標是要指向前反思階段的「自我的活動」，所要提供的就是整合知曉、行動和存在的實作訓練，引導學習者以更具反身性地的方式回歸到沉浸於情境的直接交往互動中，以及加強對於當下沉浸於情境中自身存在活動的覺察與注意。如果您的教學目標是要指向感性理解或共感理解中的「自我的活動」，所要提供的就是感性認識的訓練，以及加強學習者的共感反思：一種沉浸於當下，對當下「全身心的關注」（mindfulness）或「信任的和熱情的注意」。[1]如果教學目標是要指向自我轉化與自我認同活動中的「自我的活動」，那麼所提供的學習訓練，則是包含前面三者。本章以下所引教學案例，即屬這第三類教學的規劃。

　　總之，透過非對象的反思所指向的「自我的活動」，不僅只是指向到

---

[1] 如果將「自我的活動」設定在沉浸於當下的存在活動，那麼對這種「自我的活動」非觀察模式的反思訓練，確實可以藉助身心覺察技法的訓練來達成，但這並不是唯一的訓練方法，教學者也可以藉助放慢生活事件來提供練習，如慢動作的呼吸練習、走路或慢跑的練習；也可以藉助需要高度專注才能完成的工作來做為練習，如運動技能或技藝的刻意練習等等；持續的自我書寫也是可行的方法。與自我的連結會因為與自己產生內在同頻而引生幸福感，因此坊間不少身心覺察技法的教學是導向「療癒」、「減壓」的方向，但請讀者不要忘了身心覺察技法也是一種提升學習者「認識」能力的訓練。然而為了提升學習者「認識」能力的身心覺察練習，應該與只是為了達到「療癒」、「減壓」效果的教學設計有所不同，在大學課程中融入身心覺察技法以作為提升學習者認識能力的訓練，不能只有提供實作練習而已，應該思考如何經營配套的教學設計，以突顯大學課程的學術性或學習的深度。

前反思階段呈現於當下時的存在活動，也可以指向到更爲複雜的感性理解或共感理解的當下，更不要忘了，也可以指向到理性能動者能動性運作的當下。「自我的活動」是多面向的，從事非觀察模式的反思訓練之前，無論是教學者或學習者首先要確認在自己的教學目標，澄清所要啓動及覺察的「自我的活動」是什麼？並提供適切的訓練。

2. 提供觀察模式的反思訓練：形成描述性及理解性的自我知識

　　非觀察模式的自我反思，讓我們得以清楚地呈現於「自我的活動」的當下而不是處於心神喪失的狀態，並且在脫離當下狀態後，讓我們得以透過回想，去重構過去的當下經驗，得以對過去「自我的活動」體驗展開觀察模式的反思。如Asemissen所說的「反思的一種突出的特徵在於，在其中第一人稱單數的『我』實現且承受著一種內在的複多化（pluralization），然而僅在反思中『我』才能夠變爲專題，然而其代價是一個進行分割的自身異化，它在其中使得自己遠離了自己。」（Asemissen, 1958：262；蔡文菁，2008：115）積極地看待反思的自身異化，對自我進行自身異化，讓那個曾經發生並被我注意到的「自我的活動」，得以重新被「看見」，並展開多元觀點的主題化自我檢視，那麼將如Moran所指出的，反思的遠離反而是一種觀察和迎對，當我們反思時，我們是在重新面對過去曾經遭遇的體驗，「反思的疏遠使我們批判性地關聯到我們自身的心理狀態並對其提出質疑。最終它迫使我們理性地行事。」（Moran, 2001：142-143；蔡文菁，2008：115-116）亦如德國哲學家胡塞爾（Edmund Gustav Albrecht Husserl, 1859年-1938年）所指出的，自我異化的反思可以導向主體性的成熟和豐富（蔡文菁，2008：120），尤其是透過對自我採取對象化和第三人稱的視角，我可以嘗試將自己領會爲一個人或人類，進行人文或社會科學的社會化主題探究，也可把自己領會爲一個心理或物理的實體，進行自然科學的自然化主題探究，這將深化

我們對自我的理解。沙特則認為從他人的角度來理解自身，即是把自身看作是在世界之內（in the midst of the world），把我放在關係脈絡中來理解，而不只是一個孤立的存在（蔡文菁，2008：120）。

　　有關觀察模式的反思，無論是指直接親知的內省或內感覺，都是脫離當下「自我的活動」的狀態，以主客對立的方式去探索曾經發生在我身上的「自我的活動」。觀察模式反思的探索，所喚起的是曾在我身上發生的「自我的活動」的描述性地再現，探討它「如何」發生；以及對這個曾經發生在我身上的「自我的活動」進行詮釋性的討論，探討它「為什麼」如此發生；更進而進行批判性探索，「批判性地關聯到我們自身的心理狀態並對其提出質疑」，探索其它的可能描述、解釋或進行「應該如何」探索。

　　在教學上，建議先邀請學習者針對曾發生在自己身上的「自我的活動」進行回憶式的描述，建立原初資料；爾後再引導學習者針對自己所再現的「自我的活動」進行再反思，嘗試將曾直接體驗和覺察到的、發生在我身上的「自我的活動」轉化（transform）為更具概括性的描述，以發現經驗的結構；或進行進一步的分析，以發展解釋性的理論。為了促進批判性的探索，建議教學者可以在這個學習階段中介入更多的小組或師生的討論與對話，或融入相關「自我的活動」的後設認知理論閱讀，擴展學習者的觀點，讓學習者可以在不同的描述與理解之間進行比對，選擇，探索，進而促進觀點的改變、理論化的發展以及找到未來發展的方向。

　　總之，觀察模式的自我知識教學，主要是在協助學習者將曾經發生在我身上的「自我的活動」轉化（transform）為描述性的或解釋性的「自我知識」，所要啟動的是經驗學習的模式；引導學習者反思曾經發生在自己身上的「自我的活動」，並對它作經驗的概括與解釋，以創造個人化的自我知識或理論。在這類教學過程中如何引導學習者更有細節地去描

述自己過去的經驗，如何引導學習者提升經驗結構的概括能力，與增進經驗的解釋能力等，都是教學的重點；亦即加強對「自我的活動」的後設認知反省，覺察發生在自己身上的反思活動並且對它進行知識的討論（Zimmerman, 2002：65）。但這個自我知識的探討是具批判性的，以對自己認知活動的自我知識為例，學習者除了要能覺察、思考和理解自己的認知歷程，甚至要能去監控、調整自己的認知歷程（Flavell, 1981），也要思考「應該如何發展」的問題，以促進個人形成新的理解與成長。

3. 導向自我解放與自我發展的實踐

從反思的角度來接近「自我的活動」，它作為一種有關「自我的活動」的觀察模式的對象化認識，是一種批判性的認識，並且指向自我改變與轉化，如此使得「自我的活動」成為一種「能夠得到合理評價和修正的」「自我的活動」，或者稱之為「自我解放」、「自我賦能」、「自我轉化」、「自我教養」、「自我技術」或「修身實踐」的活動。

指向「能夠得到合理評價和修正的」「自我的活動」，其所形成的自我知識是多樣的。我們可以透過觀察模式的反思而形成「我是什麼」或「我正在成為什麼」的自我知識；但因「能夠得到合理評價和修正的」「自我的活動」還涉及改變的過程，無論是觀點或知識的改變、行動的改變，或是存在狀態的改變，如果改變不是「按因果方式發生」，而是「有意識地使發生」（汪堂家、李之喆，2011：83）或者經過「刻意練習（deliberative practice）」而達致的，那麼我們還可以透過非觀察模式的反思，在自我轉化的行動中，形成能動者的能動性的當下覺察。自我轉化行動中能動者能動性的當下覺察，是行動者在反思自己行動的理由中所發現與覺察到的，是「我」在進行自我解放的反思，是「我」在依照自己內在的價值去行動，是「我」在創造著自己、在編寫著自己生命的意義，是「我」在承擔著持續改善的責任，是「我」在承諾著持續發展自我。這是

一種行動中的知曉，一種了然於心的明晰感。也就是說，我們除了行動，還要反思自己爲什麼如此行動，在這種反思中對自己作爲理性能動者，產生一種理性的通透性。如果我們只是行動而不反思自己行動的理由，那麼作爲理性的能動者的能動性就無法彰顯了。所以要啓動這類型的自我知識學習，除了啓動自我解放與賦權這組複雜的「自我的活動」外，其中「了然於心的反思」（intensive reflection）作爲「學習者成爲對爲什麼他們如此思考、知覺或行動有所覺察（aware）」（Peltier, Hay, & Drago, 2005：253）的反思，尤其重要。

但教學者如果採取具身體哲學的觀點，以爲我不僅只是心智而已，那麼反思所指向的「自我的活動」，可以改成是「能夠得到合理評價和修正的全身心狀態」了。在這個脈絡裡來規劃自我知識的學習，當然首先要有啓動身心狀態改變的「身體學習」或「身體練習」，也要安排有在「身體練習」活動中即行而「知曉」自己生成發展中的自我之訓練不僅覺察，而且知道自己爲什麼要如此行動。

從教學的立場而言，在身體學習或身體訓練的教學中，進行爲什麼要如此調整身心狀態的反思也是非常重要的。因爲這種反思讓學習者不只是行動，不只是被動地參與改變身心狀態的身體學習；透過探詢自己爲什麼要如此調整身心狀態的反思，才能找到源自內在的改變動力，展現學習的主動性。再則，當我們把具身認知的觀點帶進「自我的活動」後，我們除了可以透過反思自己爲什麼如此行動來覺察到自我理性的能動性外，還可以關聯到存在領域中活生生的、身體的能動性。問題是在具身的心智觀點下，身體的能動性是如何被學習者掌握到呢？如Thomson（2001）所指出的：「眞正的教育引導我們回到我們自己，回到我們所處的位置，它教導我們要居住（‘to dwell’）在那裡，並在居住在那裡（‘there’）的過程中改變我們。」這種關涉存有活動的教育，並不是把學習者帶入沉浸於世界

中的狀態而已，而且是透過「把我們從直接沉浸其中的世界中分離出來，然後以一種更具反身性的方式（a more reflexive way）把我們帶回到這個世界。」（Thomson, 2001：254）也就是說，涉及存在領域的教育，不只是引發學習者沉浸於世界中的存在活動，還要引導學習者從直接沉浸其中的世界中分離出來，讓那個曾經發生在我身上並被我注意到的沉浸世界中的「存在的方式」重新被看見，亦即在經驗之後以觀察的模式，對沉浸世界中的「存在的方式」進行批判的反思：思考其「如何」發生，「為何」發生，「應該如何」發生等問題。但批判反思並沒有把我們帶離開這個世界，沒有要我們從存在的世界進入思想的世界，而是以一種更具反身性的方式回歸到我們存在的處所，並重新與之相親熟（Thomson, 2001：245），過程中互動方式改變了，在其中生成發展中的「我」也隨之改變。

　　為了引發以更具反身性的方式回歸到沉浸世界中的互動，僅僅通過知識的獲取是不夠的，我們需要導向一種為存有論（ontology）服務的認識論（epistemology）。通過支持學習者以整合知曉、行動和存在（knowing, acting, and being）的方式來重新定位學習；學習所關注的焦點應該是放在學習本身和增能（enhancement）上，而不是知識本身（Dall'Alba & Barnacle, 2007）。就教學者而言，所要關注的就不是如何傳遞知識給學習者，而是如何「讓人學習」（letting learn）；教師所要關注的是如何為學習者創造學習的空間和機會，以啟動學習者的學習行動。有關如何創造整合知曉、行動和存在的教學環境問題，Dall'Alba與Barnacle曾建議，教學者可以創造性地把情境納為教學的場域，要對所遇到的問題及學生的需求有敏感性，並促進學習者的自我覺察和反思實踐，為學生營造讓整個人都參與其中的教育方法：他們知道什麼，他們如何行動，他們是誰（Dall'Alba & Barnacle, 2007）。

　　總之，導向自我解放與自我發展實踐的自我知識，是一種整合知識、行動與存在的教育，在這個問題脈絡裡來思考自我知識的教學，所涉及的自我知識，含「我是什麼」、「我應該成爲什麼樣的人」的批判性探索；以及涉及行動、責任歸屬和存在領域中的「誰」行動、「誰」負責任、「誰」存在的自我能動者（agent）的能動性的探索。

4. 嘗試採取具身心智理論作爲教學設計的理論框架

　　因應廿世紀六七零年代具身認知的發展，有關自我心智狀態的認識，不再只是被理解爲有關非具身的（disembodied）的心智的認識，有關沉浸於世界中的「自我的活動」當下知曉，被導向是有關根植於身體、擴及於情境以及在情境互動中生成和湧現的具身的知曉（knowing）活動的認識，越來越多學者呼籲要重視身體學習領域中具身化知曉方式的發展（development of embodied ways of knowing）（Dall'Alba, 2004, 2005）。

　　傳統表象論和計算機的認知觀點，認爲心智是一個操作符號的裝置，認知是孤立的個體內在進行的程序。持這個立場者專注於形式規則和認知運作的內在過程（Thelen, Schoner, Scheier, & Smith, 2001），知識被視爲是存在於心智中的某物，而心智則被認爲是操作符號的裝置；認知活動被理解是一種理性的、對於抽像符號的智力操作，它是在心智或大腦中孤立完成的事件，運用這種傳統認知觀而生的教學設計，主張教學是既定的客觀知識的傳授過程，強調資訊加工或聯結複製，以及灌輸式的教學。採此觀點者如美國教育心理學家Gagne（R.M. Gagne），認爲學習的典型模式是計算機的信息加工，外界信息通過接受器轉變成神經信息，儲存在大腦短期和長期記憶區的中樞加工使用，經加工的信息被傳送至身體的反應器（Gagne, 1985）。在此觀點下，學習的過程可以是非具身的（disembodied）的訓練，側重於知識的傳遞及心智（mind）的訓練，或強化大腦中樞的功能，基本上與身體沒有太大的關聯，甚至有些學者認

為學生活動的身體會帶來麻煩，需要被加以馴服，或者要克服的的障礙（Lewica, 2009）。

從心智哲學的立場而言，英美認知科學界有關心智本性的研究，在廿世紀70年代發展出完全脫離傳統英美哲學關於理性和心智內在論的概念（LaKoff & Johnson, 1999），以為理性和心智都是身體化的（embodied）發現：心靈的內容具有世界化（worldly）的面向——在環境中構成的面向。所謂的認知有其身體的基礎（bodily basis），而且認知過程絕不只是活動於認知器官皮膚以內；只將焦點集中在認知器官皮膚以內所發生的種種，是不可能理解認知過程的本性。這種有關認知過程的環境主義（environmentalism）之反省，提醒了我們在討論認知過程時，不能只注意認知器官以內的過程，應該涉及人與環境相關的、所有身體化的製作（如行、住、坐、臥等）（Rowlands & Mark, 1999）。如Varela等人（1991）主張「認知不是一個預先給予的心智對預先給予的世界的表徵，認知毋寧是在『在世存在』（being in the world）施行的多樣性作用的歷史的基礎上的世界和心智的生成」。知識不是存儲在心智中，而是在世界的交往活動中發展的；認知者處身於（situated in）世界中，認知者和其實踐的世界彼此蘊含在相互生成的過程中（Varela, Thompson, & Rosch, 1991）。從具身認知的觀點而言，認知是一個系統的事件而不是專屬於個體內在的事件；它是根植於自然中的有機體適應自然環境而發展起來的能力，它是經歷連續複雜的進化發展過程，在身體和環境相互作用的動力過程中生成並發展為高級的、基於語義符號的認知能力（LaKoff & Johnson, 1999）。

隨著廿世紀第二代認知科學對具身性和情境性的重視，教學設計經歷了從客觀主義到建構主義的發展；在建構主義的觀點下，教學被認為是立基學習者經驗的主動建構過程，教學設計開始重視學習者的經驗與情

境。然而無論客觀主義或建構主義的觀點，認知都還是被認爲只是存在於學習者身體以內的過程。認知科學中具身認知的觀點，認爲知識不是對於外在事物的再現，而是在人與環境互動中生成和湧現的。立基這種具身的認知觀點，越來越多的教育者意識到身體及其所處環境的共同作爲是認知活動發生的基礎；因此在教學設計上開始強調身體的參與、多感官的學習、經驗的互動、實踐體驗及個人化知識的生成。課程設計中的具身建構主義（embodied constructivism）及生成論（enaction theory），成爲繼客觀主義和建構主義之後，新興的教育理論典範，同時開啓了以全新的觀點看待學生如何學習，教師如何教學，學校如何組織的新世紀教學發展方向（Bresler, 2004）。

具身認知科學已從理論的發展走向應用的階段，如臨床、運動、教育及社會與健康的設置等。例如在歐洲發展的具身治療（embodied therapies）或身體導向的治療，已有很多實證的報告；在教育上則是已運用於各級教育，強調身體與感官參與在認知過程中的教學方法（Leitan, & Chaffey, 2014）。建議讀者可以參考以具身認知作爲教學規劃的理論框架，發展有關具身心智的自我知識。

本書以下所介紹的「古琴與哲學實踐」課程中的反思寫作教學規劃，即是採取具身認知理論的觀點，因此有關非觀察模式的反思訓練，主要導向身體知覺的開發，引導學習者開發根植於身體，擴及於情境，在互動中生成和湧現的具身化知曉（embodied knowing）；有關觀察模式的反思則是引導學習者描述這種曾經發生在自己身上的具身化知曉，以及對它進行討論以獲得描述性及詮釋性的理解。

三、教學實踐案例討論——技藝實作練習中的具身化自我知識

以下將介紹筆者長期經營的：透過藝術實作的感性認識能力（或稱美感素養）開發課程，這類課程作爲一種實踐與反思並重的自我教養課程，所關涉到的自我知識是指向在自我教養過程中生成和發展的、「能夠得到合理評價和修正的全身心狀態」之認識。

（一）課程簡介

筆者在臺北醫學大學所發展的透過藝術實作的自我教養（感性認識開發）課程，一開始是單一課程，但經過教師社群的互動後，已發展成爲課程群組（林文琪、陳偉誠、蒲浩明，2014）。本課程發展經歷三個階段：(1)第一階段，教學模式的建立期（2003-2010年）：主要是以「古琴與哲學實踐」課程爲核心，立基具身認知的觀點，參考傳統禮樂教化的教學模式，發展透過傳統技藝實作的倫理行動教育，開發藝術實作與理論並重的教學，確立「藝術實作＋反思寫作＋後設理論」的教學模式（林文琪，2010）。(2)第二階段，教學模式推廣期（2010-2013年）：在這個階段中以「古琴與哲學實踐」課程爲指導課程，擴展「藝術實作＋反思寫作＋後設理論」的教學模式於其他藝術媒介中的應用，並集中於身體知覺及感性認識的培訓（林文琪等，2014）。在教學推廣時期參與本教學研發行動所使用的藝術媒介，除了古琴外還加入了雅樂舞、太極拳、現代舞及泥塑等。參與的教師有李楓（古琴）、陳玉秀（雅樂舞）、陳偉誠（太極拳、現代舞）、蒲浩明（泥塑）、李宜芳（雅樂舞）及林文琪（哲學）等人（林文琪等，2014）。(3)第三階段，跨域整合與縱貫發展期（2013年至今）：主要著重在整體學習環境的營造，立基前期課程發展的成果及教學經驗，開始發展從通識到專業的具縱貫延續性的身體學習（somatics learning）課群，開發根植於身體的基礎身體學習課群，擴及於情境的醫學人文課程，及落實於臨床的人文實踐課程（林文琪，2017a）。

　　以下僅以「古琴與哲學實踐」課程作為案例（林文琪，2010），說明並展示作者如何規劃具身化的自我知識教學，以及如何在其中融入反思寫作促進學習者自我知識的發展。

1. 古琴與哲學實踐課程

　　「古琴與哲學實踐」是一門立基傳統禮樂教化的教育構想，是一種把古琴技術的學習當作「自我教養」或「修身實踐」的身體訓練的媒介，引導學習者透過古琴技術的實作來調整自己全身心的活動，使其達到某種「理想狀態」。古人稱這種透過技藝實作的修身實踐活動是「由技入道」的過程，針對古琴的學習而言，筆者稱之為「以琴反身，由技入道」（林文琪，2015b）。

　　並不是學習古琴技術就是「修身實踐」，就能實現「由技入道」的過程；立基古代禮樂教化的構想，其中有一個非常關鍵的因素，就是「不離禮儀而言其義」的教學方式，亦即採取實踐與反思並重的教學模式（林文琪，2010）。本課程接受這個古代的教學建議，於古琴與哲學實踐課程中不僅安排古琴技藝的學習，且安排不離古琴技藝實作的「經典閱讀與討論」單元，引導學習者反思自己透過古琴實作的自我教養實踐經驗，探索古琴作為「自我教養」的身體訓練如何可能？探索透過古琴實作的自我教養過程中，我可以如何與琴互動，理想上應該如何與琴互動，而又為什麼應該如此與琴互動等問題。並融入「反思寫作」以強化學習者對「古琴實作」與「經典閱讀與討論」學習活動的再反思，促進學習的主動性及反身性。古琴與哲學實踐課程之教學內容結構與單元教學順序如下：

課程單元	學習內容	學習目標	
• 身體訓練	雅樂舞基本動作	體驗古琴是型塑理想行為模式的身體訓練；鼓琴是「做中庸」的哲學實踐	
• 專題演講	古琴相關藝術知識	知道古琴發展史、風格、流派、音色、指法、形制、構造、斷製等	
• 古琴實作	古琴入門曲：〈仙翁操〉、〈湘江怨〉、〈酒狂〉	鼓琴技術	分組輪班各上一小時
• 經典閱讀	樂記、琴論、相關哲學理論	了解古琴作為樂教的構想與意義	

圖1　古琴實作與反思並重的課程結構

　　本課程先安排「身體訓練」及「古琴相關知識介紹」，接著才開始「實踐與反思並重」的上課模式：學生每週進行一小時古琴實作，一小時經典閱讀與討論。每週課後都要撰寫反思日誌，期末安排學習者從自己的學習檔案中自選主題反思進行專題短講、古琴獨奏展演，以及進行學習檔案多元評量。

2. 有關自我知識的教學規劃

　　本課程作為透過古琴實作的自我教養課程，是導向自我解放與自我發展的自我知識教學，這是一種整合知識、行動與存在的教育，含「我是什麼」、「我應該成為什麼樣的人」的批判性探索；以及涉及行動、責任歸屬和存在領域中的「誰」行動、「誰」負責任、「誰」存在的自我能動者的能動性的探索。在課程中所涉及的自我知識有自我解放與賦能（empowerment）活動中的理性能動性、刻意的（deliberative）具身訓練中之身體的能動感和控制感、及「自我的活動」之對象化知識等三類自我知識。

　　在透過古琴實作的自我教養活動中所關涉的自我知識，是一種有關

「能夠得到合理評價和修正的全身心狀態」之認識，這個「能夠得到合理評價和修正的全身心狀態」不是存在那兒的某物，而是在古琴實作中生成發展的。從教學立場而言，無論我們企圖引導學習者展開指向生成發展中的「全身心狀態」之當下覺察，或是引導學習者展開回憶式的反思，都得先引發學習者參與透過古琴的修身實踐活動，並啓動學習者進行反身覺察，以及探索發生在自己身上的透過古琴的修身實踐活動，才能讓學習者展開學習（letting learn），參與自我知識的建構。也就是說，與自我生成或自我教養有關的「自我知識」，不是透過教學者把整理好的知識塞入學習者腦中而傳習的，而是需要透過複雜的課程設計才能「讓人學習」（letting learn）——啓動學習者參與到自我教養的實踐中，並啓動學習者對自身實踐的反思，這裡的反思是一種自我解放與自我賦能，引發學習者以更具反身性的方式回返到自我教養的實踐活動中。

　　以下說明本課程各單元，透過什麼樣的規劃來「讓人學習」：不僅說明如何啓動學習者參與透過古琴技術操作的自我教養活動，以及如何引導學習者反思自身的自我教養活動，也說明為什麼這樣規劃。

(1)古琴實作：啓動身體訓練中的理性能動性及身體的能動感及控制感

　　本課程提供學習者經常性的古琴實作教學，以作為學習者「自我教養」的身體訓練。然而古琴技術操作作為「自我教養」的身體訓練如何可能呢？

　　從技術操作的立場而言，技術操作並不是依著自然因果發生的活動，它也不是只是依照標準化流程的準則性知識，或規則性知識去做機械的操作而已，在技術操作活動中涉及更好的最佳（better best practice）技術狀態的追求；技術操作作為「為達到某一特定目的，根據某種方法進行的」任何人類活動（張卜天譯，吳國盛編，2008：26），它是一個有目的的行

動，它不是「按因果方式發生」的行動，而是人們爲了達到某一目的而「有意識地使發生」的刻意練習（deliberate practice）（Ericsson, Krampe, & Tesch-Römer, 1993）。

傳統雅樂舞、古琴、太極拳及書法等技藝，重視傳統技法（technigues）的學習，這些技法背後所指向的更好的最佳技術狀態是「依天道而行」的理想狀態（林文琪，2010，2018）。因此這些傳統技藝的學習並不是一種無模式的學習（model-free learning）或自由律動，而是一種經由「有意識地使發生」的刻意練習，調整自己的技術操作模式使之達到「依天道而行」的理想狀態之過程。在這個脈絡下，古琴技術的學習是一個由技入道的過程，學習者是有意識地依循前人所樹立的「技法」而調動自己全身心的活動，使其呈現「依天道而行」的理想狀態（林文琪，2006）的自我教養、修身實踐或身體訓練。

問題是本課程如何啓動學習者將古琴技術的學習當作是一種自我教養的身體訓練來操作呢？以下各個學習單元，都是爲了「使人學習」，爲了邀請及啓動學習者實現透過古琴技術實作的自我教養而做的教學規劃。

(2) 身體訓練：提供優化的動作原則及當下覺察力的訓練

本課程不只是提供古琴技術操作作爲「自我教養」的身體訓練，在學習者動手練習彈奏古琴之前，特別安排「身體訓練」單元，從雅樂舞（或稱爲倫理舞蹈）的基本動作訓練入門，讓學習者體驗古琴作爲樂教，作爲型塑理想行爲模式的身體訓練是如何的學習活動。在這個身體訓練單元中一方面教導學習者掌握隱含在身體訓練動作中的理想操作模式——內觀，整體放鬆，局部用力，力量釋放到末端（陳玉秀，2011）；同時引導學習者在實作中覺察（內觀）自己的身心動態，並嘗試調整自己的身心狀態，以實現理想的運作模式；並將雅樂舞的基本動作遷移到鼓琴動作的調整，引導學習者覺察自己彈琴的儀態、坐姿、心理狀態及動作模式等；並提醒

學習者彈琴的要領在於「如對長者」，透過彈琴的身體訓練，培養自己恭敬的態度與神情。

　　基本上古琴「技術操作」是一種非概念性的，涉及情感、感覺運動的反應和感知的「具身訓練」（embodied practice）（Gallagher, 2005），它是一種培養「恭敬而溫文」行為模式的倫理行動教育（林文琪，2010），或者「做中庸」的哲學實踐，透過古琴技術的操作來型塑理想的身心狀態。也就是說古琴技術操作作為身體技術的學習，不是簡單的工具操作或身體的操作而已，更是認識和存在方式的調整。誠如海德格曾指出的：技術本身是一種認識，一種廣義的認識，這種認識是「熟悉某物」（宋祖良，1996：17）[2]，也就是說技術製造是人在世的方式（being-in-the-world），是一種「居而寓於……」，「與……相熟悉」的活動（王慶節、陳嘉映，1999：79）。技術製造是一種日常的在世方式，這種「日常在世的存在我們也稱之為在世界中與世界內的存在者打交道。這種打交道已經分散在形形色色的諸煩忙方式中了。……最切近的交往方式並非一味地進行覺知的認識，而是操作著的、使用著的煩忙，煩忙有它自己的『認識』。」（王慶節、陳嘉映，1999：79）本課程對藝術「技術」的關注，正是指向技術操作活動中的上手（ready-to-hand）的經驗，技術作為一種認識，是在這種上手活動中的認識，它不同於在手活動（present-at-hand）的認識，在手活動的認識是對象化的、再現的技術認識（王慶節、陳嘉映，1999：101-102），而技術操作中上手活動中的技術認識，是一

2　海德格指出希臘文的「技術」是Technikon，指的是屬於techne（技藝）的東西，二者都與episteme（認識）一辭相關，意指廣義的認識，這種認識是「熟悉某物」，在某事上堪稱專家的意思；techne更是aletheuein（去蔽，或譯展現）的一種方式，「techne的決定性的東西決不在於製造和操控，不在於使用手段，而在於上述的去蔽（或展現）（宋祖良，1996：17）。

種根植於身體，且擴及於情境的；是在人與工具、與材料、與情境相互升耦合（coupling）中生成與湧現；是在人與他者相互作用動態的共同決定中湧現的具身（embodied）認識（Thompson, 2001），用波蘭尼（Michael Polanyi）的語言來說即是一種默會的知識（tacit knowledge）（Polanyi, 1959：12）。技術操作的上手經驗是一種感性認識，或稱為手感，一種「即行之知」，一稱「身體化知曉」（embodied knowing），一種在技藝實作中覺察到的具身的能動感和控制感（Barnacle, 2009）。

「作為技能活動的主體，我們不僅只是依靠心靈來處理活動，而是要與世界融為一體」（Dreyfus, 2009），透過古琴技術的實作，所引發的是一種具身的在世存在（being-in-the-world）的存在活動，或者說有關技術操作活動本身上手（ready-to-hand）活動的認識。這是一種沉浸於世界中「存在的方式」（ways-of-being）的調整，它不「按因果的方式發生」，而是「有意識的使發生」的活動，是我們刻意調整自己的技術操作，使其展現「依道而行」的狀態。傳統哲學稱技術操作者展現「依道而行」的狀態為「得道」，而因為操作過程中伴發的內觀或稱「具身化知曉」（embodied knowing），技術操作者才能在行動中「知道」，這裡所說的「知道」是透過「具身化知曉」，在技術操作過程中，當下覺察到發生在技術操作者身上的、一種在情境中不得不然的能動感和控制感。因此，學習者一定要能具備內觀的能力，才能對自身當下的身體經驗產生非觀察模式的直接覺察力，建構有關能動性的自我知識。

(3) 經典閱讀與討論：建構對象化的自我知識，展現作為理性能動者的能動性

本課程不僅引導學習者學習古琴的操作技術；而且邀請學習者把第二單元身體訓練所教導的理想動作模式——內觀，整體放鬆，局部用力，力量釋放到末端——當作動作學習的理想框架，在古琴技術實作過程中覺察

自己的動作並依照理想動作框架做刻意的調整，使自己的動作符合理想動作的狀態；配合實作練習，每週都安排有「經典閱讀與討論」單元，引導學習者探討透過古琴技術實作的「自我教養的活動」「如何可能」，探討在自己身上發生的古琴實作經驗「是什麼」，思考古琴實作「應該如何」展開以及「為什麼」如此展開等技術問題，引導學習者對自己透過古琴技術操作的修身實踐進行對象化的反思。

之所以如此安排，主要是為了讓「依天道而行」的自我調整不只是被動的模仿，期使透過古琴實作的「修身實踐」，成為一種「能夠得到合理評價和修正的」「自我的活動」，展現學習者作為理性能動者的能動性；並希望學習者可以透過對自身「自我教養活動」的對象化反思，建構描述性及理解性的自我知識，並能藉此類自我知識的建構，得以更具反身性的方式回歸到古琴作為「自我教養」的實踐中。除了參與透過古琴技術操作的「自我教養」的活動之外，還產生一種因為理性理解而被強化的內在動力（自得之樂）：一種自我肯定與承諾。

本課程安排在「經典閱讀與討論」中的主題有：(A)自己及古人為什學習古琴；(B)古琴譜中的技術知識；(C)古琴技術習得的發展層次；(D)技術與藝術的關係；(E)傳統禮樂教化的教育構想；(F)古琴與情感；(G)古琴、身體與道德；(H)古琴與歷史人物的典範學習；(I)古琴與天地自然的關係；(J)東西方哲學實踐的傳統。這些主題的教學，不是導向去脈絡化的議題討論，而是以對話的方式進行，並與學習者自身的前學習經驗與課堂上的學習經驗相關聯。為了讓每一個議題能與學習者的經驗相連結，課堂上每一個主題的討論，都是先引導學習者以小組討論的方式分享大家有關焦點主題的實際經驗，並邀請學習者整合大家的經驗並分析共同經驗的結構；接著才進入經典閱讀與討論，探討文獻中有關焦點主題經驗的解釋，引導學習者進行與自身經驗連結的經典閱讀，透過經典閱讀擴張及深化學習者對自身經驗的理解，以引發更具反身性的實踐。

(4) 每週的課後反思寫作

本課程邀請學習者每週課後都要書寫反思日誌，邀請學習者展開觀察模式的反思，描述與分析自己在課堂上所曾經歷的「自我教養活動」（含古琴實作及經典閱讀討論）。這個學習規劃，除了希望可以促進學習者描述與詮釋性理解的自我知識之發展，更希望藉此協助學習者發展自我轉化學習的主動性及內在動力。

（三）反思寫作融入自我知識教學

古琴與哲學實踐課程透過藝術實作、身體訓練、後設認知的反省、課後反思寫作等單元，共同協助學習者啟動透過古琴技術實作的自我教養活動，並在其中透過對話與反思，啟動學習者發展及覺察自我解放與自我賦能活動中的理性能動性，刻意的具身訓練中之身體的能動感和控制感，以及透過課後觀察模式的反思寫作建構「自我的活動」之對象化知識等三類自我知識。在這四個課程單元中，反思寫作之於自我知識的建構，不是外加可有可無的作業，而是讓整個自我教養的學習更具反身性的關鍵，以下二個反思寫作表單是古琴與哲學實踐課程中經常使用的學習工具：

課程名稱	古琴與哲學實踐	授課教師		記錄者	
上課日期	2011年　月　日	上課地點			
描述上課事件（請依課堂進行的程序，盡可能詳細的描述課堂上發生的事件，如課程內容、教室中老師在做什麼、自己在做什麼、自己的感受及想法。）			我對上課事件的解釋（說明自己對該事件的理解，老師為什麼這麼做、自己為什麼這麼做？我為什麼會有這種感受或想法？）		

圖2　「描述與解釋課堂事件」反思表單（2011版）

課程名稱	古琴與哲學實踐	授課教師		記錄者	
上課日期	2012年　月　日	上課地點	美學教室		
紀錄上課事件，自由書寫。 以講故事的方武，依課堂進行的程序，盡可能詳細描述課堂上發生的事件如：教室中老師和同學們在做什麼、自己在做什麼、課程內容；自己對課堂事件的感受、想法或判斷；與個人經驗連結的解釋；概括的解釋或發表論述等等。			自我提問練習（重讀左邊的自我記錄，先標明提問練習的目的，盡可能清晰而明白地寫下問題並嘗試回答，如what, when, who, where; how, why, what if等問題。）		
• 本週標題			• 本週提問練習的目的 • 提問練習		

圖3　「敘事書寫與自我提問練習」反思表單（2012版）

(1) 設計說明

2012年啓用的「敘事書寫與自我提問練習」反思表單是本課程經常使用的反思書寫表單，這個表單是由2011年「描述與解釋課堂事件」反思表格改良而來，都是強調以講故事的方式去記錄上課學習事件的反思書寫。[3]左手欄自由書寫的指導語爲：

> 以講故事的方式，依課堂進行的程序，盡可能詳細描述課堂上發生的事件如：教室中老師和同學們在做什麼、自己在做什麼、課程內容；自己對課堂事件的感受、想法或判斷；與個人經驗連結的解釋；概括的解釋或發表論述等等。

以上主要邀請學習者回憶上課事件，並以講故事的方式，盡可能詳細地描

3　有關「描述與解釋課堂事件」、「敘事書寫與自我提問練習」反思寫作表單的發展及詳細的說明，參見本書頁197-214，在此僅針對自我知識的書寫進行說明。

述上課事件，留下有溫度的「自我的活動」的原初資料。所以強調描述課堂事件的反思書寫，對古琴與哲學實踐課程而言具有特殊的意義。如前所述，本課程為了啟動學習者參與「自我知識」的建構，在課程內容本身做了相當具結構化的規劃，而且課堂的上課方式不是演講、不是知識灌輸的形式，而是以實作和小組對話討論為主。本課程的反思寫作採取敘事書寫的設計，邀請學習者以講故事的方式，盡可能詳細的描述上課的學習過程；並邀請學習者於書寫前，先在腦中想像上課情境及畫面，然後以充滿感受的方式去回顧學習者自己在課堂上所經歷的二種「自我的活動」——(A)在古琴實作單元中，啟動具身練習與對當下行動的具身化知曉（或稱身體知覺）的訓練；(B)在經典閱讀與討論單元中，對自己所曾經歷的具身訓練活動進行「如何」、「應該如何」、「為什應該如此」操作的反思，以及對自己所體驗的練習經驗進行批判反思或後設認知反思，啟動理性的能動性。——所以邀請學習者以講故事的方式去回憶上課事件，主要是希望藉此喚起學習者聚焦於自己所沉浸其中的課堂學習經驗，而不只是關注命題化的學習主題而已，促進古琴技術的學習與主題討論與自我的連結。

學習者在左手欄留下有溫度的「自我的活動」的原初資料後，接著邀請學習者重讀自己的學習故事，找出故事中的主題，為當週的學習經驗下標題。這個書寫設計的目的是引導學習者做個人學習經驗的概括練習。接著邀請學習者在右手欄進行主題化的再反思練習，針對自己左手欄所記錄的二種「自我的活動」（古琴實作與經典閱讀討論）進行觀察模式的反思。

「描述與解釋課堂事件」反思表單的右手欄，主要是邀請學習者直接針對左手欄的紀錄進行主題化的再反思練習。「敘事書寫與提問練習」反思表格，則是為了強化學習者的問題意識，配合課堂上提問式學習的教

導，以及提問式的教學方法；因此改以自我提問的方式來進行觀察模式的主題反思，邀請學習者針對左手欄所描述的個人經驗，以自問自答的方式進行主題式的分析。提問時並要求學習者寫下提問的目的，訓練學習者「有意識地提問」之自我回饋的能力。

右手欄的主題式分析，是由學習者自主提出的，但有時為了協助學習者聚焦於上課主題的思考，教學者也可以依照課程主題，設定問題，引導學習者再反思的方向。曾訪談學生，不少學生表示喜歡教師主動提出問題線索，理由是由教師提問，學習者覺得比較能掌握上課的重點。但還是建議教師盡量鼓勵學習者嘗試練習發展自己關心的問題，並試著用文字表述自己的問題，並嘗試提出自己的看法。有教育學者指出：教師的提問對引發學生的好奇、激發學生的好奇、培養學生的反思能力有神奇的效果（Arnone, 2003）；但若能鼓勵學生自己提問，則更能促進更高層次思考的發展（Gagnon & Collay, 2001）。

為了協助學習者發展右手欄的再反思練習，本課程採用Bain等人的5R的反思框架來協助學習者發展反思（Bain, Ballantyne, Packer, & Mills, 1999），但融入課程的方式不是提供學習者結構化的反思表格而已，而是在教學過程中融入配套的反思寫作教學，含反思寫作的後設反省、如何／為何書寫、利用5R的反思框架做自我反思風格編碼分析、提問式學習與自我回饋、執行檔案教學等（相關詳細說明請參見本書，頁152-180）。透過反思寫作的配套教學，5R的反思模式內化成為學習者進行觀察模式反思時自我監控的框架，學習者可以在自我提問練習中，刻意提出促進不同層次反思的問題，對自己在古琴與哲學實踐課堂上所經歷的「自我的活動」進行更有細節的描述，或更具結構化的概括，或發展更多元觀點的解釋。

總之，課後「反思寫作」的融入，引導學習者對自己在課堂上的經歷

的自我教養活動展開觀察模式的反思，一種批判性的反思：邀請學習者對自己所經歷的自我教養活動展開描述與解釋性的理解；邀請學習者檢視自己的學習動機，並與理想狀態相比對，發現可以再改善的地方，而主動嘗試調整自己的學習動機，以新的態度來參與古琴實作。反思寫作的融入，讓學習者得以再次探討其如何操作、應該如何操作、爲何如此操作，以更具反身性的方式回到具身練習，促進自我轉化與自我發展，並展現學習者的能動性或主動性。

(2) 學習者的反應

古琴與哲學實踐課程本身，透過古琴實作單元邀請學習者參與的自我教養訓練。透過強化身體知覺的實作引導，讓學習者對當下自我教養活動的本身進行非對象化的知曉，而知道「誰」存在，「誰」行動的自我知識。透過經典閱讀單元，對自己所經歷的自我教養的訓練活動，進行批判的反思，探討其如何操作、應該如何操作、爲何如此操作；亦即邀請學習者透過反思自身行動的理由而展現理性的能動性，以及以更具反身性的方式回歸到自我教養的實作中。反思寫作的融入，不僅促進了學習者的再反思，強化其反身性及能動性的覺察，而且也讓學習者的學習過程被看見。以下以2013年選修本課程的小菊同學的學習檔案作爲範例，一窺學習者參與本課程的反應。以下爲小菊期末所寫的「我與古琴相遇的故事」：〈緣起、相遇、回顧〉。她自述自己從原先將古琴當作一種樂器來學習，到後來把古琴當作自我教養媒介的改變過程。

第一次認識古琴，是從國樂團中的學長那兒知道的，那時，他用中阮彈奏了「酒狂」，和我說若未來有機會，希望能夠學會彈古琴。對於古琴的憧憬，或許就是那時候埋下的吧！之後隨著每週的課程，對於古琴的理解就多一些，從其歷史、製

成、保養方式，一直到實際動手操作，學習左右手的指法，學習一首首曲子。從現在看來，彷彿只是轉眼一瞬，但是對當時的我來說，每次都是不同的新奇體驗，每次都抱著對下次上課深切的期待，對於學習的饑渴，一直在心底翻滾著，但又在接觸到琴絃的那一刻平靜下來。

　　實際接觸古琴之後，對我來說，古琴不再只是學長口中的夢想，不再只是網頁上頭播放的音樂，不再只是印象中模模糊糊的憧憬，而有了更深的意義，除了彈奏的技巧外，更深刻的意涵。或許，我還是會希望能夠將琴彈好，希望能熟練指法與技巧，但是在這之外，我也希望能夠透過古琴，一窺古代儒家的種種思想主張，一窺雅樂的面貌。它是一把鑰匙，為懵懂的我開啟了一片不曾見過的知識殿堂，同時也引領我走入廣闊的儒道。藉琴，藉音，藉由其表面底下所蘊含的一切，讓我學習它的一種「道」。

　　對於現在的我而言，古琴是能夠讓我沉澱下來與之對話的「窗口」，與我交流種種我未知的「道」，是另一位指導我成長的「師長」。　（小菊，2013：古琴與哲學實踐學習檔案自評）

小菊同學原先把學習古琴當作是學習一種樂器而已，但經過每週課程的學習（含古琴實作、經典閱讀與討論及反思寫作），她明白了古琴「除了彈奏的技巧外，更深刻的意涵」是它也可以是一種與自我生命連結的教養活動。用小菊的話說，她以為「古琴是能夠讓我沉澱下來與之對話的『窗口』，與我交流種種我未知的『道』，是另一位指導我成長的『師長』。」小菊充分掌握到本課程所設計的「以琴反身，由技入道」的學習過程。

　　小菊指出：「隨著每週的課程，對於古琴的理解就多一些……每次都抱著對下次上課深切的期待，對於學習的饑渴，一直在心底翻滾著，但又在接觸到琴絃的那一刻平靜下來。」本課程引發了她對古琴技術實作的學習更具反身性的回返，對下一次的學習投以深切的期待與學習的饑渴。

　　閱讀小菊每週的日誌，可以發現她是全身心地參與每週課程的學習單元，她展現以下特色：(1)她對古琴操作過程有著非常細緻的當下覺察；(2)她可以主動對自己的古琴操作活動本身進行批判性的反思，反思自己如何操作、反思應該如何操作、反思為何如此操作。(3)反思日誌的內容詳實而深刻。也就是說，她在學習的過程中掌握到了自我解放與賦能活動中的理性能動性，刻意的具身訓練中之身體的能動感和控制感，以及「自我的活動」之對象化知識等三類自我知識，可以說她自己啟動了整合知曉、行動與存在整合的學習。

　　以下以小菊學期中一次上課日誌為例，展示她在透過藝術實作的自我教養活動中，所展開的自我知識的建構狀況。

課程名稱	古琴與哲學實踐	授課教師	林文琪老師 李楓老師	記錄者	小菊
上課日期	2013年11月11日	上課地點	美學教室&杏春樓三樓教室		

這一次的進度依舊是仙翁操，左手拇指關節處的皮總算稍稍長厚了些，按弦不再產生那種火辣辣的刺痛，雖然按弦時拇指指甲依舊會時而不時地刮到其他弦，但我相信我又前進了一步。似乎這一次才真正教完了仙翁操（上次是教完了第一頁而已，我誤會了），**將後段練習了幾遍之後，我開始嘗試從頭到尾彈一遍，當然中途免不了有失誤、錯音、錯弦……等等，不過雖然整曲彈下來斷斷續續地，跌跌撞撞的旋律應該會讓聽者想搗住耳朵逃跑吧，但我卻感覺到不可思議的平靜，隨著嗡然作響的琴弦，或許單調，或許破碎，但它緊緊捉住了我的意識，我一切的感官，**	・本週提問練習的目的： 　討論對於不同觀點的思考與接納 ・提問練習 【1】為什麼對同樣的東西，不同的人會有不同的觀點？ 　　雖然接受到的刺激是相同的，以文字來說，光人自身的知識就會使他們對於同樣一段話產生各種不同的解釋，而中國的文字又屬於不那樣精確的類型，其所表達

那短短一曲間，我彷彿被剝離了似地沉入冥想，十六張琴分歧的音色融合為一，我只聽聞我手上這把張琴所發出的聲響，結結巴巴地奏完整首曲子，周遭一切雜亂的聲音又響了起來，我好似被一股力道用力地抓了回來，一瞬間有些失神的暈眩感。

　　雖然這樣子說起來有點兒像是位成癮的癮君子，但對於那短暫時刻中與現實環境剝離的感覺，我深深地著了迷，彷彿世間只剩下我，和我指下振動的琴音，我惋惜這樣出竅似的專注太過短暫，卻也慶幸它是這樣的短暫，短得足以讓我戀戀不捨地回憶，短得讓我在現實的紛擾中吸到一口因稀少而珍貴的、純粹的氣息，短得讓我還不至於感受到僅餘自我的孤單，便悄然無聲地結束了。**雖然老師說專注最至高的境界似乎是洞開的感官，提升了極致的敏感度，將環境的一切聲響納入感官之中，或許是我的境界尚不足，但目前感受於我而言的滿足感，大大地增加了我對之的好奇心，或許未來某日能夠有所感悟吧。**

　　接下來又到了腦力激盪的時候了，這次是討論孔門弟子知音知樂的故事，不過我正好分配到「曾子知音」的部分，這次的紀錄就以它做為描述的重點吧。第一眼讀過去，前頭都不算太難理解，但是到了後頭孔子回應的部分，倒是讓我反覆讀了幾遍，還琢磨不出其意涵。雖然看出孔子似乎承認了自己的琴音中含有貪狼之志，但卻不明白為什麼孔子能如此坦然地承認？被奉為聖人的孔子，唾棄追名逐利之徒的儒家之首，琴聲帶有貪狼之志可是件大事！就常理判斷上明白不可能單純是這樣的義涵，但是反反覆覆地讀著，卻又找不出合理的解釋，困擾地和同學討論著，轉眼就到了要一同發表討論的時候了。透過討論與老師的引導說明，我才明白過來，我們錯誤解釋了其中的一段：「鄉者，丘鼓瑟，有鼠出游，狸見於屋，循梁微行，造焉而避，厭目曲脊，求而不得……」原來指的是孔子見到貓捉鼠的場景與過程，這樣前後一串，就合理了。
若要說哲學思想最令我驚奇的地方，那就是這裡了。一般當我們得出上頭的解釋，扔出了「感官

的概念式的意涵，更提供了不同的解釋空間，一句、二句、三句……整段落、整篇章下來，其排列組合似的分岔也就使得結果南轅北轍了。再加上每個人的生長背景、環境、經驗體悟各不相同，就讓彼此的想法間出現了更廣的歧異度，每個人通常都會以自身職業、性格、習慣的角度去看待事情，往往以自身做為解釋的出發點，儘管沒有刻意的偏袒，但也難能做到徹底的客觀——畢竟許多東西早已內化在腦中，潛意識似地，難以分割出來。

【2】為什麼在乍然聽聞與自身觀念相衝突的意見時，會感到不愉快？

　　相信大家都有過這樣的經驗，當自己根深蒂固的觀念被人毫不留情的推翻的時候，往往會感到憤怒，並且與對方爭執理論。我想，這應該有點兒類似自我保護的反應吧？想保衛自己的想法，畢竟那源自自身，更可能是出於自我行為的準則，自己奉為圭臬的理念，這麼樣地被否定了，是否自己許多其他部分也一同被否定了呢？而且，我相信凡人都會有缺點與過錯，但沒有人喜歡露出自己不那麼優良完善的一面，相對地在被迫赤裸裸地呈現時，自然會產生這樣反彈的情緒吧。

【3】如何才能夠接納他人不

於環境中所捕捉到的感受，會投射在演奏的音樂之中」這樣一個乍看頗具深度的結論後，討論就劃上了句點，但，這才是討論的開始！在老師的引導提問下，逼迫我們去思考其中含糊不清的部分：為何影響？如何影響？知音者又是如何聽出來的？釐清了細節以後，再做出延伸性的思考與討論：有無類似經驗、事件？動作與感覺間的關聯性？此結論能否實際應用於其他地方？以上討論的項目中，我想特別記錄「如何影響？」以及「實際應用」的部分。關於這點，又能夠回溯到前幾堂課一直在討論的，關於「身體知覺」的學習，也就是「覺察自我的身體」，此處表現的亦是在情緒的影響下（將自己想像成為貓，以貓的角色為視角），身體不自覺的動作，肌肉的收縮、節奏的加速、身體的緊繃……等等，進而使彈奏出來的音色產生變化，變得緊繃、急促而表現了緊張的情緒，以及「欲捉鼠」的企圖心。

應用上，在我既有的觀念中，我總認為「模仿」僅能做出表面上的相似，但欠缺了那份精神，儘管動作角度有著百分百的相仿，於觀者而言仍是截然不同的模樣，需要再理解那動作背後的因由、情緒、思考、目的……等等，才能夠真正表現出神韻。但老師卻給了一個完全相反的說法：先透過模仿，讓自己在該角色的位置上，在藉由對於身體動作的覺察來體悟其心境與情緒。這樣的觀念於我來說是個頗大的衝擊，但我想這也是討論學習的精華之處：在獲得多種不同觀點的想法時，能夠客觀看待並虛心接納，透過自己反覆琢磨、思考，甚至親身實驗體驗後，再去接納或者丟棄，而非一味地拒絕，或者囫圇吞棗似地全盤接收。

同的觀點？

我認為，要接納一個與自我理念衝突的觀點時，除了要盡可能地客觀，並了解其意涵，並且放下原有的成見和那份杯葛似的拒絕之外，最重要、最核心的，是要讓自己「認同」它，在徹底的了解──包括其意涵，以及它產生的原由與出發觀點──過後，過濾其優缺後和自我理念作融合，讓自己理解並體會該視角，同時適度地用自己的方式，在不改變其原意的前提下去解釋它，讓自己去「認同」它的優點，它的好。唯有打從心底的「認同」，才能夠做到真正地接納。

圖4　小菊，古琴與哲學實踐課程反思日誌
資料來源：小菊，2013：古琴與哲學實踐課程學習檔案

透過情境式的回憶，小菊細緻地描述自己在古琴實作課程中所經歷的學習經驗，首先記錄古琴實作課程，她描述彈琴的當下發生在自己身上的、沉

浸在古琴彈奏中的經驗狀態：

> 　　將後段練習了幾遍之後，我開始嘗試從頭到尾彈一遍，當
> 然中途免不了有失誤、錯音、錯弦……等等，不過雖然整曲彈下
> 來斷斷續續地，跌跌撞撞的旋律應該會讓聽者想摀住耳朵逃跑
> 吧，但我卻感覺到不可思議的平靜，隨著嗡然作響的琴弦，或許
> 單調，或許破碎，但它緊緊捉住了我的意識，我一切的感官，那
> 短短一曲間，我彷彿被剝離了似地沉入冥想，十六張琴分歧的音
> 色融合爲一，我只聽聞我手上這把琴所發出的聲響，結結巴巴地
> 奏完整首曲子，周遭一切雜亂的聲音又響了起來，我好似被一
> 股力道用力地抓了回來，一瞬間有些失神的暈眩感。（小菊，
> 2013：古琴與哲學實踐課程學習檔案）

小菊描述沉浸在古琴彈奏中的狀態爲「感覺到不可思議的平靜」，「我一
切的感官，那短短一曲間，我彷彿被剝離了似地沉入冥想，十六把琴分歧
的音色融合爲一」[4]；小菊雖然沉浸其中，但又對自己沉浸其中的存在活
動有著清楚的行動中的知曉，她說：「隨著嗡然作響的琴弦，或許單調，
或許破碎，但它緊緊捉住了我的意識」。但這個清楚地沉浸經驗是短暫
的，當她開始用觀察模式來觀看自己時，就從這個沉浸的經驗中分離出
來，她描述道：「我只聽聞我手上這把琴所發出的聲響，結結巴巴地奏完
整首曲子，周遭一切雜亂的聲音又響了起來，我好似被一股力道用力地抓
了回來。」從沉浸世界中分離出來後，她接著以觀察的模式對沉浸世界中

4　本課程分組上課，每組16人，所謂「十六把琴分歧的音色融合爲一」，是指團體課程中
　教室內來自16位同學不同的琴聲。

的「存在的方式」進行批判的反思。她寫道：

> 　　雖然這樣子說起來有點兒像是位成癮的癮君子，但對於那
> 短暫時刻中與現實環境剝離的感覺，我深深地著了迷，彷彿世間
> 只剩下我，和我指下振動的琴音，我惋惜這樣出竅似的專注太過
> 短暫，卻也慶幸它是這樣的短暫，短得足以讓我戀戀不捨地回
> 憶，短得讓我在現實的紛擾中吸到一口因稀少而珍貴的、純粹的
> 氣息，短得讓我還不至於感受到僅餘自我的孤單，便悄然無聲地
> 結束了。<u>雖然老師說專注最至高的境界似乎是洞開的感官，提升
> 了極致的敏感度，將環境的一切聲響納入感官之中，或許是我的
> 境界尚不足，但目前感受於我而言的滿足感，大大地增加了我對
> 之的好奇心，或許未來某日能夠有所感悟吧？</u>（小菊，2013：古
> 琴與哲學實踐課程學習檔案）

小菊表達自己對沉浸在古琴彈奏狀態這個經驗的感受及想法，她以為沉浸
古琴彈奏狀態的經驗，雖然有點「像是位成癮的癮君子」，但她並沒有因
此否定這個經驗，反而是去享受與肯定這個經驗。她說「對於那短暫時刻
中與現實環境剝離的感覺，我深深地著了迷」，且因為這個經驗的短暫而
讓她有著「戀戀不捨地回憶」，這個短暫的經驗，讓她有一種清楚的與自
己共在的幸福感：「短得讓我在現實的紛擾中吸到一口因稀少而珍貴的、
純粹的氣息，短得讓我還不至於感受到僅餘自我的孤單，便悄然無聲地結
束了。」

　　日誌接著轉向「古琴彈奏的狀態應該如何？」的思考，她發現自己還
沒有達到「理想狀態」。但她說：「或許是我的境界尚不足，但目前感受
於我而言的滿足感，大大地增加了我對之的好奇心，或許未來某日能夠有

所感悟吧？」對當下經驗的覺察所引生的滿足感，讓她不因爲發現自己尚有所不足而感到氣餒，反而讓她以一種更具反身性的方式，帶著熱切的好奇與期待回反到古琴彈奏的世界，並期許及承諾以更理想的方式去彈。

　　小菊也詳細地記錄了當週「經典閱讀與討論」的學習狀況，描述隨著老師的提問，她進行著「如何」及「爲什麼」的反思，她探索「自我的活動」如何發生，及對「自我的活動」建構解釋性的理解；並在同學的討論及教師的提問中，不斷挑戰已形成的解釋，啓動批判性的反思，促進觀點的轉化。小菊寫道：

> 　　一般當我們得出上頭的解釋，扔出了「感官於環境中所捕捉到的感受，會投射在演奏的音樂之中」這樣一個乍看頗具深度的結論後，討論就劃上了句點，但，這才是討論的開始！在老師的引導提問下，逼迫我們去思考其中含糊不清的部分：爲何影響？如何影響？知音者又是如何聽出來的？釐清了細節以後，再做出延伸性的思考與討論：有無類似經驗、事件？動作與感覺間的關聯性？此結論能否實際應用於其他地方？（小菊，2013：古琴與哲學實踐課程學習檔案）

當同學得出結論後，老師還會透過「如何」的提問，引導他們去對經驗做更有細節的描述；但當同學們釐清了細節以後，老師還是沒停止，持續再透過提問，引發他們進行延伸性的思考，如「有無類似經驗、事件？動作與感覺間的關聯性？此結論能否實際應用於其他地方？」這些問題是導向與經驗連結及應用的反思。老師有時還會故意提出完全相反的解釋，促進同學的思考，她寫到：

　　　　老師卻給了一個完全相反的說法：……。這樣的觀念於我
來說是個頗大的衝擊，但我想這也是討論學習的精華之處：在獲
得多種不同觀點的想法時，能夠客觀看待並虛心接納，透過自己
反覆琢磨、思考，甚至親身實驗體驗後，再去接納或者丟棄，而
非一味地拒絕，或者囫圇吞棗似地全盤接收。（小菊，2013：古
琴與哲學實踐課程學習檔案）

　　小菊知道這些教學策略，都是在引導她不隨便接受一個解釋，邀請她在不
同的觀點之間，推敲「為什麼」如此解釋？為什麼如此選擇？為什麼如此
行動？經過深思熟慮後，才去做接納或丟棄的選擇。小菊作為學習者的理
性能動性，在自己主動「為什麼」的追問下被啟動了。小菊更經常自己主
動地在反思表格的右手欄中進行「為什麼」如此的反思，以及「如何做」
的反思，指向實踐行動的關懷。

　　反思寫作在這門課程中，擔負著非常重要的角色，它不僅協助學習者
看到自己，也讓我們看到學習者自我的湧現。小菊在期末自評中寫道：

　　　　雖然一開始寫反思只是因為課堂作業要求，也就乖乖聽
話地去做，但一個學期下來，這樣傻傻的寫了幾次之後，漸漸
的，能夠體會老師要求我們寫反思的目的，學校希望培養我們
「反思」能力的目的。特別是透過製作這份期末學習檔案，在回
顧自己過去幾個月來，每週的反思記錄時，我彷彿再次度過了一
個學期，儘管是由我自身主觀的視角，但是在字裡行間，我捕捉
到了許多至今早已遺忘，當下卻撼動我內心的感動，捕捉到許多
當時閃過的靈感念頭，當時萌發的思考想法，原本都在時間的流
逝中淡去，卻在每週被要求寫下的記錄中，意外而不意外地印下

了自己的痕跡。到了學期末，反思的書寫不再只是作業要求，而
是對於自己所經歷的時光的一種刻印，爲了不讓時間就這樣流
逝，爲了將時間留下來的方式，利用文字，將內心無法立刻讓人
聽見的澎湃實體化，將腦海中的起起伏伏烙印下來，讓未來的
自己能夠有機會回味，並且從彷彿消逝的過去中學習、成長。

（小菊，2013：古琴與哲學實踐課程學習檔案自評）

透過反思日誌的書寫，「利用文字，將內心無法立刻讓人聽見的澎湃實體
化，將腦海中的起起伏伏烙印下來，讓未來的自己能夠有機會回味，並且
從彷彿消逝的過去中學習、成長。」小菊的日誌記錄了一段複雜的自我改
變的過程，爲她生成發展中的自我知識作見證。

（四）小結

　　本課程作爲透過古琴實作的自我教養課程，是導向自我解放與自我發
展的自我知識教學，這是一種整合知識、行動與存在的教育，含「我是什
麼」、「我應該成爲什麼樣的人」的批判性探索；以及涉及行動、責任歸
屬和存在領域中的「誰」行動、「誰」負責任、「誰」存在的自我能動者
的能動性的探索。本課程所藉以從事自我教養的媒介雖然是以古琴技術實
作爲主，但實際上還涉及經典閱讀、小組討論、師生對話、反思寫作。從
小菊的學習檔案，我們可以看到她跟隨著課程發展的學習，不僅參與透過
古琴技術操作的自我教養，她不只是「做」，而且她掌握到了刻意的具身
訓練中之身體能動感和控制感，她展現了自我解放與賦能活動中的理性能
動性，以及對「自我的活動」展開對象化模式的反思，建立有關自我教養
活動過程中「自我的活動」之描述性及理解性的自我知識。簡單地說，小
菊的學習涉及的自我知識有自我解放與賦能活動中的理性能動性，刻意的

具身訓練中之身體的能動感和控制感，及「自我的活動」之對象化知識等三類自我知識。

從小菊反思日誌的分析，我們發現：對「自我的活動」進行觀察模式的批判反思，確實可以引發自我的轉化；但當我們引導學習者進行自我批判，發現自己的不足時，不免會引發挫折感，因此可能產生退縮的行為，也就是說只有理性的批判反思未必能促使學習者以更具反身性的方式回到學習的現場活動中。小菊的反思日誌讓我們看到，她並沒有因為自己還沒有達到理想狀態而覺得挫折，然而支持她願意持續不懈地回到學習現場，並持續精進的向上的力量，主要有二個來源：一是她能對自己的學習行動做「為什麼」的思考，這種思考展現了她理性的能動性，引發對自己行動的責任感及持續行動的承諾。另一個相當重要的支持力量是，源自她對當下刻意練習的覺察而引生的滿足感；她珍惜這種滿足感，這種滿足感讓她可以帶著熱切的好奇與期待回反到下一次透過古琴技術操作的具身訓練。也就是說，對自己行動「為什麼」的思考，以及對自己行動當下的知曉而引生的感受──成就感與滿足感，共同促使學習者以更具反身性的方式回到自我教養的學習現場，使學習者不僅展現主動承擔的責任及持續追求理想狀態的承諾，且帶著熱切的好奇與期待。小菊說：「對下次上課深切的期待，對於學習的饑渴，一直在心底翻滾著」，這種對自己學習過程的覺察或知曉（即行之知）而引生的「自得之樂」，對於展現學習主動性而言，是不可忽略的面向。學習不能只顧及理性的面向，依然要喚起學習者對自身的學習經驗的當下覺察，尤其是要聚焦於自己沉浸於刻意練習的學習經驗。對當下刻意練習經驗的覺察會引生一種滿足感，一種「自得之樂」，是這種滿足感讓學習者可以帶著熱切的好奇與期待回反到刻意的練習中，並有力量及勇氣期許及承諾自己將持續追求更理想的操作狀態。

因此，作為自我解放與自我發展的自我知識教學，筆者建議不僅只是

一種整合知識、行動與存在的教學，還可以增加感受的面向，而成為：整合知識、感受、行動與存在（knowing, feeling, acting, and being）的教學，學習者在習過程中要聚焦於：他們知道什麼，他們如何感受，他們如何行動，他們是誰。

反思寫作與深思熟慮思維之發展

　　本章所要探索的是如何透過反思寫作來深化學習者的反思思維，促進學習的成效。以下首先介紹把「反思」當作是一種深思熟慮的思維活動之相關理論，接著提出教學建議，最後以筆者為了協助學習者發展深思熟慮思維所做的反思寫作規劃，及教學實踐為案例進行分析與討論。

一、有關深思熟慮的思維

　　把「反思」視為是一種深思熟慮的思維活動，最具代表性的是美國哲學家杜威，他認為反思思維有別於漫不經心的思維，杜威指出所謂的反思是：

　　　　針對任何信念（belief）或假設性的知識（supposed form knowledge）所依據的基礎和進一步導出的結論，進行主動（active）、持續（persistent）及小心謹慎（careful）的思考就構成反思思維。……反思思維的過程包含：(a)困惑、猶豫、懷疑的狀態；(b)搜查或調查的行為，其目的是為了能夠證實進一步的事實或者否定建議的信念。……簡而言之，反思思維意味著在進一步探索中擱置判斷，……擱置下結論的態度，運用各種方法尋找新的材料來證實或反駁最初的提議。保持懷疑的狀態，進行系統的和持續的探索，這是思維的重點。（Dewey, 1910/1995：

6, 9, 13）。

杜威所謂的反思思維是指對於信念或假設性知識所以成立的依據和合理性的批判思考或是審慎的思慮，這種反思思維有二個特色：(1)作為主動（active）、持續（persistent）及小心謹慎（careful）的思考，不是無情境脈絡的、冷冰冰的理性過程，而是面向經驗情境的搜查或調查的行為；(2)反思思維的過程包含困惑、猶豫、懷疑的狀態，反思作為在懸而未解的狀態中發揮作用的探究，重點不是下判斷，找結論，而是要學會「擱置判斷」、「擱置下結論的態度」、「保持懷疑的狀態」，以使反思或探究活動能持續的進行。以下針對這二個面向的反思做進一步闡述，以利掌握反思思維的特色。

（一）反思是面向經驗情境的深思熟慮

杜威雖然把反思定義為對於自身知識信念所以成立的依據和合理性的批判性的思維或是慎思，但這種主動、持續及小心謹慎的思考，不是與情境無關的內在思維活動，而是面向經驗情境的搜查或調查的行為，或關於行動的思考，這種面向情境的、關於行動的思考或稱之為深思熟慮（deliberation，或譯慎思）。杜威曾區分四種深思熟慮的方式：(1)透過對話；(2)想像見到某些結果；(3)採用動態的意象，想像著自己正在做某一件事；(4)想像一件事情已做完，別人在為這件事做評論。這些深思熟慮是「在客觀的、具體的、時空的世界中實施一個行動之前，就這一活動進行試驗」的探索（引自徐鵬、馬如俊（譯），2010：112）。但杜威指出：「我們總是傾向於把這一過程描述為似乎是一個冷冰冰的理性過程。事實上，這是一個試探性的行為過程；我們『試驗』此一或另一目的，想像著自我實際上在做這些事情，……盡我們所能深入到這種假裝

（make-believe）的行為之中而無需實際上這麼做。」（引自徐鵬、馬如俊（譯），2010：111-112）

杜威以為面向情境的，或關於行動的深思熟慮，是以戲劇排演（dramatic rehearsal）的方式進行的反思與探索，過程中的「試驗」不是空洞的分析，不是對利弊得失冷靜的計算，而是一種在想像中進行的、戲劇性的排演，這種戲劇性的排演不是脫離情境的幻想，而是「對處境的整個領域的熱情而親密的接受」（引自徐鵬、馬如俊（譯），2010：100），我們想像自己置身於情境中，去尋求解決疑難的方法。杜威指出：「慎思是（在想像中）對各種相互競爭的可能的行為方式的戲劇性的預演」（引自徐鵬、馬如俊（譯），2010：104），這種想像性的戲劇性排演，讓我們可以超越直接面對的處境而展開對於未來的構畫。

面向情境或有關行動的深思熟慮作為一種戲劇性的排演，隱含了一種對處境的敘事性理解及敘事性的重構，是一種具體的、情境化的反思。

（二）反思是在懸而未解的狀態中發揮作用的探究

杜威在《民主主義與教育》（Dewey, 1916）一書中指出思考或反思作為深思熟慮的思維，是一種在懸而未解的狀態中發揮作用的探究過程。杜威以為：

> 　　說思考發生於還沒有完結、仍在進行的情境之中，就是說，當事物還處在不確定、可疑或者有問題的過程時，思考才會出現。只有已經完畢和完成的事，才是完全確定的。哪裡有思考，那裡就有懸而未決之事。思維的目的就是幫助達到一個結論，根據既定的情況，規劃一個可能的結局。……既然思考發生的情境是一個可疑的情境，那麼，思考就是一個探究、觀察和研

究的過程。在這個過程中，獲得結果總是次要的，從屬於探究的過程。（引自彭正梅（譯），2009：118）

把思想塞進腦子裡並不是思考，對杜威而言「思考的材料不是思想，而是各種行動、事實、事件和事物的種種關聯」，思考「意味著考察目前所發生的事情可能產生、但尚未發生的事情的影響」，並「有計畫地、審慎地把行動及其結果聯結起來。」（引自彭正梅（譯），2009：115, 117, 122）杜威稱這種面向經驗或關於行動的思考為「探究」（inquiry），所謂的「探究是將不確定的情境有控制與有導向地轉型為一種確定的情境，……以致原來情境中的各種成分被轉變為一種統一的整體」（引自楊柳新（譯），2010：48）的活動，依杜威的描述作為探究的思考有以下五個歷程：

　　第一、面臨陌生、困惑和懷疑，因為我們處在一個不完全的、其性質也有完全不確定的情境中；第二，提出試驗性的預料：對已知的要素進行試驗性的解釋，並假設這些要素會產生某種結果；第三，審慎調查（考察、審查、探究、分析）一切解釋和闡明所面臨問題的、可以考慮到的情況；第四，試驗性地提出臨時假設，並使假設更加精確，更加一致，以與範圍較廣的事實相符；第五，在假設的基礎上，提出行動計畫，並計畫應用到當前的事態中去，進行一些外部的行動，取得一定的結果，借以檢驗假設的正確性。（引自彭正梅（譯），2009：121-122）

面向經驗或關於行動的反思或「探究」，首先是(1)面對問題情境：所謂的問題情境即是令人感到陌生、困惑、懷疑或不確定感受的情境，杜威

曾說：「哪裡有思考，哪裡就有懸而未決之事」（彭正梅（譯），2009：
118），也就是說面對情境的不確定感與思考是同時發生的，亦即「通
過心智的運作」不能解開疑惑時才會產生探究或思考（楊柳新（譯），
2010：48-50）。杜威指出：「一個對結果完全漠不關心的人，不會關注
或者根本不去思考正在發生的事情」（彭正梅（譯），2009：117），也
就是說，一個情境要成為一個問題情境，是因為我們帶著對結果的關心介
入其中並展開反思，當不得其解時，才會引發一種陌生、困惑、懷疑及
不知所措的感受，於是我們才開始嘗試性地去界定問題。然後進入(2)提
出試驗性預測：當我們「通過心智的運作」不能解開疑惑，於是我們試
著把這種感受轉變成想法，「對感受（felt）（直接經驗）到的困難或疑
惑進行理智化，把它變成一個將要被解決的問題（problem）」（楊柳新
（譯），2010：49）。[1]界定問題的過程，是一個嘗試性的探索，嘗試性
地把有問題的或不確定的情境轉變成為一種確定的情境，針對已知的情境
做出試驗性的因果解釋，並提出各種可能的解決方案。杜威曾指出：「思
考就是有計畫地，審慎地把行動及其結果聯結起來。思考並不滿足於確立
這兩者之間的聯繫，而且還要指出這些聯繫的所有詳細情況。它使聯結的
各個環結以關聯的形式顯露出來。」（彭正梅（譯），2009：122）為了
確立行動及其結果之間聯結的細節，於是接著進行(3)審慎調查：針對自
己所提出的各種解決方案，進行外在環境的細緻的考察，具體闡發假設的
含義及進行審慎的評估，以期能得出最佳「指導理念和操作性的假設」，
這個過程就是「推理」（彭正梅（譯），2009：122）。接著進行(4)試驗

---

1 在教學上如果教師企圖規劃情境化的反思思維時，並不是一開始就給學生一個待解決的
問題，而是要給學生一個任務，並引導學生去建構問題情境，問題情境不是現成在那兒
的某物，而是由參與情境者的反思所建構起來的；讓學生帶著任務進入情境，為了執行
任務，才會對情境進行主動的關心、探索與反思。

性地提出臨時的假設：杜威非常重視對於方案背後理念或假設提出辯護的理由與評估，以爲一個未經評估而得到的結論「是沒有根據的，即使它碰巧是正確的」（引自楊柳新（譯），2010：51）；強調要透過「推理」「形成彼此之間意義相互涵攝的理念」之方法，來爲臨時的假設提出辯護的理由與評估。最後，(5)根據所提出的、有根據的假設或理念提出行動計畫，並展開實際的行動及進行驗證。「預測的解決方法，或稱爲假設或理論，還必須通過實踐進行試驗。如果它產生了某些結果，在世界上帶來某些變化，它就被認爲是有效的、正確的；否則就要加以修改，並進行新的嘗試。」（彭正梅（譯），2009：122-123）對杜威而言，「失敗不僅僅只是（mere）失敗」（引自楊柳新（譯），2010：52），它至少讓我們知道預測的解決方法是行不通的，得進一步地回到情境去做探索。

　　簡言之，對杜威而言所謂的反思是一個持續進行的探究過程，它不只是以解決問題爲目的；對於疑難情形的解決，其主要的「目的在於將意義賦與事物和事件——在於理解它們」（引自韓連慶，2010：57）。杜威還指出：

> 　　思考包括這樣一些步驟：感覺問題所在；觀察各方面的情況；提出假設性的結論並對它加以理性表述，積極地進行試驗性的檢驗。盡管一切思考的結果都產生知識，但知識的價值最終還是服從它在思考中的應用。因爲我們並不生活在一個固定不變的和完成了的世界，而是生活在一個不斷向前進展的世界。今天，我們的主要任務是展望未來，而回顧過去，包括一切與思考相分離的知識（也是一種回顧過去），其價值在於向我們提供可靠、安全和有成效地應付未來的堅固基礎。（彭正梅（譯），2009：123）

反思是一個在懸而未決的狀態中發揮作用的探索，他是面向經驗世界的探索，但對於經驗世界的探索，並不是為了要建構有關世界的真理，而是為了理解世界以找到未來行動的方向，因此反思需要調動過去的經驗，整合現在的狀況，以理解世界，並持以探索面向未來的可能方向。

二、教學建議

如果教學者或學習者所希望培養的反思是面向經驗或有關行動之深思熟慮的思維，那麼本書將提供以下的建議：

（一）導向面向經驗的雙循環學習

雖然杜威以為反思是在問題情境中對於信念或假設性知識所以成立的依據和合理性進行主動、持續及小心謹慎的思考，但千萬不要以為這種思考是對於議題的思考。基本上杜威所謂的反思是面向真實世界的經驗反思，所導向的是經驗學習的模式，亦即一種將經驗轉化（transform）為知識、技術、態度、價值、情感、信念的學習過程（Jarvis, Holford, & Griffin, 2003），Kolb指出經驗學習是一種知識創造的過程，「學習作為一種知識創造的過程，是透過經驗的轉化來完的。」（Kolb, 1984：41）這個知識創造的過程是從具體經驗出發，經由反思觀察，形成抽象的概念，並在新情境中積極試驗等四個階段來進行，四個階段形成循環的學習過程，並且可以不斷的重複（Kolb & Wolfe, 1981）。Kolb的經驗學習循環如圖5雙循環學習的下半部：

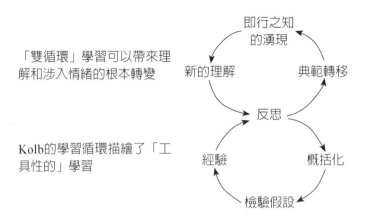

圖5　雙循環學習

資料來源：由A.Brockbank和I. McGill改編自P. Hawkins（1997）的個人談話。翻譯自*Facilitating reflective learning in higher education*(p.45), by A. Brockbank & I. McGill, 2007, McGraw-Hill Education (UK).

如果我們引導學生進行Kolb經驗學習的循環，那麼僅是一種單循環的學習，它能改變行動策略及其中隱含的假設，不能改變行動背後的價值或理論（Brockbank and McGill, 2007）。另有一種首先由Argyris與Schan（1974）提出來的雙循環學習，所謂的雙循環學習，除了進行Kolb單循環的學習外，還要透過反思性的對話，引導學習者反思隱含在行動中的價值和理論，引發重新考量（reconsidering）、重新連結（reconnecting）和重新框架（reframing）的活動。這種反思會導致典範轉移（paradigm shift），即行之知的湧現（emergent knowing）和產生新的理解（new understanding）（Brockbank & McGill, 2007：43-45），帶來第二序的變化，改變了系統本身或踏出了系統之外，不再只是在系統內的狀態變化，而促成一種真正的轉化（transformation）（鄭村棋、陳文聰、夏林清（譯），2005：51-52）。

　　如果要引導學習者經歷杜威所謂的探索或反思的過程，不能只是引導學習者思考解決問題的方案及其假設而已，還要能引導學習者展開雙循環

的學習。在雙循環學習過程中的問題設定階段，除了盡可能詳細地感受問題情境、展開問題設定、進行審慎的調查及推理並進行積極的試驗，展開積極迎向新的問題，展開新的探索外，還要引導學習者反思隱含在行動背後、以默會的方式影響著我們行動的價值或理念；更進而關注參與情境互動中的我，意識到在情境互動中自己也是參與者，也是問題的來源。

　　在進行問題情境的觀察過程中，我們不只是引導學習者去看到什麼而已，而且要引導學生反思自己如何看，為什麼看，反思到自己觀看行為背後隱含的觀點、期望及理解背景。唯有如此，學習者才能跳脫現有觀點的限制，去找新的觀點，培養更細緻的觀察力。當我們引導學習者去對所觀察的現象進行解釋時，也不僅只是引導他們去形成所看到現象的解釋而已，而且要進一步引導他們展開反身性的思考，反思到自己的理解背景，探索自己是如何根據自己的經驗來解釋所觀察到的情境，而他人的觀察或解釋又是如何，是否有其他的觀點和解釋等問題。在引導學習者進行雙循環的學習時，我們要不斷地引導學習者把自己及他人的觀點、感受、觀念、期望、目的、價值觀也當作反思的焦點，不僅形成自我知識（self-knowledge），而且意識到自我知識如何影響自己問題解決的過程，以期能展開重新思考、重新連結和重新框架的深度反思。

（二）培育學生面對不確定感的耐心及主動探索的熱情

　　依照杜威的描述，反思作為一種面向經驗的或有關行動的深思熟慮，是從感受情境的陌生、困惑、懷疑和不確定感開始的。杜威曾說：「我們熟悉一個精妙的說法是，恰當地提出問題表明問題已經解決了一半。弄清楚我們要考察的有問題的境遇到底出了什麼（what）問題，探究就走上了正確的道路。弄不清所涉及的問題何在，那麼後面的探究就會無的放矢或步入歧途」（引自楊柳新（譯），2010：49），問題是這個在情境中界

定問題的過程——「對感受（felt）（直接經驗）到的困難或疑惑進行理智化，把它變成一個將要被解決的問題（problem）」（楊柳新（譯），2010：49），並不是簡單地提出問題，更不是草率的行事。它是要經歷複雜的審慎調查及推理，針對自己所提出的各種解決方案，進行外在環境的細緻的考察，以及對各種假設提出詳細的解釋及審慎的評估，以期能得出最佳「指導理念和操作性的假設」及方案。在這一探索的過程中，並不是急著去解決問題，反而是要學會「擱置判斷」、「擱置下結論的態度」、「保持懷疑的狀態」，以使反思或探究能持續的進行。重點是要盡可能地對問題進行深思熟慮的反思和探究。為了避免草率行事，杜威強調以一種「能夠享受疑惑」的方法來界定問題（引自楊柳新（譯），2010：50）；亦即要能耐心地投身在問題情境中，不僅要能忍受陌生、困惑、懷疑和不確定感，更要迎向這種感受，學會擱置定見，「擱置判斷」，「擱置下結論的態度」，「保持懷疑的狀態」，在不確定性中盡可能詳細地展開各方面情況的觀察，提出各種可能的假設性結論並對它們加以理性表述，對所選定方案背後理念或假設提出辯護的理由與評估，及至形成經過深思熟慮的確定問題及方案。杜威指出這就是科學的態度，其特點有：

> 在得到證據之前願意懸置信念，有能力保持懷疑；願意接受證據的指引而不是先入為主；有能力把觀念作為檢驗的假設而不是應該固執的教條；而且……對新的探究領域和新的問題樂此不疲。（引自楊柳新（譯），2010：98）

在問題設定的探索過程中，探究者或反思者要能夠享受不確定感，亦即積極地面對它，主動採取懷疑和不確定的態度，以持續保持探索的展開，並樂於迎接新的問題和新的探究。這也就Barnett所指出的，當雙循環學習路

徑發生時，需要一種投身批判性論辯的熱情（Barnett, 1997：171-172）。

（三）與生活連結的理論學習與應用

　　杜威重視經驗學習，強調知識的應用及形成解決問題的能力，但他並沒有反對學校中有關知識理論的學習，只是要避免知識的學習淪為去情境脈絡的、冷冰冰的理性思維。

　　學院中的學習，經常把思考或反思導引向學術議題（issues），並對他們進行冷冰冰的理性思維，或者把理論的教學導向靜態的、組織好的知識之傳授。立基杜威有關反思的定義，如果我們企圖在學術議題的討論或理論課程中融入反思教學，那麼我們要特別關注的是：如何協助學習者將學術議題的討論、理論的學習與學生的經驗連結起來；並透過課程設計，協助學生在這些議題的討論或理論的學習中，來進行與生活世界相連結的探索和或展開經驗中的學習。杜威曾指出，教學包含技能的學習、知識的獲得和思考的訓練，但三者要關聯起來一同運作，「如果思考不和提高行動的效率聯繫起來，不和增加關於我們自己和我們所生活的世界的知識聯繫起來，這種思考就存在問題。如果技能的獲得沒有經過思考，就不會理解它的使用。……脫離思考性的行動的知識是死的知識，是毀壞心智的沉重負擔。……持久地改善教學和學習的唯一途徑，在於以一切要求思考、促進思考和檢驗思考的種種條件為中心。」（彭正梅（譯），2009：123-124）所以千萬不要以為思考是與經驗相隔離的，而應該試著發展與經驗相連結的思考。

　　如前所言，提問是促進思維的好方法，但如何透過提問促進學習者將知識與經驗相連結呢？杜威指出，教師要自忖：

　　　　第一，除了給學生提出的問題外，還有什麼別的事情嗎？

這個問題是從某個情境或從學生個人的生活經驗產生的呢？還是只為了講授某一學校課題而提出的一個孤零零的問題呢？它是否會引起在校外進行觀察和從事試驗的一種嘗試呢？第二，學生是把這個問題感受為自己的問題，還是教師的或教科書上的問題，或，只是因為如果學生不做這個問題，就不能得到所要求的分數或不能升級或不能贏得教師的讚許呢？」（彭正梅（譯），2009：126）

操作提問式教學來促進思考時，必須思考所提出的問題是否能促進學生進行經驗的觀察，是否能促進學生進行現象的解釋及推論，並進行檢驗。透過提問能不能引導學習者「把這個問題感受為自己的問題」，導向與學習者經驗相連結的「切己的近思」。建議我們要嘗試轉換教學方法，讓知識的學習不再只是堆積知識，經營經驗學習的環境引導學習者展開形成理論知識的過程——從經驗出發，經歷描述經驗、分析經驗到理解經驗的學習過程，而不是把整理好的知識傳遞給學習者而已。

（四）敘事化的反思

杜威所強調的反思不是空洞的分析，不是對利弊得失冷靜的計算，而是一種在情境脈絡中展開的具體思維或稱敘事思維，用杜威的語言來說，這是一種「戲劇性的排演」，因此當我們推展反思教學時，除了重視自我反思、反身性的反思、批判的反思，還可以考慮敘事反思的介入。

敘事不只是說故事而已，敘事是重要的學習工具，為我們提供了一種自我反省和分析的手段（Menary, 2008）。敘事作為對於過去事件的再現，它提供我們有關行動的場景而不是意識（Bruner, 1986），它所再現的是具體的、情境化的具身的（embodied）經驗，敘事產生於一系列

的具身的體驗、感知和行動，而其所引發的也是具身化的參與（Menary, 2008）。在教學中介入敘事的反思，較有利引發杜威所說的戲劇排演式的具體思維：我可以透過對過去的事件編排進行行動後的敘事反思；也可以採用動態的意象，想像著自己正在做某一件事，並盡我所能的深入到這種假裝（make-believe）的行為之中，想像它各種可能發生的狀況，去進行行動前的沙盤推演（或稱敘事反思）；在進行評估時，可以想像一件事情已做完，別人在為這件事做評論，而不是空洞的分析，或對利弊得失冷靜的計算。

三、教學實踐案例討論——反思寫作融入理論課程的教學規劃

　　以杜威有關反思的理論作為反思教學的基礎，適合導向行動／問題解決導向的學習規劃，有關這類教學規劃將在下一章中介紹，本章主要介紹反思寫作如何融入理論課程中，引發學習者面向情境或實際經驗的反思思維，所關注的是如何協助學習者建立理論與經驗的連結。

　　筆者主修哲學，在大學教授通識教育中的哲學課程，在教學現場所遭遇到的最主要的教學困境是學生覺得哲學課程的內容太過抽象，哲學文本讀起來更是不知所云。筆者對這個現象的解釋是：學生所以覺得哲學內容抽象或無法理解，是源於學生缺乏相關問題的問題意識（林文琪，2009）。所謂的問題意識（problematic）「指的是思維的問題性心理品質，即人們在認識活動中，經常意識到一些難以解決的、疑惑的實際問題或理論問題，並產生一種懷疑、困惑、焦慮、探究的心理狀態，這種心理又驅使個體積極思維，不斷提出問題和解決問題。……心理學研究表明：意識到問題的存在是思維的起點。沒有問題的思維是膚淺的思維、被

動的思維……而強烈的問題意識，又可作爲思維的動力，促使人們去發現問題，解決問題，直至進行新的發現。」（姚本先，1995：40）爲了協助學習者建立哲學問題的問題意識，筆者於2006年開始嘗試將反思寫作融入個人的通識教育課程中，主要涉及的課程有「哲學與人生」、「兒童美學」、「老子哲學新解」、「古琴與哲學實踐」、「藝術與身體知覺」及「宗教禮俗與生命關懷」等。

　　以下先介紹一些可用於輔助發展反思思維的結構或框架（structures or frameworks），供讀者參考；接著介紹筆者如何立基結構化的反思框架發展反思教學模組及結構化的反思寫作引導表單，其目的除了協助學習者發展反思技巧，且旨在提升課程的學習品質，尤其是協助學習者建立理論與經驗的連結。

（一）結構化反思的框架

　　要求學習者進行反思陳述的書寫，不論是否具有結構，讓他們專注於自己的經驗，並以文字表達出來，或多或少對學習者是有幫助的，但已有實證研究提出，除非以一致的和系統的方式來接近反思寫作，否則高等教育群體中的反思寫作往往是膚淺的（Orland-Barak, 2005）。因此爲了提升教學成效或深化反思系統的教學模組，結構化的反思引導，是不可忽略的教學規劃要素。

　　反思有不同的類型與不同的層次，在規劃促進學習者反思思維的反思寫作教學時，建議教師可以：先澄清自己的教學目標；再根據教學目標去選擇可資參考的結構化反思框架；之後再根據該結構化反思框架設計具引導性的反思表單，規劃足以深化反思的配套教學規劃，發展反思教學模組，以提供學習者系統地發展反思能力的學習機會。以下推薦一些可用於發展反思思維的框架：

1. Borton的3W反思框架

反思框架	描述
什麼（What）	• 感知反應、實際效果和預期效果之間的區別
所以（So What）	• 對行為及結果提供理由及解釋
然後（Now What）	• 決定採取最好的選擇，並在其他情況下應用它

圖6　Borton的3W反思框架

資料來源：整理自*Reach, touch, and teach: Student concerns and process education*(pp.88-89), by T. Borton, 1970, New York: McGraw-Hill.

Borton爲了幫助他的學生更結構地獲得有關這個世界的知識以及學會如何學習，立基人類與世界接觸的感知（sensing）、轉化（transforming）、行動（acting）的反應模式（Borton, 1970：79），發展出3W的問題來協助學習者展開基於經驗，建構意義和回到與世界接觸（行動）的學習過程。他說：

> 「什麼？」（what）用來感知反應、實際效果和預期效果之間的區別；「所以？」（so what）將這些資訊轉化爲直接相關的意義模式；「然後？」（now what）決定如何採取最好的選擇，並在其他情況下重新應用它。什麼，所以，然後序列成爲了我們建立課程的模式，旨在讓學生更清楚地意識到他們是如何作爲人類的。（Borton, 1970：88-89）。

Borton三個W的提問式教學，原本只是線性的發展，後來Rolfe把它改爲循環發展，作爲引導學習展開批判性反思的框架，它引導實務工作者通過分析、評估和綜合資訊和事實（什麼？）的過程，進入到建構有意義的和

有組織的知識（所以？），然後從知識到有知識的做或明智的行動（然後？）（Rolfe, Freshwater, & Jasper, 2001）。

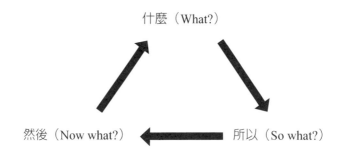

圖7　Rolfe的實踐反思3W循環框架

資料來源：翻譯自*Critical reflection for nursing and the helping professions: A user's guide* (p.35), by G.Rolfe, D.Freshwater, & M.Jasper, 2001, Basingstoke: Palgrave.

2. Gibbs的六步反思循環

　　Gibbs提出了著名的六步驟的反思循環理論（The Reflection Cycle），鼓勵透過提問來協助學習者進行經驗的反思，其步驟更為精細，包含了：(1)描述（Description）：發生了什麼事？(2)感受（Feelings）：你有什麼想法與感受？(3)評價（Evaluation）：關於這個經驗的好壞是什麼？(4)分析（Analysis）：有關這個情境你理解到什麼？(5)結論（Conclusion）：你還可以怎麼做？(6)行動計畫（Action Plan）：如果再來一次你打算要做什麼？等（Gibbs, 1988）。

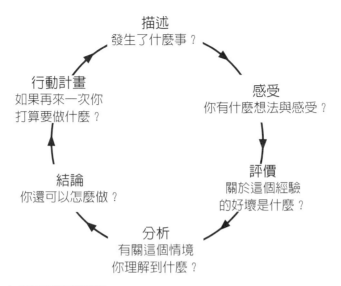

圖8　Gibbs六步反思循環過程

資料來源：整理與譯自*Learning by doing: A guide to teaching and learning methods* (p.50), by G. Gibbs, 1988, Oxford, UK: Further Education Unit Oxford Polytechnic.

3. Johns的反思實踐模型

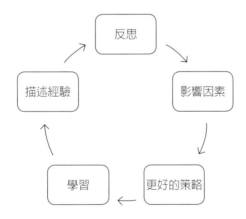

圖9　Johns的實踐反思五步驟

資料來源：整理與譯自"Professional supervision," by C. Johns, 1993, *Journal of Nursing Management, 1*(1), pp. 9-18.

　　Johns五步驟的反思框架基本上來講並不具規定性，只是透過系列預先規劃好的問題作為提示（cues），來協助學習者或實際工作者思考自己的實踐經驗，除了引導學習者關注行動問題外，並進一步協助學習者進行自我探索和自我轉化，發展多面向的個人知識（Johns, 1995）。Johns持以協助護理人員發展結構化反思實踐的提示性問題，幾經修正，以下援引第十五版的結構化反思模型（MSR）（Johns, 2009）供讀者參考：

反思提示
- 把心帶回家
- 聚焦於描述一個在某種程度上有意味的經驗
- 有那些有意味的議題值得去注意？
- 我如何詮釋別人的感受，以及為什麼他們以那種方式去感受？
- 我的感受如何，以及是什麼讓我以這方式去感受？
- 我試圖要完成的是什麼，以及我是否做出了有效的反應？
- 我的行動對病人，其他人和我自己產生了什麼後果？
- 是什麼因素影響了我在這個情境中的感受，思考和反應？
- 我被教導了什麼知識？
- 為了達到最佳狀態又符合我的價值觀，我做了什麼努力？
- 這個情境與先前的經驗有如何的連結？
- 這個情境再出現一次，我可以如何更有效地重新框架情境及回應呢？
- 對病人，其他人和我自己來說，其他替代行動的可能的後果是什麼？
- 可能限制我以新的方式去反應的因素是什麼？
- 當下此刻我對這個經驗的感受如何？
- 我是否有足夠的能力提供自己和他人更好的支援？
- 我是否能夠更有效地利用適當的框架來實現理想的實踐？

圖10　Johns的結構化反思模型（MSR）（2009）

資料來源：翻譯自*Becoming a reflective practitioner (3nd ed.)*(p.51), by C. Johns, 2009, Oxford, UK: John Wiley & Sons.

　　基本上引導反思的提示性問題並不是隨意的，而是與規劃者所持的、有關反思的認識論及學習理論有關。Johns認為反思的一個重要目的是通過日常經驗學習，並實現個人願景；從本質上講，通過反思學習是一種啟

蒙、賦能和解放的過程。所謂的「啓蒙」是理解「我是誰」的定義和理解自我的做法；「賦能」是有勇氣和承諾採取必要的行動來改變「我是誰」；而「解放」是將自己從先前所是的存在方式解放爲「我必須是」：一定要完成有效的理想實踐。秉持以上理念，Johns設計引導反思的提示性問題，邀請學習者在進行行動後的反思時，關注於自我探究和自我轉化的學習。此外Johns認爲專業實踐不僅只是技術的學習或知識的應用而已，更要重視情境化實踐之知的習得，於是Johns採取了Carper有關護理知識的四個分類（Carper, 1978），引導學習者分別從經驗的、感性認識的、個人化的和倫理的四個面向來建構情境化的實踐之知。後來Johns加了一個反身性（reflexivity）的面向（Johns, 1995）。

　　(1)經驗的知識（empirical knowledge），是指被系統地組織成一般的規則和理論知識，它主要是用以描述、解釋和預測現象的命題化的知識（Johns, 1995）。(2)感性認識的知曉（aesthetics knowing），包括對情境的感知、本質的掌握、解釋、對結果想像的預期，以及以適當和熟練的行動對當下情境作出反應等，這些知曉是即行之知，屬於護理的藝術，表現在護士與病人的關係、行爲、態度和互動中（Johns, 1995）。(3)個人化的知曉（personal knowing），主要是關注於具體個體自我的即行之知、遭遇和具體化的事件，亦即關於實際情境或臨床經驗中的自我知曉（knowing of self）；它也是一種行動中的即行之知，有三個相互關聯的要素：在情境中對自我的感受和偏見的知覺，對自我的感受和偏見的管理以完成適當的回應，以及管理焦慮和維持自我（Johns, 1995；Carper, 1978）。(4)倫理的知曉（ethical knowing）：關心的是什麼是值得過的生活，不是脫離情境的探索，而是在情境中對什麼是對的或錯的做出即時的判斷，並承諾在此基礎上採取行動，這種在情境中進行的倫理思維，不只是有關倫理規則的遵從或應用，而是展現爲一種在情境中的深思熟慮（Johns, 1995）。這

種深思熟慮如杜威所言，是以戲劇化的排演方式進行的，且通過倫理敘事和故事體現出來。Johns側重在情境中的價值、規範、利益或原則衝突的深思，將其分為三個層次：護理人員本身內部相互衝突的價值觀；護士和病人之間的價值觀衝突（含病人和「家庭」之間的價值觀衝突）；護理人員和其他護理人員、衛生保健工作者或組織等實踐環境之間的價值觀衝突（Johns, 1993b）。

茲將Johns所規劃的引導反思之提示，與實踐反思五步驟及五個面向的知曉對應如下，供讀者參考：

反思步驟	引導反思的提示	認曉的方式 （Way of knowing）
描述	• 把心帶回家	
	• 聚焦於描述一個在某種程度上有意味的經驗	感性認識的
	• 有那些有意味的議題值得去注意？	感性認識的
反思	• 我如何詮釋別人的感受，以及為什他們以那種方式去感受？	感性認識的
	• 我的感受如何，以及是什麼讓我以這方式去感受？	個人化的
	• 我試圖要完成的是什麼，以及我是否做出了有效的反應？	感性認識的
	• 我的行動對病人，其他人和我自己產生了什麼後果？	感性認識的
影響因素	• 是什麼因素影響了我在這個情境中的感受，思考和反應？	個人化的
	• 我被教導了什麼知識？	經驗的知識
	• 為了達到最佳狀態又符合我的價值觀，我做了什麼努力？	倫理的
	• 這個情境與先前的經驗有如何的的連結？	反身性

反思步驟	引導反思的提示	認曉的方式 （Way of knowing）
更好的策略	• 這個情境再出現一次，我可以如何更有效地重新框架情境及回應呢？	反身性
	• 對病人，其他人和我自己來說，其他替代行動的可能的後果是什麼？	反身性
	• 可能限制我以新的方式去反應的因素是什麼？	反身性
學習	• 當下此刻我對這個經驗的感受如何？	反身性
	• 我是否有足夠的能力提供自己和他人更好的支援？	反身性
	• 我是否能夠更有效地利用適當的框架來實現理想的實踐？	反身性

4. Bass等人的整全的反思模型（a model of holistic reflection）

Gibbs的六步反思循環主要關注於行動的反思，後來Johns提出比較完整的實踐反思框架，除了關注行動且協助學習者在實踐中進行自我探究、自我轉變和個人化知識的建構。而Bass等人整全的反思模型，則是立基整體論的觀點，認為個人、智能和職業發展必須包括身體、社會、文化、道德、美學、創造性和精神等多面向的學習，主張教學者要協助學習者培養一種與自我和靈魂（soul）更深層次的聯繫，並包含不同的文化背景和學習風格（Bass, Fenwick, & Sidebotham, 2017）。

基本上Bass等人的整全的反思模型是在一個轉化學習框架內發展的結構化的、整全的反思模型，主要協助從事助產士的工作者在收集、處理和回憶資訊時，開發和使用他們所有的感官和多元智能；更深入地思考他們的學習，並從不同的角度來審視他們的經驗，使用不同形式的認知。不僅顧及反思的廣度且關注反思的深度，引導學習者展開自我探究和自我轉化的學習，其教學規劃的核心是通過反思寫作及反思對話來培養自我意識和

關心他人的能力。關鍵的反思能力有批判性思考、反身性和反思性實踐（Bass, Fenwick, & Sidebotham, 2017）。圖11是支撐整全的反思模型之概念框架。

　　Bass並設計了一種結構化、層次化和循環反復的進路，強調了反思的發展、辯證和相互依賴的本質。該模型使用六個整合的、相互依賴的階段，引導學習者透過更有細節的反思、批判反思及反身性思考，來促進學習者成爲反思實踐者以及更有深度的個人轉化和發展（Bass, Fenwick, & Sidebotham, 2017）（見圖12）以下分述六個階段的反思重點：

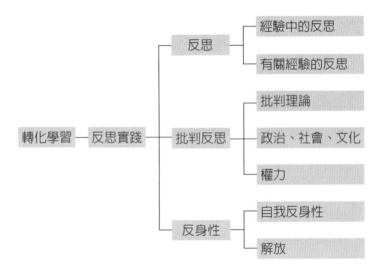

圖11　支撐整全的反思模型的概念框架

資料來源：翻譯自"Development of a model of holistic reflection to facilitate transformative learning in student midwives, "by J. Bass, J.Fenwick, & M.Sidebotham, 2017, *Women and Birth, 30*(3), p. 230.

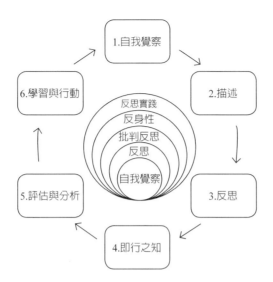

圖12　整全的反思模型之六階段

資料來源：翻譯自"Development of a model of holistic reflection to facilitate transformative learning in student midwives, "by J. Bass, J.Fenwick, & M.Sidebotham, 2017, *Women and Birth*, *30*(3), p. 231.

(1)自我覺察：鼓勵學習者在實際經驗中保持開放的心靈，捕捉思想、情緒和反應。在寫反思之前，也要保持對當下狀態，包括對當下的想法和感覺的覺察（Bass, Fenwick, & Sidebotham, 2017）。

(2)描述：邀請學習者對自己所反思的經驗進行詳細的事實描述，含外在事件和內在反應的描述，培養觀察、回憶和關注細節的技能（Bass, Fenwick, & Sidebotham, 2017）。

(3)反思：主要針對內在反應的反思，引導學習者更深入地探索自我和他人的思想、感受和行動，也要探究與經驗相關的基本價值觀、信念和假設，以發展批判性的思考，對經驗的反思提供了更深層次的聯繫和參與，使學習者能夠開始理解經驗（Bass, Fenwick, & Sidebotham, 2017）。

(4)即行之知（knowing或譯知曉）：採取不同的、更整全的知曉方式來探索外在事件，鼓勵學習者提取自己現有的知識層次和經驗來探索發生

的事件外，並且嘗試使用多元的視點來做探索。

(5)評估與分析：分析與評估外在事件，從事件中退一步，批判性地分析那些進展順利的方面，或者產生意想不到的結果的方面，以形成未來行動方案。所謂的批判性思考是鼓勵以多種認知的方式進行探索，引導學習者經歷Mezirow所描述的批判反思的四個特徵：質疑假設，聚焦社會，權力的分析，以及對解放的追求。Bass等人在這個階段裡也引導學習者進行反身性的反思，他們以為「反身性通常與通過持續自我反省所產生的更高層次的自我意識聯繫在一起，同時也會批判性地反思更廣泛的社會和政治的脈絡。」所以反身性也旨在引導學習者進行後設反思（meta-reflection）（Bass, Fenwick, & Sidebotham, 2017）。

(6)學習與行動：第六階段將學習者帶入轉化學習階段。在這裡，學習者被要求綜合和整合反思過程中所回顧的證據，並從他們對這段經歷的深入思考中找出他們對自己和他人的理解。且要求學習者確認自己將如何把這種學習轉化為實踐，從而成為一名反思實踐者。並鼓勵學習者，識別與覺察自己發生了轉化性學習，覺察到自己的能動者之能動性（Bass, Fenwick, & Sidebotham, 2017）。

Bass等人還向學習者提供了指導和提示性問題，以引導學習者在使用模型的每個階段能更有方向性地自己啟動探索和學習活動（見表2）（Bass, Fenwick, & Sidebotham, 2017）。

表2　協助學生使用整全反思模型的指導和提示

階段1：自我覺察
找一個安全的地方集中注意力，變得專注，並呈現給自己和他人。注意你的想法和情緒，寫下那些在這個時候看起來很重要的東西。

階段2：描述

詳細描述你所反思的經歷：包括你所在的地方，還有誰在那裡，你為什麼會在那裡，你在做什麼，其他人在做什麼，什麼是背景，發生了什麼，你在這方面的角色是什麼，其他人扮演的是什麼角色，結果是什麼。確定這些描述中你需要注意的關鍵問題是什麼。這時只要寫下你的想法和感受，但不要分析他們。

階段3：反思

回憶和探索你的想法和感受：包括：我想要達到什麼目標？為什麼我要這樣行動？我為這個女士和她的家庭、為我和與我一起工作的人的行為所帶來的後果是什麼？當這種經歷發生的時候，我是怎麼想的？這個女士是怎麼想的？我怎麼知道這個女士是怎麼想的？在這段經歷中，我在想什麼？別人讓我感覺如何？這種情況讓我感覺如何？我對這次活動的結果有何感想？從整體上考慮這段經歷。包括你現在的想法或感覺。

階段4：即行之知

從不同的角度探索經驗，識別影響經驗的內部（你）和外部的因素（環境/其他因素）。採用影響哲學和照顧模式的典範來探索經驗，並指出什麼典範是比較明顯地有利你的探索。那些內部因素影響了我的決策和行動？那些外部因素影響了我的決策和行動？那些知識來源真的對我的決策和行動產生了影響，或者說應該有影響？

• 經驗主義——科學
• 倫理學——道德知識
• 個人化的——自我覺察，以前的經驗，直覺
• 感性認識學——創造的，實踐技術，直覺
• 社會政治的——主要的觀念，影響衛生保健規定的理論
• 未知的——不確定性
• 技術官僚、人道主義、整全的進路
• 構建的、連接的和分離的即行之知

階段5：評估（分析）

你在第四階段從不同的角度探討了這個問題，提供了大量的資訊來建立你的判斷。現在的目的是考慮你是否可以採取不同的方式來處理這種情況？在這一階段，你應該問問自己，我能做些什麼不同的事情，並探索其他的策略。評估或判斷所發生的事情，包括什麼是好的經驗，什麼是不太好的。

將決策與整體的助產學典範聯繫起來，包括：什麼是進展順利？我做得好的是什麼？其他人做得好的是什麼？到底是那裡出了問題，或者沒有發現它應該怎麼做？我或其他人是如何對此做出貢獻的？我如何能把這個處理得更好呢？我還有別的選擇嗎？這些其他選擇的後果會是什麼？你運作中的典範是如何影響實踐的結果？而其他的典範又如何影響結果呢？

階段6：學習（綜合）

我現在對這次的經歷有什麼感受？我從這個情境中學到了什麼？從經驗的結果來說，我是否採取了有效的行動來支持他人和我自己？我是如何根據過去的經驗來理解這種經驗？我計畫未來要採取什麼行動？我打算要分享什麼經驗來支持學習？在我成為一名助產士的過程中，這種經驗對我有什麼幫助？這段經驗是否讓我對實踐有了深入的理解？這一經歷是否提供了關於整體助產服務實踐的見解？這段經歷如何改變我的個人觀點和對助產實踐的看法？

資料來源：翻譯自"Development of a model of holistic reflection to facilitate transformative learning in student midwives, "by J. Bass, J.Fenwick, & M.Sidebotham, 2017, *Women and Birth*, *30*(3), p. 232.

5. Griffin的關鍵事件紀錄反思框架

　　以上Bass等人的反思模型，比較重視從實踐中獲得的知識以及專業實踐的藝術性，接下來介紹的Griffin（2003）關鍵事件紀錄，則是比較側重科學經驗知識與人文關懷模式的反思框架。

第一部分：事件描述

內容	說明
事件為何：豐富、具體的事實。以敘事方法陳述（有場景，有對話）。	盡量描述事件的細節；請分清楚事實和推論的差別，事實的描述應該是不合價值判斷或個人詮釋的。
情緒：發生了哪些情緒。	在這個過程中應該有很多情緒產生，試著描述體驗到哪些情緒並說明自己注意到的事物和自己感受的關係為何。
想法：你的想法為何。	描述你對於這個事件的認知及想法。
其他人的觀點：用每個參與其中的人之觀點來解釋事件；用第一人稱的「我」來寫下解釋。	學習了解所有人的觀點是解決衝突與問題的重要工具，因此依循事件發生的脈絡，找出事件對所有人的意義及影響能夠更加開拓自己的心智。

第二部分：反思與尋找意義

內容	說明
面向：找出這個事件所涉及的各個面向與層面。	每個事件都會蘊含不同面向，盡可能找出各種相關的層面。
重要面向說明：從上述面向中選擇最重要的幾項，引用論述與文獻來解釋與說明。	透過面向說明來促進批判性思考，學習將理論與實務結合，從特殊性的思考轉換到普遍性的思考。
專業標準：相關的專業標準／法條／行動準則。	找出與此事件有關的專業標準／法條／行動準則。
立場：個人的立場與信念。	反思與描述在談到此事件其中的某個面向時，自己所持的立場及信念為何。
行動：如果我是醫師……。	描述個人的行動決定。
此事對個人的意義：	思考自我的學習與改變（例如觀念的改變、未來的行動計畫），進而描述未來將如何進行實務工作。

圖9　Griffin的關鍵事件紀錄

資料來源：鄒國英、穆淑琪、王宗倫、連恒輝、陳隆煌（2014）。醫學倫理學如何提昇學生的倫理敏感度與思辨力，投影片（PPT）。

這個反思表單是李錦虹等參考Griffin（2003）的關鍵事件報告的設計，透過系統性的書寫架構，讓學生以不同面向來重整案例經驗，反思自己的內在情緒、想法及做法（Griffin, 2003；李錦虹、王志嘉、鄒國英、邱浩彰、林明德，2013）。第一部分主要引導學習者描述外在事件，描述自己在情境中的反應及其他人的反應，該記錄引導學習者以第一人稱的方式去記錄他人的反應；第二部分則是引導學習者進行事件的概括與解釋，發現事件的結構或所關涉的知識面向，並進行與理論連結的解釋；進行反身性及後設認知的反省，發現自己的立場、觀點、信仰或假設；最後導向未來的行動規劃及學習。

6. Boud等人的反思過程三步驟

　　以上是側重實踐反思的模式，接下來介紹的模式雖然也是指向經驗的反思，但基本上比較著重在反思思維的訓練。Boud等人的反思過程三步驟特別引導學習者關注感受的面向。他們以為反思是人們對於經驗的反應形式之一，經驗是指個人對於情境或事件的整體反應，包含個人的所思、所感、所做及終結的過程，面對經驗我們要盡可能地參與其中去探索經驗以獲得新的理解和欣賞。為了引發深思熟慮的學習，Boud等人建議要強化反思活動與學習經驗的連結，引導學習者經歷重返經驗、關注感受和重新評估經驗的反思過程，以引發學習者立基經驗的反思，連結新知識與舊知識，立基學習者的目標去重新檢驗初始經驗，將學習整合進學習者的存在框架，以及演練這個反思過程以查看後續的活動（Boud, Keogh, & Walker, 1985b）。如本書前述Boud等人是少數把感受反應列為反思重點的學者們，把感受放入反思的框架中，其定義反思過程三步驟如下：

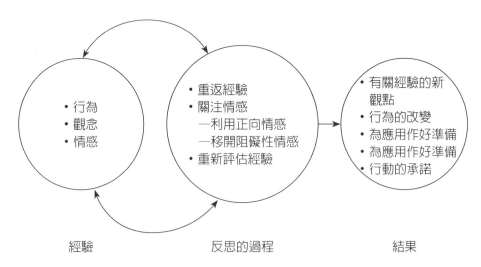

圖13　在脈絡中的反思過程

資料來源：翻譯自Promoting reflection in learning: A model, in *Reflection: Turning experience into learning* (p.36), by D.Boud, R.Keogh, & D.Walker, 1985, London: Routledge.

(1) 重返經驗（Returning to the experience）：是對於顯著事件的蒐集，引導學習者在內心對初始經驗進行重演，或者向他人詳細敘述初始經驗。（Boud, Keogh, & Walker, 1985b：26）

(2) 關注感受（Attending to feelings）：關注感受有二個面向，包含利用正向感受和移開阻礙性的感受。利用正向感受主要是指有意識地蒐集經驗或學習中的好的經驗，關注環境中愉悅的面向，或期盼事件後續發展過程中可能的有利方向；移開阻礙性的感受之前必需先對經驗事件做理性的考量：它關聯到向他人詳細敘述初始經驗時要使自己的感受得到充分的表達。（Boud, Keogh, & Walker, 1985b：26）

(3) 重新評估經驗（Re-valuating experience）：重新評估經驗，包含：在學習者的意圖下去重新檢視經驗，連結新的知識與已經擁有的知識，和把新的知識整合進學習者原有的概念框架中，其結果將導致學習者把知識引入學習者的整體行為結構中（Boud, Keogh, & Walker, 1985b：27）。在這個反思的過程裡，涉及前述杜威所說的戲劇性的排演，在這種排演中我們在心理上使用新學習到的東西以測試它的真實性以及在心理上測試後，繼續要應用到生活中的行動計畫。

Boud等人認為以上三個反思的過程是相互關聯，而且會經過多次的循環才形成結論，其結果是：「反思的結果可能包括一種新的做事方式，澄清一個議題，發展技能或解決問題。可能會出現新的認知地圖，或者可能會發現一組新的想法。這些變化可能很小或者可能很大。他們可能涉及有關經驗的新觀點的發展或行為的改變。知識的綜合、驗證和持有，成為反思的結果也是過程的一部分。以前孤立的主題之間可能形成新的聯繫，可以評估關係的相對優勢。再次，通過了解自己的學習風格和需求，可以開發出一個重要的學習技巧。」（Boud, Keogh, & Walker, 1985b：34）。

7. Bain等人的五個R的反思框架

報導（reporting），反應（responding），關聯（relating），推理（reasoning），及重構（reconstructing）等五個R的反思，原本是Bain等人研發用來評估學生的反思日誌所使用的量表（Bain, Ballantyne, Packer, & Mills, 1999），其中反思的五個層次，因為正好符合經驗學習層層深化的歷程，本書建議讀者可以用來引導學習者有順序地經歷有關自己經驗的探究過程：先描述自己外界及內界經驗，再來分析自己外界或內界的經驗；或對進行經驗結構的概括或進行理解經驗的解釋；及至創造個人化知識的學習過程。以下是Bain等人對五個層次的反思量表及其內容描述（Bain, Ballantyne, Packer, & Mills, 1999：60）：

表3　五層次反思量表

層次1（報導）	• 學生用最小的轉化來描述、報告或重新講述，而沒有增加觀察或洞見。
層次2（反應）	• 學生以某種方式來使用原始資料，但只稍加轉化或概念化。 • 學生作出觀察或判斷，但不作任何進一步的推論或詳細說明原因。 • 學生提出一個「修辭性」的問題但不企圖回答或做其他的考慮。 • 學生只報導一種感覺，如慰藉、焦慮、幸福、等等。
層次3（關聯）	• 學生識別具有個人意義的資料的各個方面，或與以前或現在的經驗連結。 • 學生尋求對關係的表面理解。 • 學生識別他們擅長的東西，他們需要改進的事物，他們所犯的錯誤，或者識別他們從實際經驗中習得的範圍。 • 學生給出一些事情發生原因的膚淺解釋，或者確定他們需要或計畫去做或改變的事情。
層次4（推理）	• 學生將資料整合到一個適當的關係中，如理論概念，個人經驗，涉及高層次的轉化和概念化。 • 學生尋求深度理解為什麼過去的某事會發生。

- 學生探索或分析一個概念、事件或經驗，提出問題和尋找答案，考慮其他的選擇，推測或設想為什麼現在及未來某事會持續發生。
- 學生試圖運用自己的洞察力、推論、經驗或以前的學習來解釋他們自己或他人的行為或感受，引發一種深度的理解。
- 學生以有深度的方式探索理論與實踐的關係。

層次5 （重構）	• 學生表現出高層次的抽象思維，概括和/或應用所學。 • 學生從他們的反思中抽繹出和總結出自己的結論，從他們的經驗中進行概括化，提煉出一般的原則，制定個人化的理論，或者獲得一個議題的立場。 • 學生從他們的學習中抽繹出和內化出個人化的意義，和/或依照他們的反思規劃進一步的學習。

資料來源：翻譯自"Using journal writing to enhance student teachers' reflectivity during field experience placements," by J. D. Bain, R. Ballantyne, J. Packer, & C.Mills, 1999, *Teachers and Teaching, 5(1)*, p.60.

8. Max Van Manen依反思發生時間區分的反思模式

　　Max Van Manen根據尚恩（Donald Schon）的反思理論，依照反思發生的時間可以分成行動前的反思（reflection-for-action）、行動中的反思 reflection-in-action）及行動後的反思（reflection-on-action），但Max Van Manen又增加一個全身心的關注（mindfulness），共分四類。

　　(1)行動前的反思：主要是行動發生前，對各種可能的選擇做出仔細的反思，決定行動路線，計畫未來需要做的各種事情；期望我們和他人透過行動計畫了解可能發生的經驗（李樹英（譯），2001：134）。

　　(2)對行動的反思：或稱行動後的反思，主要是在行動發生後，針對已發生的經驗進行追溯型的反思，以獲得更深刻的理解（李樹英（譯），2001：153）。

　　(3)行動中的反思：是以問題解決的行為為條件，是一種「現場決策的反思」，其範例是醫療情境中的治療決策，是與當下的問題情境相協調，當機立斷地即刻做出決策，需要的是「解決辦法、『正確的』知識、

有效的步驟、解決的策略、有力的技術或方法，以便得到結果」（李樹英
（譯），2001：135、142-143）。但這種反思仍然是回顧式的反思，它仍
需要時間的後退或暫停。

(4) 全身心的關注（mindfulness）：Max Van Manen認為全身心的關
注與行動中的反思不同，全身心的關注不是解決問題模式的反思，其範例
是教育場域中的困境；教育場域中的困境通常不是一次就能解決或根除
的，而是有待更深刻地理解，要學會如何與情境相互協調、與之相處，主
要是導向瞬間知道該怎麼做的機智（tact），一種對情境的特殊敏感性並
知道在其中如何去表現；一種全身心的投入的感性認識，一種認知和存在
方式（李樹英（譯），2001：173）。這種特殊類型的反思不是在行動間
斷，也不是與行動平行發生的反思，而是在行動中發生，但不是以主體的
我和對象的我（I-me relation）的方式反思自身（李樹英（譯），2001：
145）。這種特殊類型的反思以智慧的方式關注行動，對細節更加覺察和
注意，追求在「未來的情境中可能能夠更加機智地和富有思想地採取行
動」（李樹英（譯），2001：146、144）。

表4　依反思發生時間區分的反思模式

1.行動前的反思 （reflection-for- action）	• 對各種可能的選擇做出仔細的反思，決定行動路線，計畫未來需要做的各種事情。 • 期望我們和他人透過行動計畫可能發生的經驗。
2.對行動的反思 （reflection-on- action）	• 在行動發生後，針對已發生的經驗進行追溯型的反思，獲得更深刻的理解。
3.行動中的反思 （reflection-in- action）	• 一種「現場決策的反思」。 • 當機立斷地即刻做出決策。 • 需要解決辦法、正確的知識、有效的步驟、解決的策略、有力的技術或方法，以便得到結果。

4.全身心的關注 （mindfulness）	• 導向一種全身心投入的智慧性行動（tactful action）。 • 導向瞬間知道該怎麼做的機智（tact），一種對情境的特殊敏感性並知道在其中如何去表現。 • 一種全身心的投入的，感性認識，一種認知和存在方式。 • 這種特殊類型的反思不是在行動間斷，也不是與行動平行發生的反思。 • 這種特殊類型的反思是在行動中發生，但不是以主體的我和對象的我（I-me relation）的方式反思自身。 • 這種特殊類型的反思以智慧的方式關注行動，對細節更加覺察和注意。 • 追求未來能更加機智和富有思想地採取行動。

資料來源：整理自李樹英（譯）（2001）。教學機智：教育智慧的意蘊（頁134-157）。北京：教育科學。

9.小結

　　總之，以上不同的結構化反思框架，其背後都各有其相關的學習、反思思維活動的後設認知基礎；如Borton為了幫助他的學生更結構地獲得關於這個世界的知識以及學會如何學習，而認為人類與世界接觸的認識及互動過程含感知（sensing）、轉化（transforming）、行動（acting）反應模式（Borton, 1970），因而發展出3W的問題來協助學習者展開基於感知、轉化及行動的過程。另如：Johns的反思模型，因為他認為反思學習是一種啟蒙、賦能和解放的過程，因此Johns的反思框架雖然是在護理專業實踐領域中使用的，但仍引導學習者關注於自我探究和自我轉化的學習，也特別重視反思在感性認識面向的功能，因此引導學習者關注情境化的實踐之知（或稱即行之知、知曉）的習得。Bass等人的整全的反思模型則是立基整體觀及轉化學習的理論而發展出來的結構化的、整全的反思框架，引導學習者更深地與自我連結。

　　對規劃反思教學者而言，或許可以不必自己去設計反思框架，但當我們選取某一個反思框架之前，必須先澄清這個框架的學習理論或反思理論

是否與自己的教學目標一致，以確認所選取的反思框架，能否有效地幫助學習者展開教學者所指向的有系統的、有結構的學習或反思活動。教學者也可以自己規劃反思框架，或者改編他人的框架，但設計者一定要審慎思考所要引發的學習活動或反思活動是什麼，並對該學習活動及反思的心智活動去做後設認知（meta-cognition）或哲學認識論（epistemology）的探究，先建立理論模型，再依照模型去做反思框架的規劃。本章第三部分將詳細介紹筆者如何做反思框架的改編及運用。

（二）反思寫作教學模組：學會如何使用學習工具

深刻的反思技能是可以傳授的，但他們需要時間去發展和實踐（Bain, Ballantyne, Mills & Nestor, 2002）；深刻的反思技能也不是一次性的工作坊或講習所可以獲得的，需要學習者投入持續性的實作練習，經營試錯誤的調整過程才能習得。因此筆者於2006年開始研發融入在正式課程進程中的反思寫作教學模組，把這個教學模組中的各個單元，融入到原本一學期的課程中；從開學之初一直到期末，希望引導學習者不僅學習原本的課程內容，而且因為融入反思寫作教學及操作反思寫作，而學會如何更有效地使用反思寫作這個學習工具的技能，藉以深化反思思維，並提升原本學習的品質。筆者引導學習者在反思寫作教學模組中思考以下問題：

- 什麼是反思？
- 我如何操作反思？
- 我怎麼知道此刻我做的是否適當？
- 我如何透過反思去學習？

（Johns, 2009：50）

・為什麼要寫？[2]

以上問題的探索並不是在第一單元中完成，而是作為整個教學模組的引導性問題，散布在教學模組中逐步引導學習者探索。筆者所規劃的反思寫作教學模組，依其學習展開的順序，包含：反思寫作的後設反省，自由書寫練習，反思風格自我分析、提問練習與自我督導、發展同儕回饋、操作檔案教學等六個單元。執行方式說明如下：

1.反思寫作的後設反省

誠如Rodgers（2002：845）所說的，反思是一個「複雜、嚴謹、智力和情感的事業，需要時間去好好經營」，他建議教師首先必須對「反思」有深入的探討，才可以更有效地傳授、學習、評估、討論和研究反思（Rodgers, 2002）。不僅教師如此，學生也是一樣，不能只是單純地讓學生寫。為了提升教學成效，需要引導學生對「反思」、「反思寫作」展開後設認知的反省（John Biggs, 1999）。

反思寫作教學模組的第一單元：反思寫作的後設反省，主要在引導學習者探討什麼是反思，反思與學習的關係，書寫的重要性及如何實踐等問題。但在初次教學僅先拋出問題，喚起關注，不必一一討論，相關問題將陸續在教學模組中進行。第一單元僅聚焦在「什麼是反思」的討論即可。

為了避免知識灌輸式的教學，本書筆者通常是以「腦力激盪」的方式展開這個單元的討論，給學習者的問題指導語是：「反思可以是什麼樣的心智活動？請說出你的想像、經驗、想法，或猜測也可以，蒐集每一位

2　以上四個問題是Christopher Johns認為反思初學者要探索的問題，筆者增加第五個問題，為什麼要寫。筆者以為在臺灣的教學現場中操作反思寫作教學，引導學習者探索為什麼要寫是一件重要的準備工作，一方面是啟動學習者的主動性，另一方面則是協助學習者擱置過去不利反思寫作展開的寫作經驗、寫作態度、或寫作習慣等等。

同學的意見，並做整理分類。」先透過小組腦力激盪討論蒐集同學們有關「反思」的想像、經驗、想法或猜測，並經由小組整理、歸納、分類組員的意見，再透過大組的分享，歸納全班意見，爾後教師才進行相關理論的介紹。筆者通常只提供學習者「反思活動的類別框架PPT」（見圖14），在這個階段還不用做太多的解釋，只是把專家理論當作框架，讓學習者提出自己的意見後，以專家意見為框架，去檢視自己的意見或小組意見可以歸屬於那一類（林文琪，2017b）。

```
Reflection/Self-reflection/Reflexivity

• 對某一議題或事件的思索            How?
• 行為主體對自己的態度、觀
  念和情感及其情境的思考       • 反身朝向觀者自己
• 認識自己：對自身心智        • 指向認識者自己心智
  活動的注意和知覺（John        狀態的認識活動
  Locke）                   • 指向外界
  －insight mindsight
  －aware the mental state of      認識的結果？
    one's own
  －self-conscious         • knowledge
  －self-knowledge           「×」是「什麼」
• 關心自己及成就自己          Doing + knowing
  －self-cultivation        • 「誰」在做「×」
  －self-transform
```

圖14　反思活動的類別框架PPT

2. 自由書寫練習

反思寫作教學模組第二單元：自由書寫練習，是在上完第一單元後，邀請學習者回家試著完成一份反思寫作的自由書寫。給學習者的指導語是：「嘗試以自由書寫的方式，不要想太多，不要太在意文筆、修辭，依

課堂或活動進行的程序，盡可能詳細的記錄事件發生的過程。」所以安排自由書寫練習，一方面是希望協助學習者擱置過去有關「寫作」是寫「美文」的寫作習慣，另外則是希望可以藉此留下未刻意練習前的反思寫作樣本，作為評估自我改善狀況的起始點。

　　自由書寫的主題由教學者擬定，建議與接下來學習的主題有相關性。如本書筆者為了引導學習者展開經驗反思，通常規劃自由書寫的主題是以描述學習者個人真實的經驗為主。如：為了接下來要討論閱讀理論，給學生自由書寫的主題就會是：「寫一個印象深刻的閱讀經驗」；為了接下來討論學習理論，給學習者自由書寫的主題就是「寫一個很沒有收穫的學習經驗」、「寫一個收穫滿滿的學習經驗」、或「第一次上××課程的經驗」；或請學習者直接紀錄當週的上課事件。並提醒同學下次要把作業印出，帶到教室，作為下次上課做反思風格分析的教材。

課程名稱：		上課時間：　年　月　日
姓名：	學號：	書寫日期：　年　月　日
說明：回想本週的上課過程，嘗試以自己書寫的方式，不要想太多，不要太在意文筆、修辭，依課堂進行的程序，盡可能詳細的記錄課堂上發生的事件。		

圖15　反思日誌─自由書寫表單（2010版）

3.反思風格自我分析：結構化反思的框架及其應用

　　反思寫作教學模組的第三單元：反思風格自我分析。這個單元主要引導學習者對「反思」這個心智活動進行後設認知的探索，筆者通常是透過介紹結構化的反思模式，讓學習者了解反思這個心智活動可以如何展開，可能有那些類型及層次。有關反思心智活動的後設認知要介紹多詳細，視

課堂學生的學科背景、年紀而彈性調整，但一定要介紹未來課程中會使用到的結構化反思框架。

介紹反思框架除了讓學習者了解反思這個心智活動可以如何展開外，在本教學模組中最重要的工作是要引導學習者把反思框架當作學習工具，學習如何藉助結構化的反思框架來評估自己的反思風格，並學習如何自我督導（self-facilitate）。這個單元建議教學時間為2小時。

筆者主要使用Bain等人的五個R的反思框架，首先向學習者介紹報導（report），反應（responding），關聯（relating），推理（reasoning），及重構（reconstructing）等五個R的反思層次及其內容（Bain, Ballantyne, Packer, & Mills, 1999），並還原Bain等人把反思五個層次當作評估反思表現的量表之原意，指導學習者針對自己上週自由書寫的反思日誌進行編碼，以評估自己第一次日誌的層次表現。其教學操作流程如下：

(1) 何謂反思與反思五個層次：教師首先要引導學習者從後設認知的立場去反省：反思是如何的活動，反思的五個層次的特徵為何。以下是筆者根據Bain等人的五個R的反思量表所製作的「簡易反思五層次表」：

表5　簡易反思五層次表

層次	1	2	3	4	5
風格	Reporting	Resspoonding	Relating	Reasoning	Reconstructing
特徵	描述事件經過	敘述感受、想法、判斷	與經驗連結，加上簡單的或個人的解釋	表現高度轉化和概念化、深度分析發生原因、探討理論與實踐之關係	從經驗整合獲得結論、針對個人規劃未來行動

註：林文琪根據Bain, Ballantyne, Packer, & Mills（1999）的反思五個層次量表改編

(2) 教師示範如何做反思層次編碼：以學生自由書寫的作業當例子，示範如何分析學生的敘述，作不同反思層次的編碼。編碼方式是先依照事

件或主題去做分段，一個事件或一個主題當作一段，用反思五個層次去評估學習者對一個事件的敘述涉及了那幾個層次的反思。以下舉古琴與哲學實踐課程學生自由書寫的作業當作範例進行反思層次編碼說明：

因為選了這堂通識課的緣故，第一次走進古琴教室。而且非常幸運的有系上幾位同學選了一樣的課。進教室時看到一面牆壁都是鏡子，另一面則掛滿了古琴，覺得很特殊，也是我第一次看到古琴實體的樣子。

一開始老師先讓我們沿著牆壁各自找位置坐下，接著開始介紹古琴，從中國人如何發明出古琴及古琴的原理、特性等等（例如古琴總共有十三根柱子代表一年十二個月再加上一天閏日，還有琴身上圓下方代表天圓地方）。

之後老師請我們每個人說說為什麼要選這堂課，大部分的人都說因為是經典課或是其他人介紹的。其中讓我印象比較深刻的是一位以前學過古箏的同學，他說他想比較看看古琴跟古箏之間的差異。我選這堂課除了因為是經典以外，還有一個原因是想多學一種樂器。我小時候曾經學過鋼琴，高中後又學了吉他跟長號，其中我最喜歡的就是長號了，因為我喜歡把指甲留得很長，吹長號也沒有要剪指甲的限制，更重要的是我喜歡它可透過拉滑管製造出不同音調的變化，我覺得很有趣。所以一開始聽到老師說彈奏古琴要剪指甲時讓我難過了一下，但是又聽老師說古琴是透過左手在弦上移動不同位置造成聲音的變化，讓我覺得這個樂器跟長號有點相似，激發我想要好好學習的衝動。

最後老師講解了這堂課的命名由來，為什麼課堂名稱要叫哲學實踐等等。聽完老師對古人的描述之後，讓我對古人透過古

琴修身養性的生活很著迷，希望可以透過這堂課學到很多東西。

（小岑，2015：古琴與哲學實踐課程學習檔案）

以上是小岑同學第一次上課後，自由書寫的日誌，記錄當天上課的過程。以下以第二段為例來做編碼示範。閱讀學習者反思時，先做事件或主題的分段，基本上小岑第二段的反思書寫，可以分成二個段落：第一段記述上課事件及他人反應；第二段記述自己的反應。第一段編碼如下：

　　　之後老師之後老師請我們每個人說說為什麼要選這堂課，大部分的人都說因為是經典課或是其他人介紹的。1】其中讓我印象比較深刻的是一位以前學過古箏的同學，他說他想比較看看古琴跟古箏之間的差異。2】（【1＋2】）

這段引文描述老師請大家說明為什要選這門課，小岑描述同學反應老師提問的意見，這是第一層次，編碼【1】；接著小岑描述自己對同學意見的反應（感受），這是第二層次，編碼【2】，所以小岑針對老師請大家說明為什麼要選這門課程的事件，其表述主要呈現【1＋2】的表達結構，亦即除了描述外在事件，還表達了自己的感受。

小岑第二段記述自己的反應之日誌編碼如下：

　　　我選這堂課除了因為是經典以外，還有一個原因是想多學一種樂器。1】我小時候曾經學過鋼琴，高中後又學了吉他跟長號，其中我最喜歡的就是長號了，因為我喜歡把指甲留得很長，吹長號也沒有要剪指甲的限制，更重要的是我喜歡它可透過拉滑管製造出不同音調的變化，我覺得很有趣。所以一開始聽到老師說彈奏古琴要剪指甲時讓我難過了一下，但是又聽老師說古琴是透過

左手在弦上移動不同位置造成聲音的變化，讓我覺得這個樂器跟
長號有點相似，激發我想要好好學習的衝動。3】（【1＋3】）

這段日誌小岑先描述自己在課堂上的表現，描述自己如何回應老師的問
題，是第一層次，編碼【1】；接下來小岑講了一段故事，用一大段故事
說明自己為什麼想再學一種樂器，以及為什麼選古琴，這屬於第三層次，
與個人經驗連結，編碼【3】。這一段敘述，小岑呈現【1＋3】的表達結
構，也就是說先記錄發生的事件，並對這件事做與個人經驗連結的解釋。

　　依照以上方式逐段編碼完畢後，統計在這篇日誌中記錄了多少事件
（多少段），而作者對每一事件的表達結構有那些類型，那一類型最多。
本書筆者根據同學反思曾出現的類型，製作了一個「反思風格類型對照
表」（見表6）讓同學去做核對，以協助同學做分析。

表6　反思風格類型對照表

類型	類型名稱	類型描述
A	外向描述型	大部分是層次1，少部分出現其它層次
B	內向描述型	大部分是層次2，少部分出現其它層次
C	綜合描述型	明顯呈現1＋2的結構
D	個人化分析型	明顯呈現1＋2＋3的結構
E	概括化分析型	明顯呈現1＋2＋4的結構
F	經驗化論述	1＋2＋3＋5
G	理論化論述	1＋2＋4＋5
H	層次完整型	有完整1＋2＋3＋4＋5的結構
I	內向自我對話型	1很少，以2＋3或2＋4的結構為主
J	外向自我對話型	2很少，以1＋3或1＋4的結構為主
其它		

註：本表為林文琪編製，2011。

　　小岑同學反思日誌書寫的段落大致分成四段。第一段是開場描述了教室的場景；接著記錄三個上課事件並做總結。小岑的日誌全文編碼如下：

- 教室場景

  (1) 因爲選了這堂通識課的緣故，3】第一次走進古琴教室。1】（1+3）

  (2) 而且非常幸運的有系上幾位同學選了一樣的課。（1+2）

  (3) 進教室時看到一面牆壁都是鏡子，另一面則掛滿了古琴，1】覺得很特殊，也是我第一次看到古琴實體的樣子。2】（1+2）

- 上課事件(1)

  一開始老師先讓我們沿著牆壁各自找位置坐下，接著開始介紹古琴，從中國人如何發明出古琴及古琴的原理、特性等等（例如古琴總共有十三根柱子代表一年十二個月再加上一天潤日，還有琴身上圓下方代表天圓地方）。1】

- 上課事件(2)

  (1) 之後老師請我們每個人說說爲什麼要選這堂課，大部分的人都說因爲是經典課或是其他人介紹的。1】其中讓我印象比較深刻的是一位以前學過古箏的同學，他說他想比較看看古琴跟古箏之間的差異。2】（1+2）

  (2) 我選這堂課除了因爲是經典以外，還有一個原因是想多學一種樂器。1】我小時候曾經學過鋼琴，高中後又學了吉他跟長號，其中我最喜歡的就是長號了，因爲我喜歡把指甲留得很長，吹長號也沒有要剪指甲的限制，更重要的是我喜歡它可透過拉滑管製造出不同音調的變化，我覺得很

有趣。所以一開始聽到老師說彈奏古琴要剪指甲時讓我難
過了一下，但是又聽老師說古琴是透過左手在弦上移動不
同位置造成聲音的變化，讓我覺得這個樂器跟長號有點相
似，激發我想要好好學習的衝動。3】（1+3）

• 上課事件(3)

最後老師講解了這堂課的命名由來，為什麼課堂名稱要叫學實
踐等等。1】聽完老師對古人的描述之後，讓我對古人透過古
琴修身養性的生活很著迷，2】希望可以透過這堂課學到很多
東西。5】（1+2+5）

基本上，小岑同學的反思表述模式：只有1的結構，出現1次；1+2結構出
現3次，1+3結構出現1次。出現最多的是1+2結構，對應「反思風格類型
對照表」（見表6）屬於C綜合描述型，或者說這份反思日誌主要關注在
描述事件及描述自己的反應較多；偶爾會涉及第三層次的解釋，但相對較
少。文末有寫出結論。

總之，在本教學模組中編碼練習及反思風格分析，都只是學習工具，
主要是在引導學習者學習如何做自我分析及自我督導，希望藉助這個框架
的使用，讓學習者練習關注並辨識自己的書寫成果。這樣的練習會讓書寫
者更有方向感地參與反思寫作，書寫時知道自己是正在描述外在事件（第
一層次反思），或正在描述自己的反應（第二層次反思），或者是正在針
對第一層次或第二層次反思做解釋，還是正在進行第三層次比較表面的解
釋，或者正展開第四層次更有深度的分析與解釋。引導學習者透過編碼去
辨識自己的反思風格或表達模式，無論編碼結果如何，我們都希望學習者
不要用深淺來做區分，因此筆者稱之為「風格」，是弱義的風格，指一種
在沒有刻意導向的情況下，自然呈現的表達傾向，它可以透過刻意的導向

而呈現不同的表現，但若不經意則又會回復原來的傾向。然若經過長時間的刻意練習某一種表達類型，則會形成新的風格。

建議如果時間許可，可以邀請學習者在期末再做一次自我反思風格分析，觀察自己的反思風格是否依照自己的刻意練習而有所改變。

(3)學伴合作練習完成反思層次編碼：二人一組形成學伴關係，互相幫忙共同完成一份自由書寫的反思層次編碼，若層次認定有爭議時，則相互討論，仍有疑慮則請教老師。

(4)撰寫個人反思風格分析及自我提升計畫：邀請每一位同學回家再做一次編碼，並撰寫一份個人反思風格分析及自我提升計畫[3]。作業規劃如下：

反思日誌風格分析	課程名稱：	上課時間：　年　月　日
姓名：	學號：	書寫時間：　年　月　日
反思日誌編碼（作業日期：000.00.00）		
編碼如下：（請以事件為單位，進行重新分段。）		
描述自己反思思維所呈現的特色		
說明自己為什麼展現如此特色		
本學期你最想發展的反思能力是什麼？你計畫如何做？		

圖16　反思日誌風格分析及自我提升計畫表單（2010版）

3　建議回家再做自我反思風格分析，一則時間比較充足，二則可以延長課堂的學習。

　　在這個單元中，要讓學習者了解，在沒有內在或外在引導的情況下，學習者自由書寫所表現的反思風格，與學習者的思維習慣或是與所設定的書寫主題有關，並不能因為反思日誌未涉及某些層次，而斷言學習者這個層次的反思能力不足。

　　比如甲同學的反思風格大都集中在第二層次描述個人想法或感受，但第一層次描述外在情境的書寫相對比較少；乙同學正好相反。這並不表示甲同學優於乙同學，而就只是風格不同而已。有可能甲同學習慣性地把注意的焦點集中在自己身上，相對比較忽略對外界事件的關注；而乙同學雖然反思大部分集中在第一層次對外在事物的描述，如果他的描述是有細節而詳細的，表示他的觀察能力比較強。我們的學生常常忽略細節的描寫，事實上若能加強自己對外在世界細節的描述，是提升觀察力的好方法，因此第一層次的反思一樣要受到重視和再培養。

　　所謂的深化反思或改善，不是循著反思五個層次，把五個層次都寫滿了就是改善、就是更有深度；所謂的深化反思，也不是說涉及第二層次反思的書寫就比涉及第一層次反思的書寫有深度。筆者以為每一個層次的反思對學習者而言，都是不可或缺的；個別不同層次的反思本身有其可以個別加強的品質，因著學習者的思維發展狀況及不同的學習目標，可以在不同層次的反思上去做個別的深化發展。比如一個希望提升對外界事物觀察力的人，可以針對第一層次的反思，做更有細節的描述；一個希望提升自我認識能力的人，可以針對第二層次的反思進行更細緻的描述；希冀發展個人化知識的人，可以強化第三層次的反思，進行與個人經驗連結的解釋；希望可以進一步發展理論化論述者，則可以強化第四層次的反思，進行更進一步的概括練習；而追求自我轉化者，則可以加強第五層次的反思，強化與未來行動的連結。筆者的課程通常給學習者很大的自由，希望學習者可以根據自己的需求擬定自己的反思能力提升計畫。

依筆者教學經驗，發現學生通常會忽略第一層次反思的提升，因此操作此反思教學模組時，通常會讓學習者了解加強第一層次反思書寫的意義及重要性，讓學習者了解，對事物做更有細節的描寫，對提升觀察力是有幫助的。此外，筆者也發現學習者在第二層次反思的表現，通常會忽略對自己情緒、感受的描述，而以寫下自己的想法者居多。之所以如此，或因為沒有引發情緒、感受，或因為不習慣覺察自己的情緒、感受，或有感受有覺察，但認為這些情緒或感受與學習無關，因此沒有寫下來。如前所述，越來越多學者呼籲重視學習中的情緒或感受的因素，而且若能強化自己對於情緒及感受的描述能力，可以提升自己的情境覺察力及敏感度，因此筆者會在操作反思教學模組時，特別說明描述的學習經驗中的情緒或感受的意義。

有些學習者會以為第三層次與個人經驗連結的表淺的解釋，不如第四層次更概括化的解釋；或認為自己個人的解釋是不成熟的，而不敢寫出個人化的解釋。從理論學習發展的角度而言，學習者得先發展個人化的、表淺的解釋，再經由持續的反思探索，才能慢慢形成概括化或理論化的個人論述，進而升級為第四層次的反思。若有機會參與相關學術領域的學習，學習者則可以進一步學習如何使用學術化的公共語言來表達個人化的論述，將個人化的理論或個人化論述轉化為公共語言的表述。由第三層次反思向第四層次反思的移動，是形成問題意識的根基；如果學習者跳過第三層次反思，直接向第四層次反思移動，直接發展學術性的論述，有可能造成理論的空洞化、去脈絡化思考的問題。筆者一直鼓勵高中或大一階段的學習者，可以多花心思加強書寫第三層次的反思，盡可能以自由書寫的態度，多寫一些自己初步的理解和個人化的解釋，再去對自己的粗淺想法進行持續的再反思，發展為第四層次的個人化論述。之後，再去做相關理論的閱讀。

4.融入提問式學習法強化自我督導能力

　　經由前三個教學單元後，教師可以邀請學習者開始規律地使用教師所設計的結構化的反思表單進行反思書寫。最好是規律地每週都要書寫，以養成習慣（Moon, 1999）。

　　筆者為了強化學習者發展自我對話與自我督導的能力，還導入提問式教學法的訓練，故要上完第四單元後才開始使用結構化的反思表單。筆者設計有提問練習的反思寫作表單如下：

課程名稱		授課教師		記錄者	
上課日期	2012年02月　日	上課地點	美學教室		
紀錄上課事件。自由書寫。 以講故事的方式，依課堂進行的程序，盡可能詳細描述課堂上發生的事件如：教室中老師和同學們在做什麼、自己在做什麼、課程內容；自己對課堂事件的感受、想法或判斷；與個人經驗連結的說明；經驗的概括或解釋；或發表論述等等。			自我提問練習（重讀左邊的自我記錄，先標明提問練習的目的，盡可能清晰而明白地寫下問題並嘗試回答。如what, when, who, where；how, why, what if等問題。）		
• 標題：			• 本週提問練習的目的： • 提問練習		

圖17　「敘事書寫與自我提問練習」反思表單（2012版）

　　基本上，寫作的過程提供了經驗的原始資料，然而為了創造性地利用這些經驗，並將它們轉化為知識，是需要額外的反思和分析的階段，因此鼓勵學習者與同儕、臨床導師和教育工作者討論他們的反思敘述，加強對話是深化反思的有效策略之一（Levett-Jones, 2007）。以上這個反思表單即是希望透過學習者有意識地自我提問，並且自問自答，以發揮自我對話及自我督導的功能。配合這個反思表單的使用，反思寫作教學模組第四個教學單元是，融入提問式學習法。

　　相應反思五個層次，筆者在教學時通常引導學習者使用「焦點討論

法」中所運用的四個層次的問題：客觀性層次（The Objective Level），問的是客觀事實和外在現況；反應性層次（The Reflective Level），問的是客觀事實或外在現況引發的內在反應，如情緒、感受、判斷、想像和想法等；詮釋性層次（The Interpretive Level），這個層次問題主要在找尋意義、價值及重要性；決定性層次（The Decisional Level），這個層次的問題，在促進學習者下決議，找出未來的方向（陳淑婷、林思伶（譯），2012：46-47）。以下為筆者整理，將反思五個層次，焦點討論法所運用的四個層次問題，及透過提問各層次反思的發展目標對照如下：

表7 反思五個層次，四層次問題與反思發展目標對照表

五個R反思層次	內容	四個層次的問題	關注焦點	反思發展目標
報導	• 報導學習事件或資料。	• 客觀性層次問題	• 事實和外在現況	• 更多細節的描述
反應	• 描述自己的感受、想法或判斷等。	• 反思性層次問題	• 對外在狀況的內在反應	• 更有細節的覺察
關聯	• 與自己以前或現在的經驗做連結。	• 詮釋性層次問題	• 尋找意義、價值和重要性以及涵義	• 解釋所見、所感、所想，擴大理解視野。 • 發現行動背後的理念和原則，增加對理念、原則的理解。 • 發現行動背後的價值關懷，提高對終極價值的識別。
推理	• 深度地探索			
重構	• 高層次的抽象思維，進行概括和／或應用所學	• 決定性層次問題	• 找出決議，對未來下決定。	• 連結到未來

註：林文琪編製，2012。

當有人拋出客觀性層次的問題時，為了回應這個問題，回應者會展開第一層次的反思，重新關注事實和外在事物的現況，並追求更詳細，更有細節地去報導外在事件或資料，這有助觀察力的發展。透過拋出反思性層次的問題，可以協助回應者展開第二層次的反思，重新去關注相應外界事物而引發的內在反應，追求更仔細、更有細節的覺察，促進自我覺察力的發展。透過拋出詮釋性層次的問題，可以協助回應者展開第三或第四層次的反思，引發再一次去尋找意義、價值、重要性的探索，追求解釋所見、所感、所想，並促進理解視野的擴大；或追求發現行動背後的理念和原則，並增加對理念、原則的理解；或追求發現行動背後的價值關懷，並提高對終極價值的識別。透過提出決定性問題，可以協助回應者展開第五層次的反思，找出決議與對未來做決定。本教學模組，在課堂上融入自我提問的基本技巧訓練，並安排學習者在每週反思日誌的撰寫中進行自我提問練習，提供持續練習的機會。教師則可以透過反思日誌觀察學習者提問的品質，給與適時的指導，以逐漸改善提問技巧。

筆者也曾在有教學助理協助的狀況下，安排受過訓練的助理與學習者進行個別討論，共同檢視學習者自我提問練習的狀況，協助學習者發展自我提問及自我督導的能力，效果相當不錯。

5. 發展自我督導及同儕回饋的機制

很多教師為反思日誌的回饋感到傷腦筋，其中最大的疑問與焦慮是：我要一一回應嗎？大多數教師心中的想法是：「應該要」。也確實有教師採取一一回應的方法，這也確實有助於學習的成效及滿意度的提升。但做為一個大學的課程，我們要慎思的是：教師一一批改回應的做法，其意義何在？這樣的教學方法背後隱含的教育理念為何？面對大學中的反思教學，其回饋方式與批改作業可以有什麼不一樣？有沒有其他的回饋方式？以下舉小恩同學對反思寫作回饋的看法，供大家參考：

　　反思是學生「重新深入思考」的結果；個人認爲其重點不在最終思考的結果，眞正寶貴的是思考的過程。而老師又應扮演什麼樣的角色？我認爲是引導。老師傳遞希望我們深思的問題，然後我們回去想，接著老師需不需要再回覆我們，我認爲應該看情形：如果老師的回覆能做到啓發這個角色，那我就認爲這是有必要的引導。換句話說，如果回覆只有鼓勵一種功能，那就大可不必，畢竟反思後的收穫已經很多，不需老師再錦上添花。回過來說，有的時候老師所提供有建設性的引導卻是對學生很有益處的。雖說想法沒有對錯，然而閱歷的差別卻會造成深度差異。（小恩，2011：兒童美學課程學習檔案）

小恩認爲「反思是學生『重新深入思考』的結果」，「眞正寶貴的是思考的過程」，他期待教師可以提供具建設性的引導或回饋。所謂具建設性的回饋，不外支持性的回饋，提供學習者認同及肯定；另外則是給與批判性的回饋，僅提問而非給答案，透過提問引發學習者再詳細描述、再分析、重新框架、重新連結及重新思考。小恩指出「如果回覆只有鼓勵一種功能，那就大可不必，畢竟反思後的收穫已經很多，不需老師再錦上添花」，他期待教師可以提供批判性的回饋，透過「問題」，促進學習者「重新深入思考」。

　　問題是在反思寫作教學中建設性的回饋只能由教師提供嗎？在本教學模組中，所提供的「自我提問」練習，即是在訓練學習者做「自我回饋」。筆者在反思寫作教學模組中不斷地提醒學習者，希望大學生要開始養成自我回饋的能力與習慣，「自我提問」的練習即是希望學習者學會自我導向的學習，而不是被動等待教師來給與協助。

　　立基每一位學習者都有「自我提問」的訓練基礎，再輔以「學伴回

饋」的機制，邀請學伴互相交換閱讀彼此的日誌，可以利用課外時間在學習平台上進行討論（林文琪，2017b），也可以利用上課的前10分鐘，讓學習者在教室中展開面對面的相互提問討論，學習者可以在「學伴回饋」的練習中促進提問能力。提問者可以依據學伴所希望提升的反思層次，或主動發現對方那些層次比較不足而提問。本書筆者在大學部的課程中主要採取上課討論的模式，所以如此安排是刻意引導學習者進行面對面的對話，練習以口語的方式去進行再描述、再澄清、再分析的反思練習。

　　通常會建議學習者把每堂上課前10分鐘與學伴相互提問的事件也寫進反思日誌中，含：學伴問我什麼問題？我如何回應？對於那個問題，我還有什麼想說的？對於當日的討論我有何想法與感受等。教師可以藉此紀錄發現學伴合作學習的狀況，並給與必要的協助。

6.操作檔案教學

　　本教學模組除了安排自我回饋、同儕回饋外，還操作檔案教學，引導學習者透過學習檔案的蒐集及建置來進行反思學習（鄭英耀，蔡佩玲（譯），2000）；並操作多元評估，含自我評估、同儕評估、家人評估及教師評估等。這個單元每學期至少進行一次，如果時間許可也可以在期中安排一次。可以由個人獨立完成學習檔案上傳，也可以安排把學習檔案帶到教室現場，進行觀摩與討論。如為教室討論，大約需2小時。

　　學習檔案是學生作品的蒐集，但它並非只是學生作品的資料夾，「學習檔案必須是因為特殊目的而收集的學生作品的樣本」。檔案內容「包含學生自己的評論或提供仔細思索他們作品的機會」（鄭英耀，蔡佩玲（譯），2000：作者序頁5）。學習檔案因為它們提供了「一種專業的反思習慣的發展和反思過程的具體再現」已成為一種普遍被接受的反思工具（Berrill & Addison, 2010：1179）。

　　以下介紹筆者如何協助學習者針對自己的反思日誌進行階段性的再反

思與分析，促進第三、第四、第五層次的反思，並引導學習者學會自我評估，在學習的過程中理解自己，看到自己的改變。以下為筆者所使用的學習檔案目次，及自評互評的引導。

圖18　學習檔案封面與目次

課 程 名 稱		檔 案 作 者			
評 論 人		填寫日期	年	月	日
與作者關係					
看過學習檔案夾內的資料，你會如何描述作者在這門課中所做的努力？					
……					

圖19　學習檔案互評表單

　　圖18為學習檔案封面與目次，是學習檔案製作的說明與引導，學習者可以依照目次中的指導及說明，獨立整理自己的學習檔案。

　　圖19是學習檔案互評表單，是學習檔案他人評估時使用的表單，採取

多元評估，除了同儕互評外，也採取家人評量或學習者室友、好朋友的評量，以促進學習者將課程的學習與生活上的同伴分享，促進相互的了解。

　　圖20-22是學習檔案自評表單，是學習者自我評估時使用的表單，每一課程視各自不同的課程設計、不同的教學目標，規劃不同的自我評估問題，以引導學習者對自己的學習內容及學習經驗進行再反思，並做學習總結，以發現意義和看到自己生產知識的過程。

　　圖20自我評估表單(1)：第一題與第二題主要在協助學習者重新閱讀自己所記錄的日誌，並針對自己每週所記錄下來的上課內容進行主題的概括，再選擇一個自己印象深刻的主題，發表論述，並檢視有關這個主題在學習過程中的改變或發展。第三題引導學習者檢視自己正向的學習表現，並能識別出來。第四題引導學習者檢視自己的學習方法：反思寫作，並指出這個學習方法的特徵。第五題刻意提出是否做學習遷移的詢問，這只是一種提醒，希望學習者想一想，是否有可能可以做學習的遷移。最後邀請學習者針對自己的學習提出改善的自我建議作總結。

檔案回顧自我評估表	完成時間	年　月　日
（一）回顧本學期你所寫的反思日誌，羅列每週所紀錄的學習主題有那些？		
（二）讓你印象最深刻的一個上課主題是什麼？描述在本課程中，針對這個上課主題你個人想法的轉變或發展過程。		
（三）你認為自己在本課程的學習過程中有什麼特殊的表現？請詳細說明。（在思想、觀念、行為上有什收穫、啟發或改變？）		
（四）你覺得回家寫反思與課堂抄筆記有何不同？		
（五）你會想要繼續這種反思性的寫作嗎？為什麼？		
（六）我仍需要努力的是：		

圖20　自我評估表單(1)

課程名稱		授課教師	
填　表　人		填表日期	年　月　日
一、回顧本學期你所寫的反思日誌，羅列每週所寫的課題			
二、依據以上課程，撰寫一個本學期身體探索的故事			
三、選一個令你印象深刻的身體探索問題，發表你個人的論述			
四、你認為自己在本課程的學習過程中在思想、觀念、行為上有什收穫、啓發或改變？請一一詳細描述。			
五、在這門課的理論學習中，我仍需要努力的是			

圖21　自我評估表單(2)

　　圖21自我評估表單(2)：這個自我評估表是專為身體學習課程而設計的，該課程平時即引導學習者每週都要做身體書寫，記錄自己身體學習事件；因此於期末邀請學習再讀一次每週日誌，羅列所記錄事件的標題，並練習在每一週所記錄的歷時性身體學習事件中，發現貫串的主題線索，並用這個主題編寫個人身體探索的故事。第三題是引導學習者，針對學習過程中的身體探索，進行解釋性的理解，發展個人的論述。第四，第五題是針對學習本身進行正向的評估，改善方向及對未來學習的自我建議。

檔案回顧自我評估表	完成時間	年　　月　　日
（一）根據本學期你所寫的反思日誌內容(1)依時間順序羅列你所記錄下來的、每週涉及的主題。(2)選擇一個令你印象深刻的主題，闡發你個人有關這個主題的論述。 • 每週涉及的討論主題 • 我的主題論述。題目： （二）再閱讀一次本學期你所寫的日誌，為每週的學習經驗下一個標題，並將這學期每週的學習經驗，編寫成一個學習故事。 • 每週學習經驗的標題 • 我的學習故事。題目： （三）檢視自己在本課程習過程中你的思想、觀念、態度或價值觀是否有什麼改變？如果有請一一具體條例，並逐一(1)描述改變前後的狀況，並(2)分析促成改變的因素。 （四）本學期俏舞課程對你個人有什麼影響？ （五）你覺得寫反思對你個人的學習而言有何意義？		

圖22　自我評估表單(3)

　　圖22自我評估表單(3)：第一題與第二題是引導學習者進行內容本位反思與學習事件反思的自我評估表單，亦即引導學習者發展論述，也引導學習者操作敘事書寫。第三題是引導學習者發現自己的改變；第四題是針對課程特殊學習主題的反思；第五題是針對反思寫作這個學習工具的反思。

檔案回顧自我評估表	完成時間	年　　月　　日
（一）回顧本學期你所寫的反思日誌，把你日誌右手欄所進行的提問練習之題目，依照週次一一羅列出來。		

（二）選擇一個令你印象深刻的主題，請進一步闡發你個人有關這個主題的看法。

（三）回顧本學期你所寫的反思日誌，羅列每週左手欄所列的標題，將你這學期的學習，寫成一個學習故事。

（四）在本課程的習過程中你的思想、觀念、態度或價值觀是否有什麼改變？如果有請一一具體條例，並逐一(1)描述改變前後的狀況，並(2)分析促成改變的因素。

（五）任選自己學期初與學期末的反思日誌各一分，依反思的五個層次進行編碼，比較(1)本學期自己反思風格有什麼差異嗎？描述之。(2)描述學習過程中，自己是如何刻意地介入反思日誌的撰寫與反思能力的提升。
1. 二分反思風格比較評述：
2. 自己如何介入反思日誌的撰寫以提升自己的反思能力：

（六）請依據自己的反思日誌，評估自己在感性認識能力上的表現狀況進行自我評估；並選一段足以代表自己在該能力內涵上的最高表現之反思文字以為例證，並標明引證反思日期。

1. 我會注意自己古琴彈奏時的觸感、身體感覺、呼吸等身體經驗
   (1) 自我評估
       □目前沒有任何表現
       □老師提醒我偶而會做到
       □我偶而會主動要求自己做到
       □我常常主動要求自己做到
       □我習慣會有這種表現
   (2) 最佳表現佐證反思內容（引自：　月　日反思）：

2. 我會描述自己的彈琴或上課時的感覺、情感或身體經驗
   (1) 自我評估
       □目前沒有任何表現
       □老師提醒我偶而會做到
       □我偶而會主動要求自己做到
       □我常常主動要求自己做到
       □我習慣會有這種表現
   (2) 最佳表現佐證反思內容（引自：　月　日反思）：

3. 我會主動分析自己的感受、情感或想法
   (1) 自我評估
      □目前沒有任何表現
      □老師提醒我偶而會做到
      □我偶而會主動要求自己做到
      □我常常主動要求自己做到
      □我習慣會有這種表現
   (2) 最佳表現佐證反思內容（引自：　月　日反思）：

4. 我曾對古琴或上課討論的問題，提出自已的論述。
   (1) 自我評估
      □目前沒有任何表現
      □老師提醒我偶而會做到
      □我偶而會主動要求自己做到
      □我常常主動要求自己做到
      □我習慣會有這種表現
   (2) 最佳表現佐證反思內容（引自：　月　日反思）

圖23　自我評估表單(4)

圖23自我評估表單(4)：這個自我評估表單與前面不同的是第五題，引導學習者做學習前後反思風格的自我評估比較，並針對自己反思風格的改變做自我評述及指出自己如何做刻意練習。而第六題則是結合課程主要學習目標：感性認識能力提升的自我評估，主要是使用評量尺規來協助學習者自我評估，但還要求學習者要為自己的評估提出證明，回到自己每週的日誌，去找尋足以證明自己評量指標中那些表現的文字證據。

　　簡言之，期末學習檔案自評，主要引導學習者對自己的反思進行再反思，本教學模組主要引導學習者做以下練習：(1)學習主題或經驗的概括：邀請學習者重讀自己平時所記錄的日誌，用簡單的語詞概括自己記錄下來的學習內容或事件。(2)發現主題關懷並發展論述：從自己的日誌中發現自己的主題關懷，並發展主題論述或以故事方式呈現學習經驗。(3)發現自己的改變：透過日誌的回顧，發現自己思想、觀念及行為上的改

變，並能舉證說明之。(4)學會如何學習：引導學習者再次使用結構化的反思框架做自我監督與評估，並提示未來學習遷移的可能性。(5)發現不足或提出未來學習的方向：引導學習者在學習檔案自評中進行第四層次及第五層次的反思，展開後設反思、反身性思考或批判反思以及做總結。

學習檔案的製作也是學習工具，其目的在於幫助學習者在發展的過程中理解自己，提供可以啟動或改變課程學習的基本資料，確認什麼類型的經驗是與發展有關的，選擇有利發展的各項措施等（King, 1990：95）。筆者以為教學者的任務是要為學習者創造有利學習的條件和環境，讓學習者能發展成為一個反思實踐者，因此在反思回饋上，側重自我提問、自我回饋的教學，並立基自我回饋的練習而發展同儕回饋。基本上是把教學的重點放在引導學習者發展自我評估的能力，發展識別標準的能力，並用以判斷自己在這個維度上的表現，以及對自己的表現進行形成性的評估；希望學習者能夠更好地監督和管理他們自己的學習，不僅學會如何學習，而且增強學習者的自我價值感。

7. 小結：學習者的反應

總之，反思寫作教學不能只是要求學習者依照教師規劃好的表單書寫而已，在教學的過程中，要盡可能地融入配套的反思教學，以協助學習者更有系統、更具結構化的學習。筆者所發展的反思教學模組，是融滲在一學期課程中的培力計畫，主要在引導學習者學會如何學習，學會如何更有效地操作反思寫作這個學習工具以深化自身的反思能力。也就是說，本教學模組以發展自我導向學習、自我對話、自我督導為主，並發展立基自我督導的合作學習以及多元評估，希望學習者藉此理解自己，以及看到自己的改變而引發自得之樂，找到學習的內在動力。

學習者面對這個教學模組會有如何的反應呢？以下是學習者對於把結構化反思框架當作學習工具，在操作初期的反應，小蔡表示：

　　透過反思的五個層次，每個人在書寫反思的同時，不但會更用心的絞盡腦汁想、還會帶動寫反思的興趣，因為內心總會興奮的想趕快寫完，請學伴幫自己分析層次，因為透過分析，可讓之後自己寫反思的技巧更加改進，甚至可延伸到未來寫作文筆、個人寫作特色，哪天寫作程度不錯時還可以自己寫書呢！……今天一上課，就馬上興奮的與學伴交換反思來看，因為我已經迫不及待的想看看自己的思想到底有沒有成長到某個境界，在看完後發現彼此的內容與想法都比第一次寫反思來的更充實與有內容。（小蔡，2011：兒童美學課程學習檔案）

小蔡表示在剛開始以反思的五個層次為框架來做自我評估、自我提問練習及同儕回饋時，會讓他更「絞盡腦汁想、還會帶動寫反思的興趣」。而他解釋所以會如此認真與高興，是因為想自我改善，以及期待與別人一起自我改善。小蔡的反應讓我們看到融入強化自我導向學習的反思寫作教學模組，讓反思寫作不只是吐出自己的想法，也不只是發揮反思的回憶功能，因為融入了「刻意練習」的設計，啟動了反思寫作作為知識管家的功能（Moon, 1999），促使學習者使用反思框架來進行自我督導，引導刻意練習的方向，覺察並評估自己現階段的成果，並擬定下次改善的方向；再加上與學伴一起合作，更增加了一起向上的力量。小蔡還表示：

　　透過同儕的反思交流，我們可以了解到彼此上課時所聽的、所看到的，甚至是內心所想的各種概念，甚至可了解他人對課堂內容的熟悉度、喜好度，更也因此增加彼此對對方的學習方法或是擅長的表達方式了解透徹。其實我們今天所做的討論就有點像是學伴間的互動，只不過學伴間的討論是小型的罷了，但

> 比較兩者後，可發現透過多人討論，個人的問題就不再是個人
> 的，而是所有同學共同去思考、找出問題與解決之道，只是兩個
> 人討論時會產生些許盲點。（小蔡，2011：兒童美學課程學習檔
> 案）

小蔡表示閱讀別人的日誌，像是反思的交流，有一種「同學」的共在感，並且從別人的日誌中看到差異，這也是一種學習。小蔡指出學伴的回饋，不僅增加相互支持的功能，讓學習更有趣，而且可以擴張觀點。但引文小蔡又指出：學伴的觀點還是有限制的，團體討論對擴張觀點的效用更大。事實上，在本教學模組中，並不是只有安排學伴討論，筆者的課堂上本來就有很多小組及團體討論的設計。參與課程的其他學習者小陳表示：

> 我認為我在和同學做討論時，能夠思考的比自己一個人想
> 來得更快，因為這門課提供給我們很多討論和發表自己看法的時
> 間，我覺得是和以往的學習經驗有很大的不同，大多數的課程中
> 我們僅能扮演接收者的角色，但在兒童美學的課程中，我們每個
> 人都能互相交換想法，也透過分享讓彼此能夠在討論中學習和
> 哲學相關的理論。正因為有討論，我認為也提升了自己思考的
> 能力，讓自己能夠在一個主題裡聯想到更多的東西。（小陳，
> 2011：兒童美學課程學習檔案期末自評）

小陳同學指出「做討論時，能夠思考的比自己一個人想來的更快」，課堂上提供同儕對話討論的機會，能促進學習者觀點的擴張。

提問與對話是促進觀點改變及賦能的方法，但提問技能、對話技能與反思技能一樣，都不是一次教學就可以學會的，需要經過不斷嘗試錯誤的

調整過程、以及具引導性的指導，才會逐步發展至比較成熟的狀態。因此
當我們開始操作自我提問和學伴回饋的過程，不免會遇到學習初期的生疏
狀態。如小伍同學反應：

> 我的學伴其實沒有問我什麼問題，可能我們都還有些尷尬
> 吧！不過她蠻驚訝我不太喜歡拿我寫的東西給別人看，可能是因
> 為我表現得很……灑脫吧！但其實我是很緊張的，只是假裝鎮定
> 而已，還好她沒有問我什麼問題，不然我會更緊張的，不過我相
> 信經過一段時間的熟悉和練習之後，我們會做得更好、幫助對方
> 進步的。（小伍，2011：兒童美學課程學習檔案）

小伍的反思讓我們看到學習者在剛開始操作學伴回饋時的情緒反應，或因
為提問技巧不熟練，或因為沒什麼問題意識，或因為人際互動的焦慮等
等，造成學伴回饋的狀況不是太理想；然而學習者並沒有抱怨，沒有推
諉，而是說：「我相信經過一段時間的熟悉和練習之後，我們會做得更
好、幫助對方進步」。這是一種對合作學習負責任的態度，學習者承諾會
加強自我訓練，讓未來可以做得更好。

　　筆者認為學伴的合作關係促進了學習者對學習本身的責任感，喚起
了學習者「刻意練習」的自我要求；這時學習者會更加用心於我們所提供
的反思寫作教學模組，主動參與以自我提問練習為基礎的、明確的、系統
的、持續的「刻意練習」。而學習者也因為已經掌握自我訓練及自我督導
的基本方法，因為學會了如何學習，所以在面對學習發展過程中的不完
善，才可以很有自信地坦然面對，相信隨著每週刻意練習的進行，自己的
能力將會有所精進。如小蔡同學於期末回顧時反應：

對於反思的撰寫，在歷經幾次的磨練後，我發現我不再像以前一樣以隨便的態度去應付。我發現到如果要提升自己的創造力、抽象思考力與整合能力的話，那用心的把每份反思寫好、仔細的與學伴互相監督與學習，這樣對自己的未來規劃事物的能力就有更進一步的邁進。（小蔡，2011：兒童美學課程學習檔案期末自評）

學習者因為學會了如何學習，所以他很有自信地表示只要「用心的把每份反思寫好、仔細的與學伴互相監督與學習」，他就會持續精進發展。協助學習者學會使用學習工具，是反思教學模組的教學目標。曾有同學對反思寫作教學表示：

老師不是給我們魚，而是教我們如何釣魚，更特別的是這門課的老師還教我們如何製作專屬於自己的釣竿，讓我們可以用自己的方式去釣魚。（小惠，2011：兒童美學課程學習檔案）

反思寫作教學模組除了引導學習者學會如何學習，更聚焦於培養自我對話、自我督導、自我導向的學習能力，希望啟動自我轉化的學習。因此我們允許及接納學習者在學習過程中的不完善，並提供學習者更多嘗試錯誤的學習與調整的機會，並且把學習的主導權交還給學習者自己。

（三）促進理論與經驗連結的反思表單設計

以上是融入課程中的反思寫作教學的模組，主要協助學習者「學會如何學習」的基本方法，學習的實踐是落實在每一週持續的反思日誌的撰寫過程中。提供結構化的反思寫作規劃與引導，可以促進更有效的學習實

踐。以下將介紹筆者根據現成的反思框架、閱讀理論及學習理論所規劃的各式反思寫作表單，有結構化的、半結構化的，也有自由書寫的設計。

　　筆者主要選擇Bain等人的五個R的反思框架作爲反思教學設計的基礎（Bain, Ballantyne, Packer, & Mills, 1999），所以如此選擇是因爲筆者大部分課程是以理論教學爲主，不是實習或走進場域的學習。對筆者而言，所要解決的教學問題是：如何避免知識的學習只是冰冷的、去情境脈絡化的議題討論，或者如何避免只是把知識塞進學習者腦中的灌輸式教學。也就是說筆者的反思教學目標是協助學生深化內容本位的反思，引導學習者建立理論與經驗的連結，或者將理論的學習導向一種「經驗的學習」，引導學習者經歷從經驗現象觀察與探索出發的理論化（theorizing）學習過程或知識創造的過程。而Bain等人的五個R的反思層次，正好符合我們從經驗中出發，層層深化的認識與理解經驗的探索過程：首先描述對外界的觀察；而後描述在情境中我的反應；接著才對自己的觀察與反應進行分析與解釋，或進行與個人經驗連結的解釋；或進一步發展理論化的概括；最後形成總結及發展指向未來的建議。

　　筆者自2006年即開始根據Bain等人五個R的反思量表（Bain et al., 1999），以工作爲反思的框架，引導學習者經歷理論化的學習過程，並根據五個R的反思框架編寫學習指導線索5R反思框架的學習指導線索如圖24。

五個R反思層次	學習指導線索
報導	• 盡可能詳細地描述學習事件的發生過程或資料的內容。 • 描述令你印象深刻的事件或資料內容。
反應	• 面對以上事件或資料，你有什麼感受、想法或判斷？
關聯	• 你是否有遇到過相類似的事件或學習材料？分享你的經驗。 • 針對以上事件、材料或你自己的反應，你有什麼想說的？ • 以自由書寫的方式寫下閃現腦中的想法。
推理	• 明確地針對事件、資料或自己的反應（如感受、想法或判斷等）提出問題，並自己給出答案。 • 提問建議，如：事件為什麼會這樣發生？我為什麼會有這種感受？我為什麼會下這樣的判斷、做如此的評估？我持以解釋事件、下判斷或做評估的預設、框架或標準是什麼？是否有其他的解釋、判斷或評估？這些不同的解釋、判斷或評估，背後的預設、框架或標準是什麼？立基這些不同的解釋、判斷或評估可能產生什麼變化或不同的反應？
重構	• 總之，在這個單元中你學習到了什麼？

圖24　5R反思框架的學習指導線索

　　以下介紹筆者如何使用這五個R的反思框架，協助學習者深化內容本位的反思，引導學習者建立理論與經驗的連結，將理論的學習導向一種「經驗的學習」，引導學習者經歷從經驗現象觀察與探索出發的理論化學習過程或知識創造的過程。

1.深化知識內容本位的反思寫作規劃

　　以下是筆者於2006年設計並開始使用的、深化知識內容本位反思（content-based reflection）的寫作規劃：

◎兒童美學反思日誌		記錄者：（　　　）	
上課日期	95年　月　日	上課地點	美學教室
今天上課我學到什麼？			
對於今天的上課內容我有什想法或感覺？			
分析一下，自己為什麼會有以上的想法感覺？			
我想要問的問題			
其他補充紀錄或建議：			

圖25　深化學習內容本位的反思表單（2006版）

(1) 設計說明

　　學習者依照這個反思表單進行反思寫作，可能涉及Bain等人研發的反思五個層次反思的第一至第四層次：(A)「今天上課我學到什麼？」的問題，邀請學習者展開第一層次的反思，報導（reporting）或描述學習的內容；(B)「對於今天的上課內容我有什想法或感覺？」的問題，邀請學習者展開第二層次的反思，描述自己對於該學習內容的反應（responding），含感受及想法等；(C)「分析一下，自己為什麼會有以上的想法或感覺？」的問題，主要邀請學習者針對自己第二層次的反思進行再反思，進行分析與解釋，這時學習者可能涉及第三層次、或第四層次的反思，只是展開與個人經驗相關聯（relating）的表層連結，或者進行推理（reasoning），展開更深層次的概括或理論化。如：運用自己的洞察力、

推論、經驗或以前的學習來解釋事件、資料或自己的反應；或深度地探索事件、資料或自己的反應爲什麼會如此，將探索的對象整合到自己的認知結構中或一個適當的理論結構中；或探索理論與實踐的關係，發現自己持以理解的背景、理論框架或假設，並思考是否有其他的選擇、解釋觀點或框架；若採取其他的選擇或解釋框架，事件、資料或自己的反應將可能會是什麼狀況等等。由於筆者重視學習者問題意識的培養，故將反思第五層次的重構（reconstructing），換成「我想要問的問題」，以「問題」取代總結性的反思。課程中第五層次的重構性的反思，主要是安排在期末學習檔案自我評估中進行。

這個反思表單的特色在於邀請學習者，除了記錄上課學習的內容，還要記錄自己對於這個的內容的反應；而我們除了邀請學習者記錄「想法」外，也邀請學習者記錄「感受」，再更進一步邀請學習者去分析與解釋自己爲什麼有這種想法，以及爲什麼引生這種感受，引導學習者在反思寫作的書寫過程中，經歷深化學習內容的過程，從表層的學習提升到深層的學習。

但這個表單並沒有刻意引導學習者進入第四層次及第五層次的反思，更深層次的反思主要安排在期中或期末的學習檔案自我評估中進行，安排在學習階段的回顧中才去做後設反思、反身性思考或批判反思，甚至去評估自己的參考框架、知識的性質以及認知的過程，以及做總結。相關討論，在反思寫作教學模組中已介紹。基本上這個表單比較適合初學入門者使用。

(2)學習者反應

初次接觸反思寫作者，通常會因爲前學習經驗中的某些慣性而出現適應不良的反應，需經過一些調整，才能理解及掌握反思寫作作爲學習工具的意義。以下是一些學習者的自述：

　　一開始，把它當作作業來寫會覺得很煩，感覺是為了寫反思日誌而寫反思日誌。但是後來，我學會了換個角度去寫，把它當成網誌來寫，就是在抒發自己的情緒跟想法，就變得很輕鬆，是因為想寫才寫的。（小律：2008：哲學與人生課程學習檔案期末自我評估）

　　平常我們上課的方式是老師在台上講，我們在台下拚命作筆記，這種學習方式屬被動的吸收，久而久之腦子會僵化，很難會有一些創意的點子浮現。但是寫反思日誌就不一樣了，反思就像是腦力激盪，當天學到的東西經過消化吸收、加入自己的想法。寫完反思日誌往往可以發現一些在課堂當下沒有發現的東西。（小方，2009：兒童美學課程學習檔案期末自我評估）

　　以前寫作文的時候，都被要求要寫那種很高分的作文，所以我們會堆砌辭藻，然後盡量讓作文的情節變得感人。可是反思日誌卻是完全沒有侷限，想寫什麼就寫什麼，有的時候很按照規矩來，有的時候就天馬行空，想到什麼都寫。有的時候，因為當時很忙，沒有寫幾句就草草結束等等。讓我感覺到，要交作業的作文，原來也是可以很隨性的。……反思日誌讓我不受拘束，並且把自己的想法忠實記錄下來，寫過之後，回頭看看自己的反思，不但可以更認識自己，還可以藉由這個機會，反省自己……。（小彥，2008：哲學與人生課程學習檔案期末自我評估）

以上三則學習者期末學習檔案自我評估中提到，他們剛開始會把「反思寫

作」當作只是一般的「課後作業」來應付；會以傳統被動接受的學習態度來參與學習；會預期老師想看到的是什麼樣的成品，而刻意寫出可以獲得高分的內容；或者立基學習者過去對於「寫作文」的經驗，在書寫反思的過程中聚焦於書寫形式而刻意「堆砌辭藻」等，以上這些反應都不是參與反思寫作的理想學習態度。筆者在反思寫作教學模組中，安排有反思寫作的後設反思，以及有關反思活動後設認知的討論，這些都是旨在協助學習者主動調整學習觀、學習態度及學習方法的學習，學習者需要在實作中調整自己有關反思寫作的誤解，以重新建立新的書寫及學習策略。

引文中小律提到他後來發展出寫網誌的書寫策略，亦即採取表達性書寫的模式，以一種「抒發自己的情緒跟想法」的方式來進行反思寫作，並且是一種「因為想寫才寫」的，誠於中而形於外，真誠面對自我的寫作態度。引文中的小方提到他後來改變被動接受的學習態度，把反思寫作當作是一種「腦力激盪」的活動，把「當天學到的東西經過消化吸收、加入自己的想法」，亦即在書寫中將所學習的內容與個人的知識結構相整合，並進行知識的創造。而小彥後來則是打破過去有關「寫作文」的成見，了解反思寫作不用「堆砌辭藻」，學習者可以抱持更自由、更開放的態度來參與反思寫作，小彥於是開始不受拘束地書寫，以自由書寫的方式先「把自己的想法忠實記錄下來，寫過之後，回頭看看自己的反思」，對自己的反思進行再反思，最後他發現到原來反思寫作是一種反省自己、認識自己的活動。

雖然這個反思表單在每週日誌的書寫上，並沒有特別引導學習者做第四層次的反思，但還是有學習者覺得困難而提出抱怨：「老師，我寫下自己的想法與感受已經很不簡單了，你還要我寫第三格反思，分析為什麼會這樣想？為什麼這樣感受？好難呀！」如果學習者這個反應不是想偷懶的藉口，而是反應心智發展狀況尚無法勝任第三及第四層次的反思，那麼教

師可以因材施教，放慢腳步，視學習者的年齡及心智發展的狀況而調整書寫的內容；例如可以先施行第一格及第二格的反思，進行有關學習內容及自己的反應之描寫練習，待做一陣子練習之後，視學生的書寫狀況，調整何時開始操作第三格的批判反思練習。研究顯示，青少年階段是反思能力發展的黃金時期（李淑珺（譯）2011：279-283），所以如果您的學生已是高中或大學生，還是要想辦法盡早協助他們早一點開始做第三格的反思練習——展開反思的再反思之後設反思練習。這樣學習者才能真正在反思中「看到自己」、發展反身思考、及可能引發轉化性的學習。以下是學習者在後設反思的練習中「看到自己」的例子：

> 　　每週課後皆撰寫反思日誌，忠實的記錄我上課時與老師、同學的課程互動。從日誌，我學習到面對自我，能了解「多留空間與時間給自己」的重要性。
>
> 　　……我可以從書寫的過程中，逐漸發現自己的想法與思考模式、思路。這種感覺，像是一步步的接近內心的自己，接近那個一直被封存著而缺乏方法打開的內在聲音。反思日誌，是種很客觀、直接的方法，使我順利的記下所思、所言，並從記錄的情境中找出脈絡，知道自己為何有此想法，學習認識自己。……當寫作累積到一定時間後，再回頭看記錄，會體會到自己正在發現問題、解決問題。從不斷的發掘與解答中，我可以成長。（小彥，2008：哲學與人生課程學習檔案）

小彥指出：反思寫作所寫下來的內容不是抄錄上課的東西，而是經過自己「消化吸收」後的內容，是把所學與自己原本的認知結構相結合、內化後的成品；透過反思寫作而引發反思的再反思之後設反思，讓學習者「學習

認識自己」、「學習到面對自我」，並在後設認知的反思中「發現自己
的想法與思考模式、思路」；更進而發展出「自我作者身分反思」（self-
authorship reflection），開始傾聽、「接近內心的自己，接近那個一直被
封存著而缺乏方法打開的內在聲音」。學習者透過反思的再反思，看到
「自己正在發現問題、解決問題」，「看到自己」思想的湧現與自己思考
的模式，並因為看到自己的成長而引生一種成就感，引發一種自得之樂。

　　以下是另一位參與過一學期反思寫作的學習者之自我評述：

　　　　撰寫反思是一個充分將今天所學融入自己生命的一個過
　　程，讓它變成自己可以隨時擷取、應用的知識，是屬於自己的而
　　不是老師的。課堂上抄的筆記內容可能不久後就還給老師了，如
　　果沒有透過一個轉換的管道，也就是和自己內在的經驗做些聯結
　　的話，它會永遠是老師的。……回家撰寫反思讓我有消化今天上
　　課內容的機會，因為我可以悠閒的坐在電腦前，將上課所抄的一
　　些重點筆記，做些整理，然後透過不斷的問自己「為甚麼、為甚
　　麼會這麼想」等問題，將這些重點內容和自己的價值觀做些討
　　論。有時候兩者可能會產生衝突、而心生疑惑，雖然大部分時間
　　仍是平和的。但也正因為有那些衝突和疑惑，我才有繼續進步的
　　動力，有不斷探求新知識的慾望。當一個新觀念和自己的舊想法
　　相遇時，就可以碰撞出無限的可能，透過鍵盤的敲敲打打、讓思
　　路持續蔓延，有時候這節奏會停止在疑問上，有時卻會終止於自
　　己的理智，無論如何，那都是一個可以徹底檢視自己的機會。每
　　做完一次反思，就更了解自己一點。「想要認識自己，就先從
　　問自己問題開始」這句話大致上可以為我這學期的反思做個註
　　解。（小志，2010：兒童美學課程學習檔案期本自評）

雖然是以知識內容為本位的學習，但因為「反思寫作」的融入，促進小志把所學的知識與自己的認知結構結合；小志並覺察到自己在反思寫作中所展開的知識生產活動；更進而將知識的學習轉化為認識自己、自我教化的活動，從中發展出「做自己作者能力」（self-authorship）的權威感；並歸納出「想要認識自己，就先從問自己問題開始」這個學習策略，小志指出「提問式學習」是自己所以能深化反思的關鍵。

　　總之，誠如杜威所說的，把知識塞入腦中並不是思維。以上反思表格的指導語是以「學習到什麼」為主，雖然是導向以知識內容為本位的反思，但並不是把知識塞入學生的腦中而已；透過反思寫作的進行，學生展開了與個人認知結構的連結及反身思考，學習因為與個人連結而有了深度。

2. 融入情境故事編寫的哲學經典閱讀

　　上述這個反思表單所提供的反思思維訓練，也有可能導向與經驗情境無關的議題討論而已。如前所述杜威所強調的深思熟慮並不是對議題空洞的分析，也不是對利弊得失冷靜的計算；而是以一種「戲劇性的排演」方式，在心靈中展開的具情境脈絡性的具體思維，或稱敘事思維。立基於這個理論，筆者在規劃反思教學時，除了重視自我反思、反身性的反思、批判的反思外，還特別關注敘事反思的介入。以下介紹筆者在哲學經典閱讀課程中融入敘事反思的教學規劃。

(1) 設計說明

　　為了深化知識內容本位的反思，筆者於2009年開始嘗試規劃敘事化的反思寫作教學，用以活化經典閱讀的學習。筆者採取呂格爾（P. Ricoeur, 1913年-2005年）整合認識論、方法論和存有論的詮釋學，以為閱讀與理解是一個同化的過程，把原本異己的東西轉化成為自己的，把文本所展現的情感、思想或生命狀態轉化為自己的情感、思想或生命狀態。在這個意

義下，閱讀的詮釋與理解，並不是把自己有限的理解力強加在文本之上而已；而是要引發讀者存在活動的轉化，展開一種向文本開放自己，調整自己的存在活動，使自己被文本所喚起；進而透過自我反思、自我認同和自我理解，而在自己身上發現文本所展示的情感、思想或生命狀態（王岳川，1997：218-225）。為了實現這種同化文本世界的閱讀行為，本書筆者發展出「操作手冊」式的經典閱讀策略，亦即在閱讀文本的同時，跟著調動自己的情感、思維及整個身心合一的生命活動，使其接近經典文本所展現的狀態。這種閱讀方式，不是冰冷的議題分析，而是啟動學習者展開在情境脈絡中的具體思維，或者是在心智中進行「戲劇性的排演」。與此相關的反思寫作的表單規劃如下：

老子哲學的新視野—學習單		記錄者：（　　　　）	
上課日期	98年　月　日	上課地點	6201
老子章句			
說文解字 （記錄以上章句重要字詞在古代字書中的意義）			
問題意識 （根據古代字書的意義，嘗試說明老子此段話可能在思考什麼問題，而老子的意見是什麼？想想老子為什麼這麼說？）	(1)老子此言可能在思考什麼問題？ (2)老子的意見是什麼？（即白話翻譯） (3)老子為什麼會這麼說？		
情境故事 （編寫一個對話情境，讓老子的話合理地出現在那個語境中）			
對今天課程的進行你有什麼要說的？			

圖26　融入情境故事編寫的經典閱讀反思表單（2007版）

本表單中的「老子章句」及「說文解字」屬於反思層次中的描述，其指導
語是：「記錄以上章句重要字詞在古代字書中的意義」。「問題意識」一
欄則是在引發學習者經典的詮釋與理解的活動；基本上這一欄是綜合反思
的第二層次（反應）、第三層次（關聯）及第四層次（推理）等三個層
次的反思活動，其指導語是：「根據古代字書的意義，嘗試說明老子此
段話可能在思考什麼問題，而老子的意見是什麼？想想老子為什麼這麼
說？」。「情境故事」則是為了引發「戲劇性排演」的敘事思維或具體思
維，調動個人經驗以豐富經驗想像的生動性，其指導語是：「編寫一個對
話情境，讓老子的話合理地出現在那個語境中」。「情境故事」的編寫，
所啟動的是反思第四層次——推理的活動。最後是總結：第五層次反思，
其指導語是：「對今天課程的進行你有什麼要說的？」以下為反思表單啟
動的學習活動，以及所屬反思層次的對照圖。

經典閱讀反思單元	學習活動	反思層次
老子章句		描述
說文解字	字面意思的掌握	描述
問題意識	詮釋與理解	反應、關聯、推理
情境故事	敘事反思	推理
總結		重構

圖27　經典閱讀反思表單引發學習活動與反思層次對照

以上透過反思五個層次所做的經典閱讀規劃，所引發的同化經典文本的
閱讀與理解的活動，除了採取呂格爾（P. Ricoeur, 1913年-2005年）整合
認識論、方法論和存有論的詮釋學觀點，另外也參考了施萊爾馬赫（F.
Schleiermacher, 1768年-1834年）的觀點。施萊爾馬赫以為對於古代經典文
字的詮釋有二個相輔相成的進路，一是文字的進路，學習者要能掌握古代

的文字之意義；二是心理的進路，盡可能調動自己的想象與理解力，以與作者產生相類似的情感或問題意識（王岳川，1997：188-190）。但筆者所企圖引導的閱讀並不是像施萊爾馬赫所主張的，要去還原作者的本意，筆者是採取呂格爾觀點，旨在引導學習者將本來異己的情感或思想「同化」爲自己的情感活動、思維活動或存在活動，並透過自我覺察或自我反思而掌握發生在自己身上的情感、思維和存在活動。

只藉助反思表單的書寫很難協助初學者啓動這麼複雜的理解活動，還需要課堂上的配套教學規劃。筆者在「老子哲學新解」這門經典閱讀課程中的配套教學，首先是以哲學問題爲核心去做老子章句的選文，讓章句的解讀是圍繞著「問題」去展開的；而課堂教學不是爲同學解釋章句，而是以建構「問題意識」爲主。反思寫作表單的書寫，則是分成課前書寫和課後書寫二個部分：第一部分「說文解字」，安排學習者透過查閱古代字書，以建立有關古代文字的字面意思的初步理解；所以這個部分作業是要求學習者在上課前要先行自己完成。學習單中「問題意識」及「情境故事」二欄，則是課後書寫的作業。教師於課堂上透過提問式教學，協助學習者進行問題意識的建構，引發學習者探索：「老子此言可能在思考什麼問題？老子的意見是什麼？老子爲什麼會這麼說？」的問題。待同學對該章句的「問題」本身有所掌握後，再經由小組討論進行章句的翻譯，以及共創一個對話情境，讓老子的文本可以合理地出現在那個語境中，讓原本去脈絡化的老子章句，被設定到一個學習者能掌握的情境脈絡中來被理解。學習者於該單元的課堂學習結束後，透過反思表單的書寫，自行完成反思書寫，自己再演練一次詮釋與理解的過程。

(2) 學習者反應

「老子哲學新解」這門課程不是把知識硬塞給學習者，課堂上教師的引導討論以及同學的共學，關係著學習者問題意識的建構以及反思思維的

展開。課堂上透過團體互動啓動學習者問題意識及反思思維；課後在反思表單（學習單）「問題意識」及「情境故事」的書寫中，再一次透過書寫練習針對經典文本去展開反思思維。以下是一位學習成效良好的學習者之反應：

> 這堂課的上課方式跟以前國文課差很多，剛開始眞的很不習慣這種不是灌輸你知識，而是要去啓發思考的課程。但是我上到後來，我發現我的腦袋裡開始有自己的東西了，不是人家說是這樣就是這樣，而是我會把以前老師教的那些死知識開始運用到我的生活中；那些知識不是只有靜靜的躺在腦袋裡了，而是賦予他一個新的意義，讓它活了起來，你可以將他和你的生活經驗結合，而變成你自己對人事物的體悟，也可以把它套用在像是金庸小說啦之類的描述，而更能瞭解那句話的含義並納爲己用，而不再侷限在字面的意思而已。這樣思考的過程眞的就像腦袋大重整一樣，……很高興我終於跨出一大步，不再只是人云亦云，而是眞的能言之有物，自成一格的人。（小錚，2009：老子哲學新解課程學習檔案期末自評）

對於習慣灌輸式上課的學生而言，確實會不習慣這種建構問題意識的引導式教學。面對新的學習經驗，筆者會在課堂中介入學習方法論的講解，以協助學習者做學習態度的調整及方法的適應。經過一段時間的調整，認眞的小錚開始覺得「我的腦袋裡開始有自己的東西了」，「會把以前老師教的那些死知識開始運用到我的生活中，那些知識不是只有靜靜的躺在腦袋裡了，而是賦予他一個新的意義，讓它活了起來」；對於經典的理解「不再侷限在字面的意思而已」，他認爲「這樣思考的過程眞的就像腦袋大重整」，他說：

> 每次一寫反思，思緒所及就是想停也停不住，寫一篇反
> 思日誌我不誇張，要一個半到兩小時的時間。但是我不得不承
> 認，每次寫完真的都有通體舒暢的感覺，是有收穫滿足感的。不
> 過方法我已經學到了，要是以後腦子想通了些什麼，我一定會
> 趕緊記下來，否則來的快去的也快，一樣是沒有辦法有所收穫
> 的。（小錚，2009：老子哲學新解課程學習檔案期末自評）

筆者以為小錚所以能「發現我的腦袋裡開始有自己的東西了」，極為關鍵
的因素是他不僅上課認真參與，而且花了非常多的時間在反思日誌的書寫
上。他願意給自己一個半到二個小時的時間在日誌的書寫上，透過書寫，
他再一次向學習主題聚焦，再次啟動反思思維的過程；而且因為寫下來，
所以讓他能「看見自己」，並引生成就感與自我價值感，小錚指出：「每
次寫完真的都有通體舒暢的感覺，是有收穫滿足感的」。

3. 轉向關注學習事件的經驗反思

筆者剛開始使用結構化的反思寫作表格之初，就有學生反應：「老
師，可以請您把上課的PPT放在課程平台上嗎？」我問：「為什麼你希望
我把PPT放在平台上？」同學回答：「這樣我才能去google找答案來寫日
誌。」

面對同學的提問，當下筆者發現：原來大部分學習者在寫日誌時，主
要是把焦點放在投影片上的知識內容；並且把反思日誌當作是做筆記或者
是在寫學術論述，學習者想像老師希望看到的是「具學術性」的答案。再
者有些學習者因為覺得自己的想法不成熟，甚至覺得自己沒有什麼想法，
因而不敢在日誌上寫出自己真實的想法；也有人只是去網路上找答案，沒
有消化吸收就整個地貼在反思日誌上，以讓自己的反思日誌出現很多好像
是有關第四層次反思的樣子。以這種方式寫下來的理論或論述，基本上是

缺乏與經驗連結的理論學習，也將成為杜威所說的冰冷的、與經驗無關的思維，而不是為了解釋經驗而發展出的理論化概括。臺灣的學生通常也不太敢在這種以知識內容為本的反思表格中寫下自己的感受，因為學生先入為主地覺得「上課的感受」不僅不夠學術，而且不是學習的主軸。

　　為了引導學習者不只關注課程內容本位的反思，轉而將注意力的焦點集中到自己的學習事件上，甚至藉此創造理論與經驗的連結，筆者開始引導學習者做關注學習事件的經驗反思。

　　(1) 設計說明

一、記錄課堂上印象深刻的問題（如最感興趣、最不懂、最想進一步探索的……）	
我所默思	所言
記錄我沒有明言的想法、感覺、迷惑或懷疑	記錄我、同學和老師間的對話或問題

二、(1)描述本週課程中最值得記錄的事件？(2)我對該事件的想法、感覺如何？
　　(3)我為什麼會有前述的想法或感覺？
　　(1)描述事件：
　　(2)對該事件我的想法或感覺：
　　(3)說明為什麼如是反應：

圖28　學習內容與學習事件並重的反思表單（2008版）

　　筆者於2008年開始發展記錄上課事件的反思書寫，圖28是學習內容與學習事件並重的反思表單。第一部分引發的是學習內容本位反思（content-based reflection）（Grossman, 2008），邀請學習者以文字形式保存上課內容的所見、所聞、所感及所想；第二部分引發的是有關學習事件

的反思：透過提問邀請學習者記錄上課的學習「事件」，邀請學習者嘗試把焦點放到學習經驗上。

以下圖29是2010年開始使用的另一個學習內容與學習事件並重的反思表單。

課程名稱		授課教師	
上課日期	99年10月1日	上課地點	
記　錄　會			
本次課程令我印象深刻的內容或事件是什麼？（請盡可能詳細的描述）			
對于以上的課程內容或事件我的想法是？（描述自己對以上事件的理解）			
我為什麼會這麼想？（分析自己的理解如何形成、立說的基礎或預設是什麼）			
對於對以上的課程內容或事件我有什麼感覺？（描述感受）			
我為什麼會有以上的感覺？（分析感受）			
總體而言，對自己本次的學習或課程還有什麼其他補充紀錄？			
我想要問的問題是			

圖29　學習內容與學習事件並重的反思表單（2010版）

這個表單將第一層次反思的指導語改為：「本次課程令我印象深刻的內容或事件是什麼？（請盡可能詳細的描述）」，開始邀請學習者也可以詳細描寫自己的學習經驗。

　　在此要特別說明的是，若您的課程是以演講為主，那麼可能維持邀請學習者記錄學習內容即可。邀請學習者記錄學習事件的規劃，通常比較適合課堂上有特殊學習活動規劃的課程。筆者所以特別邀請學習者關注學習事件，是因為筆者為了協助學習者經歷形成理論（theorizing）的經驗學習過程，並在課堂的學習活動上做了很大的調整。以「兒童美學」課程為例，該課程的內容有一部分是美學理論，之後則是引導學習者帶著美學理論去做服務學習，在服務的過程中練習用美學理論為框架去解讀特殊兒童的感性認識，並規劃適合他們感性認識發揮的繪畫教案（林文琪，2009）。為了協助學習者建立與經驗連結的理論學習，作者重新規劃每一單元理論的學習，讓理論的學習都是從精心設計的活動出發，先引發學習者與理論相關的經驗。單元活動結束後，邀請學習者於於課後反思日誌中記錄自己所參與的學習事件，以及對個人參與學習事件的經驗做初步的分析與解釋。下一週，學習者帶著自己參與學習事件的經驗與個人化的解釋，參與課堂上的小組討論。在小組討論中，除了練習以口語的方式分享自己關於學習主題的個人經驗及解釋外，並在小組討論中學習整理大家的經驗分析，以概括出經驗結構或詮釋性的理解。在小組同學們形成各自小組的解釋後，做團體的相互分享與觀摩，爾後教師才會登場介紹有關該經驗的美學理論，以擴張學習者的理解。[4]

　　這種與經驗連結的理論學習，讓學習者感覺到哲學不再抽象（林文琪，2009）。這個教學經驗鼓舞了筆者開始開發結合「經驗實作，反思寫作與理論學習」的哲學教學。配合這類課程的經營，筆者於2011年將反思表單又作了進一步的調整，更強化對上課事件的書寫，表單如下：

4　兒童美學理論課程的單元主題、活動、各單元的問題與反思及指定閱讀之表列，見本書第三章。

課程名稱	兒童美學	授課教師		記錄者	
上課日期	2011年　月　日	上課地點	北醫美學教室		
描述上課事件（請依課堂進行的程序，盡可能詳細的描述課堂上發生的事件，如課程內容、教室中老師在做什麼、自己在做什麼、自己的感受及想法。）			我對上課事件的解釋（說明自己對該事件的理解，老師為什麼這麼做、自己為什麼這麼做？我為什麼會有這種感受或想法？）		

圖30　描述與解釋課堂事件的反思表單（2011版）

與前面反思表單不同的是，之前的表單都只邀請學生記錄「印象深刻」的事件，學習者有時就只選擇性地記錄一、二個事件，或對於學習經驗的描述並不夠詳細。然而由於筆者在課堂上做了經驗實作與理論並重的特殊設計，因此在這個表單中筆者邀請學習者盡可能詳細地描述上課事件。其次，筆者認為經驗的描述和對於經驗的解釋是二個不同的反思活動：一是導向直接面對經驗的認識，另一則是導向理論化的認識。如果可以設計成左右欄的形式分開練習，學習者會對自己的反思活動有更清楚的自覺，而有利學習者的刻意練習。於是把描述與解釋的反思活動規劃成左右欄的形式，在左手欄進行描述反思，在右手欄進行再反思的練習。

左手欄邀請學習者邀請學習者「描述上課事件」，指導語是：「請依課堂進行的程序，盡可能詳細的描述課堂上發生的事件，如課程內容、教室中老師在做什麼、自己在做什麼、自己的感受及想法。」在書寫這一欄時，筆者會建議學習者找一個不受打擾的地方，先回憶整個上課事件，並且腦中要浮現上課的畫面與場景。然而為了協助學習者進入上課事件的細節，邀請學習者依照時間發展的順序，盡可能詳盡地把課堂上發生的事件仔細地回想一遍，並描述下來。

　　學習者練習在左手欄展開以描述事件為主的自由書寫練習，寫完後重讀一次自己在左手欄留下來的反思；而後到右手欄去做印像深刻事件的解釋，進行反思的再反思的刻意練習（deliberate practices），也就是說主要在右手欄進行第三、四層次的反思練習。在此要特別說明的是，本反思表單的左手欄雖然以描述為主，但因為鼓勵學習者自由書寫，因此學習者通常會因為自己的反思習慣，而引發不同層次的反思書寫。

(2) 學習者反應

　　2011年第一次操作這個反思寫作表格，學生對上課事件的描述明顯地多出許多細節，寫出來的上課事件更具敘事性及情境性。以下為一份詳細紀錄上課學習事件的學習日誌。

課程名稱	兒童美學	授課教師	林文琪	記錄者	小旻
上課日期	2011年10月05日	上課地點	美學教室		

描述上課事件（請依課堂進行的程序，盡可能詳細的描述課堂上發生的事件，如課程內容、教室中老師在做什麼、自己在做什麼、自己的感受及想法。）	我對上課事件的解釋（說明自己對該事件的理解，老師為什麼這麼做、自己為什麼這麼做？我為什麼會有這種感受或想法？）
因為新生盃和影印上禮拜反思的關係，我今天比較晚到教室，心想因為教室不大，且大家都面向門，遲到難免都會有些尷尬。但是到了教室，我發現，似乎同學們都還沒有到齊。我心想，還好我不是最後一個……我找了一下我的學伴，坐了下來。他以為我要忙新生盃的事情，所以今天不來上課了，哈哈，或許這也是有可能啦！但是，我頗喜歡這堂課的，所以要翹課機率不大嘍！(1) 　　坐了下來後，我注意聽老師現在在說什麼，喔！還是一樣，在囑咐我們要記得把反思印出來，這樣才能跟學伴互相分享自己上堂課的感覺和心得。同樣的，老師也拿了一份同學	(1) 對於喜歡的課為什麼你不太可能翹？ 　　因為會想去上課，且喜歡聽老師所教授的內容，更會促使我去上課了呀！

的反思做了例子，又一次的提醒我們，如何去問問題，並告訴我們，問問題沒有很難，要我們多去試試看，多練習就會多進步。在舉完例子，問完同學一些問題和給我們建言後，老師給了我們一些時間讓我們去看學伴的反思。我發現，我學伴真的很厲害(2)，上禮拜的反思和這禮拜的相比，他知道自己的心情描述較為稀少，所以這禮拜的反思，心情的敘述也就多了些了，真是不錯！在看完他的反思後，老師開始上課了。

老師再一次的讓我們知道為什麼要去寫反思！而我再一次看著老師的投影片，我很被說服，因為這幾次每當我寫著反思，我真的就是再一次地把上課內容再想過一次(3)，這真的很有用，我想雖然在這堂課我不能在美學學得很好，但是卻有一樣東西我已經學到了，就是反思。因為反思，讓我知道我什麼學到了，什麼還沒學到！

討論完反思，繼上一堂課，吳姿穎老師要我們去討論什麼是美學後，今天這堂課，老師終於揭開了謎底，告訴我們到底什麼是美學！

老師開了張投影片，他用了劉昌元先生歸納的美學定義讓我們去討論。我們這組被分到了「審美欣賞」這個題目。老師要我們去討論，如果我們要做這個研究，首先我們要問什麼問題。我們這組討論了一下，有了幾個問題，可是我卻始終對我們的問題有些疑問，似乎我們脫離了老師要我們做的主軸。我們探討了什麼是美？還有如何去欣賞？我個人覺得，如果是要依此題目去討論，我們應該要去探討如果去界定審美欣賞的定義和標準。(4)
老師依序的問完了前兩組，大家都答得不錯，但輪到我們這組時，老師似乎對我們的答覆有些疑問，但老師還是仔細地聽完我們的看法，並對我們問題做了些修正，其中老師有提到一個問題，就是標準。我有些許的開心。
每組都說完了自己提出的問題後，老師又放了另一個投影片。老師用歷史來討論前人所界定的美學。其中有一項老師提出來說並與我們討

(2) 在看完了學伴的反思之後，你會向他學習嗎？

　　會呀！他那麼優秀，能馬上改進，我當然要向他學習嘍！

(3) 在上完其他堂課，你也會做反思嗎？

　　不太會的說。因為其他必修課內容實在是太多了，要一一想起老師在課堂中所說的每一部分真的有些困難，當然，我還是會去回想老師上課所說，但是內容就不像通識課如此完善了。

　　反思幫助到你多少？

　　很多呀，就像是這堂課，我就可以再一次回想，不會讓此堂課白白浪費，因為回家後會花在通識課的時間真的不多，所以透過反思我可以較快的確認我學到了什麼。

(4) 在有疑問時你為什麼不提出呢？

　　因為每個人的邏輯都有些許不同，而學伴可以清晰地說出一定也有它的道理，我不清楚我的論點是對或錯，所以我就沒有提出了。

　　那知道你有可能是對的了，下次你會勇於提出嗎？

　　嗯…不太曉得，但是機會應該是頗大了。

論。美學的目標是感性認識的完善。這裡的感性似乎跟我們之前認知的感性定義有所不同(5)，我之前都覺得感性就是十分的有情緒，有感情，但是老師說感性是感官所感受到的一切。在場的同學們，無不是有些許疑惑，感性是感覺？不是情緒？大家有些許的討論聲音出來。但當老師說了，感性的英文是用sense這個字代表，大家都大悟了！因為這個字正是代表了感受，所以老師才會說感性是感官所感受到的！我心想，哈！又學到了一個我之前都不知道的知識了！

為什麼我們要修人文課？老師突然的問了。利用英文的方法，老師向我們解釋了一番。因為相較於科學，我們也需要其他通識教育，來使我們更加完善。我心想，這是對的。因為我們學了一堆專業知識，但是這總只是人生或是知識的一部分，我們還是要學其他東西，讓我們在往後的生活裡能夠表現的更加出色，不會常常遇到無知的狀況！能夠讓我去在專業中，表現更加出色！老師這突然的討論，讓我有些許恍然大悟的感覺！(6)

在討論完後，從投影片，我看到了一項「低級認識論」在產生疑問的同時，老師也剛好說到！為什麼是低級的認識論，但其實答案很明顯，對照所說的感性認識的完善，我們就可以知道，這裡的低級並不是cheap而是第一手的感覺，也就是感官所感受到的感覺，對比理性，我們有整理過後的，感性當然就屬於是低級嘍！

說完了這些，時間也差不多到了，老師說下節課會再繼續討論。嗯！今天學到了不少，真是頗開心的呀！(7)

(5) 當你知道你認知的跟所學有所不同時，你如何去適應？

當然會去改變，但是有些時候也會做點取捨，畢竟大家都沒有修過這堂課，所以大部分的人對於感性的定義大概也都像我之前一樣，覺得感性是感情的抒發。所以我會看情況運用這不同。

(6) 為什麼我會有恍然大悟的感覺？

因為我總是覺得通識課的用意只是讓大學的學習不要只限於專業的知識，也要讓我們學到其他。想不到原來學校限定一定要修人文課程，是有頗大的用意。要讓我們去培養人文的氣息，我想就是不要讓我們以後變成科學怪人吧！

(7) 你覺得這堂學學到了什麼？

學到了什麼是美學，還有再一次確定反思的重要，還有觀念的釐清，當然還有老師教授的許多道理，如我們要去懂得問問題。還有最重要的，為什麼我們要修人文課！

圖31　詳細紀錄上課學習事件的反思日誌（小旻，2011：兒童美學課程日誌）

以上反思日誌的左手欄，小旻以講故事的方式來描寫上課事件，敘事性的書寫方式讓上課事件成為有場景，有畫面，有對話，有溫度的故事；嚴肅

的知識內容染上了情感的色彩，讓人讀起來有一種歷歷在目的感覺，彷彿參與在該課堂中。

小旻在該課程中的學伴是小培，小培指出：「學伴的反思甚至能把完整的對話內容寫下，事件前後也都非常詳細，把某幾段情境讓我看的時候歷歷在目，最重要的就是把我忘記的某些事情與記憶，再次找尋回來，使我在描述事情的前後更為仔細。」（小培，2010：兒童美學課程學習檔案）

這門課程的反思寫作教學模組有安排學伴回饋制度，小旻與小培在這門課程中是固定共學的學伴，一位擅於描述，一位擅於分析；在學伴相互觀摩學習之下，二人皆透過自我提問的刻意練習去加強了自己所不擅長的反思，經一學期的練習，二人皆有所改變。擅於分析的小培說：

其實，我一直在想自己描寫的部分，到底有了什麼改善？⋯⋯我發現自己有刻意做一件事情，就是努力去挖自己的記憶並且記錄。⋯⋯除了逼問自我在自己身上發生過什麼事情，經歷過什麼，還有閱讀學伴生動的反思過程中（因為我和他在課堂上互動，經歷較為相近的事情），把細節描述的更仔細，回想得更完整，可以說是把丟掉的東西變少了。至於分析的部分，或許我本來就比較擅長，所以要我更深入的去回答，只要我願意，並且投注時間，通常都可以獲得不錯的思考結果。⋯⋯（小培，2010：兒童美學課程學習檔案期末自評）

小培是一位具分析習慣的人，也就是在自由書寫的左手欄反思寫作，大部分反思是第二或第三層次，記錄自己的想法或感受以及對這些想法或感受做分析，亦即筆者設計的「反思風格類型表」中的I類：內向自我對話

型，第一層次的反思較少，以2 + 3的表達結構爲主（見本書頁159）。小培看到學伴反思日誌生動的描述風格，心生加強自己第一層次反思的意圖，於是利用反思寫作右手欄的自我提問練習。透過「逼問自我在自己身上發生過什麼事情，經歷過什麼」，而刻意要求自己在右手欄中展開對上課事件進行更有細節的描述練習。經一學期持續的刻意練習，小培在期末學習檔案的回顧中，赫然發現自己其實在學期中段以後的反思日誌就有了改變：左手欄自由書寫的部分，有關事件描述的篇幅竟然逐漸增加了。

　　擅於描寫的小旻，意圖改變與加強的是分析能力，於是他刻意在右手欄透過自我提問去問自己「爲什麼」的問題。每週在右手欄中展開有關事件的分析與解釋的刻意練習。以上所引小旻的反思日誌，可以看到他在右手欄進行大量自我分析的提問練習紀錄。期末學習檔案自評，小旻依然覺得自己在提問與分析解釋上仍有待加強，他說：

> 　　我想我需要努力的是問自己問題的能力，還有發展出問題的多樣性。因爲我雖然可以描述出當天上課內容，但卻無法問出有效的問題來更加一步激發自己分析的能力。我想我依然需要去學會如何問自己問題，這樣才能對於我的寫作，還有內容的回想有更上層的進步。……對於老師的提問的問題，我應該多思索一番，而不是痴痴的等待老師公布他的想法或是答案。我應該多去思考，爲什麼老師這樣問，或是爲什麼老師會這樣問等等，一些平常我不會想到的方向去思考，我想這樣不僅對於我對學習態度會有所助益，對於對問題的思索模式，也會有更多方性的方向。（小旻，2010：兒童美學課程學習檔案期末自評）

但教師的觀察是，小旻是自我要求很高，事實上他不僅有很細緻的描述能

力，經一學期的刻意練習，分析思考也有所提升，而且在描述上也更有細節，學伴小培期末給與小旻的回饋如下：

> 　　想起學期剛開始時，我和你討論反思的情況。坦白說我們那時沒有很順利，因為我們同樣接受填鴨式教育這麼久了，起初寫的反思大多為覆誦上課所聽到的，所以很難問問題，而且當時的描寫風格沒有像現在這麼生動。……但是，你和我漸漸開始改變了，很明顯地從直接的感覺描述，到更深入地探究感受背後的因果關係，還有你對於事情細膩與生動的描述，以及藉由「為什麼」以及「你覺得」的自我提問方式，讓你自己挖掘內心的想法，產生出更多深入的對事件的看法及感受。……你的反思除了左方描寫詳細生動，右邊的提問也非常豐富，可以看出你為此所做的努力。……你的反思左邊及右邊幾乎快一樣多了，……。最後，接近學期末的反思更是令我讚嘆，簡直近乎完美！不但有小說式的兒童美學，自我提問分析的地方更具有豐富度，深度，以及你看事情的角度。總而言之，循著學伴你的反思變化，看得見經由努力培養出來的個人描寫風格，以及增加分析量而填滿的完整度。（小旻，2010：兒童美學課程學習檔案期末學伴評論）

筆者從以上二位相輔相成的學伴身上學到很多，或者說小旻和小培教我看見了：同儕回饋及自我提問的刻意練習，強化了學習者主動使用反思框架以自我監控的能力；更重要的是他們教我看到了敘事書寫的力量。

4. 敘事書寫與自我提問練習反思表單

　　學習者以講故事的方式來記錄自己的學習經驗，基本上學習者不僅僅是敘事地理解世界和他們的經驗而已，基本上也用敘事來理解他們的

自我及建構自我的意義（Rossiter, 1999：62）。誠如Rosenwald與Ochberg（1992：1）所說的「個人故事不僅僅是告訴某人（或自己）關於自己生活的一種方式，它們也是塑造身分（同一性）的可能手段。」學習者可以在學習經驗的敘事中，找回作爲自己學習主人的「自我作者權威」（self-authorship）。整合之前「融入情境故事編寫的哲學經典閱讀」教學經驗，以及小旻與小培這個學習案例的回饋，促進了筆者於2012年設計「敘事書寫與自我提問」的反思寫作表單，讓敘事書寫與自我提問的反思練習更系統化。

(1) 設計說明

爲了改變學生以命題化知識內容爲主的學習習慣，加強學生從經驗出發的學習，以及啓動反思寫作的自主性，筆者於2012年開始使用的「敘事書寫與自我提問」的反思寫作表單：

課程名稱		授課教師		記錄者	
上課日期	2012年　月　日	上課地點	美學教室		
記錄上課事件。自由書寫。 以講故事的方式，依課堂進行的程序，盡可能詳細描述課堂上發生的事件如：教室中老師和同學們在做什麼、自己在做什麼、課程內容；自己對課堂事件的感受、想法或判斷；與個人經驗連結的說明；經驗的概括或解釋；或發表論述等等。			自我提問練習（重讀左邊的自我記錄，先標明提問練習的目的，盡可能清晰而明白地寫下問題並嘗試回答。如what, when, who, where, how, why, what if等問題。）		
• 標題：			• 本週提問練習的目的： • 提問練習		

圖32　「敘事書寫與自我提問」反思表單（2012版）

「敘事書寫與自我提問」反思表單，一樣採取左右欄式的規劃，左手欄是做敘事反思練習，而右手欄則是做自我提問練習。左手欄敘事反思練

習，明白地建議學習者採取自由書寫的方式，其寫作指導語是：「以講故事的方式，依課堂進行的程序，盡可能詳細描述課堂上發生的事件，如：教室中老師和同學們在做什麼、自己在做什麼、課程內容；自己對課堂事件的感受、想法或判斷；與個人經驗連結的的說明；經驗的概括或解釋；或發表論述等等。」所以這樣規劃，主要是希望學習者除了關注上課命題化的知識外，還要關心自己的學習經驗；並且刻意邀請學習者以講故事的方式，去編寫自己的學習經驗，並引導學習者在書寫時腦中要先浮現上課的景象，以跟某人講故事的方式，對自己的學習經驗進行敘事反思。基本上，敘事是一種具體的思維方式（Bruner, 1986），並希望藉助有關自己學習經驗的敘事書寫，提供學習者塑造身份（同一性）的機會，使學習者可以在學習經驗的敘事中，找回作為自己學習主人的「自我作者身分」（self-authorship）。

　　書寫者在完成左手欄學習故事的書寫後，本反思表單接著邀請學習者重讀自己左手欄所寫下的學習經驗，並為自己的學習下一個標題。下標題的訓練，這有點像是在對自己的敘事書寫做後設的敘事分析；訓練學習者從自己的故事中，發現出隱藏在故事中的脈絡及自己所關懷的主題。在這個表單裡除了每週邀請學生以講故事的方式寫日誌，配合反思教學模組的操作，更邀請學習者在期末重讀每週的紀錄，撰寫成一個有主題的、有時間歷程的學習故事，通過讓學生寫他們的教育傳記，從而理解學習如何塑造他們（Dominicé, 2000）。

　　學習者在重讀自己學習故事的練習中，除了下標題，並標示自己感到可以再反思的上課段落，到右手欄去做「自我提問」練習；以自問自答的方式，進行再反思的練習，透過「自我提問」的學習策略，啟動學習者主動探究自己學習經驗的內在動力。誠如Knox（1979）所建議的：成年人很少學習、記住或利用他們沒有提出問題的答案，透過「自我提問」的策略，啟動學習者學習的主動性。

　　「自我提問」練習與之前只是邀請讀者「解釋事件」不同的地方在於：我們不限定學習者只在右手欄做「分析與解釋」事件的練習，學習者也可以選擇做提升第一層次描述事件或第二層次描述自己反應的練習，讓自己對外在事件的描述更有細節或更能自我覺察。將右手欄改變成自我提問練習的設計，除了可以提升學習者自我督導的能力，也是一種「自我導向」（self-direction）學習的培力，促使學習者找回學習中的自主性，特別是學習者能控制選擇學習目標和創造學習意義的自主性及責任感（Mocker & Spear, 1984）。

　　為了協助學習者做課前反思，或先行閱讀或整合自己的經驗，以便能帶著經驗到課堂上來學習，筆者整合之前「老子哲學新解」課程課前書寫和課後書寫的日誌形式，於2015年更明確地規劃課前書寫（pre-writing）的反思寫作，其表單整合如下：

課程名稱		授課教師		記錄者	
上課日期	2015年　月　日	上課地點			
記錄上課事件。自由書寫。 以講故事之方式，依課堂進行的程序，盡可能詳細描述課堂上發生的事件如：教室中老師和同學們在做什麼、自己在做什麼、課程內容；自己對課堂事件的感受、想法或判斷；與個人經驗連結的說明；經驗的概括或解釋；或發表論述等等。			自我提問練習（重讀左邊的自我記錄，先標明提問練習的目的，盡可能清晰而明白地寫下問題並嘗試回答。如what, when, who, where；how, why, what if等問題。）		
• 標題：			• 本週提問練習的目的： • 提問練習		
pre-writing					

圖33　「敘事書寫＋自我提問＋課前書寫」反思表單（2015版）

這個表單主要是以「敘事書寫 + 提問練習」的表格爲基礎，加上課前書寫（pre-writing）的設計；「pre-writing」的反思寫作設計是參考Carter與Gradin的規劃（Carter & Gradin, 2001）。「pre-writing」的用處很多，可以邀請學習者做課前指定閱讀的查字典、撰寫閱讀摘要、引導學習者做單元學習經驗的階段反思；於課程中刻意邀請學習者先嘗試爲自己的單元學習經驗做總結分析，帶著自己的總結分析參與下週的上課，並於下週課堂透過小組討論或大組討論來進行團體反思，以歸納大家意見的方式進行總結式討論；也可以用在每一次要開啓新單元前，利用「pre-writing」的設計，邀請學習者預先整理與新單元主題相關的個人經驗，促進學習者帶著與上課主題相關的經驗來上課。但爲了讓「pre-writing」更具引導作用，教師需要根據上課主題或課堂學習進度，給與明確的問題或寫作引導。以下是本書作者所給的「pre-writing」題目例子：

- 本週「pre-wriging」主題：蒐集生命禮俗故事。
  請同學訪問家人、親戚或朋友，蒐集發生在自己或親朋間從出生到成年的生命禮俗活動及故事。請製作成PPT，如有舊照片或紀念物，請拍照展示。盡量不要用網路資料，而是要去蒐集自己的直接經驗或從週遭親朋好友那裡聽來的故事爲主。

教師視學習需要，於課前公告撰寫主題，同學把主題貼在「pre-writing」欄中，並完成課前的書寫。

(2) 學習者的反應

這個反思表單的主要精神，在於邀請學習者能更自由地參與到反思書寫的刻意練習中：在左手欄透過「自由書寫」的策略進行學習歷程的「敘事書寫」，及透過重讀、下標題的再反思活動去發現隱含在學習故事中的

主題關懷；在右手欄則是透過「自我提問」的學習策略，針對自己的學習進行批判性的反思，並在自我批判中進行「自我轉化」（self-transform）的關注，不只是關注學習的內容反思，並且關注自身反思能力的培力，在右手欄進行深化反思的自我導向刻意練習。而「敘事書寫＋提問練習」加上「pre-writing」的規劃，可以強化學習者對於課程內容的主動思考及與個人經驗的連結的學習。

　　學習者面對這類反思表單的反應如何呢？有學習者指出敘事書寫很自由，而且比較容易召喚「在課堂上」的情境化回憶，如小妍指出：

　　　　我話很多，喜歡用屬於自己的風格詳實記錄，寫反思的時候都很不正經，像是在跟別人聊天，還會常常出現一些表情符號。不過我相信，老師應該不會介意我這種「荒誕不經」的做法，因為我的第一篇反思就很意外地被老師推薦，從此，我就按照這個模式繼續寫了下去。因此，<u>每當我再回頭去看以前的反思時，往往都能找回最初、最忠實的感動，讀到自己曾經困惑之處總是會心一笑，再看自己領悟的那一刻仍會產生共鳴，反思見證了我學習的過程，以及這整個學期下來的成長</u>。（小妍，2016：宗教禮俗與生命關懷課程期末自評）

小妍覺得重讀自己的反思時，「往往都能找回最初、最忠實的感動，讀到自己曾經困惑之處總是會心一笑，再看自己領悟的那一刻仍會產生共鳴，反思見證了我學習的過程，以及這整個學期下來的成長。」獲得一種做自己作者的權威感。以講故事的方式記錄自己的學習經驗，先以自由書寫的方式，寫下充滿作者情感及溫度的故事，並在期末安排重讀自己的故事，進行故事的重構，寫成一學期的學習傳記，學習者會在書寫過程中發現自

己的成長。學伴閱讀了這種充滿情感的日誌，也會被召喚，以下是小妍學伴的回饋：

> 看著小妍的每週反思日誌，似乎又溫習了一遍「宗教、禮俗與生命關懷」這堂課中學習到的新知識，課堂中同學分享個人經驗和趣事的過程、老師教佾舞的每個動作都歷歷在目。從小妍的反思看得出她每堂課都有認真聽講，並將課堂上老師新教的儀式、它的含義和同學討論的內容寫在反思中；而小妍最可愛的地方是常在反思中以括弧寫出內心的想法，如同自言自語般的註解，反映出當她回家寫反思時，都有認真思考當天所學的內容，並提出自己的意見。……上完整個學期的課，並對照小妍對第一堂課的記錄，可以真實感受到這堂課的意義是將宗教禮俗與我們平常的生活儀式結合，了解其實每個動作、話語和用具都具備著意義。（小妍，2016：宗教禮俗與生命關懷課程期末學伴評論）

同學閱讀敘事性的學習日誌，比較容易產生共鳴，並且更容易從中學習。也有同學發現了反思寫作作為「知識管家」的功能，小郁同學指出：

> 〔反思寫作〕可以總結理清自己的思緒。就像堆雪人一樣，雪鋪在地上，化得很快，也單調無味，就像學習到未經整理的瑣碎知識。但是當我們認真對待，堆出一個漂亮的雪人的時候，它可以保存更久，也可以更快接受新的雪（新的知識），更重要的是，它本身就有了美的意義，成為獨一無二的雪人，不再是單調的雪了。當我反思之後，我覺得是真正自己在學習，自己

在處理思考自己的知識。（小郁，2014：宗教禮俗與生命關懷課程學習檔期末自評）

小郁指出反思寫作作爲「知識管家」的功能，它「可以總結理清自己的思緒」，小郁以堆雪人爲比喻，「學習到未經整理的瑣碎知識」就像鋪在地上的雪，「單調無味」，但「當我們認眞對待，堆出一個漂亮的雪人的時候，它可以保存更久，也可以更快接受新的雪（新的知識），更重要的是，它本身就有了美的意義，成爲獨一無二的雪人，不再是單調的雪了。」小郁發現反思不僅具有記憶的功能而已，而且可以促進新知識的整合，創造了獨一無二的意義。更重要的是，小郁在反思寫作中意識到「眞正自己在學習，自己在處理思考自己的知識」，引發做自己學習主人的「自我作者身分」認同。

　　針對本反思表單強調學習經驗的描述之設計，有學生反應：

　　　　養成在課堂後寫反思是很大的改變因素，除了有助於回顧對課堂上的記憶，更可在書寫的同時，挖掘自己內心深層的想法，學習提出批判，強化個人獨立思考的能力，而不僅是一味的贊同他人的看法，並思考每一問題與自己經驗的關聯，從而反省，是否自己一成不變的思考模式已僵化了對自我感知的覺察，且嘗試在生活中改變，因此讓我對「經驗」，不再感到只是生活中的例行公事，而是屬於我獨一無二的「一個經驗」。
　　（小玲，2011：古琴與哲學實踐課程學習檔案期末自評）

透過記錄學習經驗的反思練習，學習者不僅向內「挖掘自己內心深層的想法」且「思考每一問題與自己經驗的關聯」，從而讓反思也聚焦到自己的

經驗情境。學習者意識到固定化思考模式對自己感受能力的影響，因此展開了自我轉化的學習，「嘗試在生活中改變」，調整自己面對生活經驗的接收模式，由純粹認知轉而以感受的方式去品味它，進而發現生活經驗「不再感到只是生活中的例行公事，而是屬於我獨一無二的『一個經驗』」，創造了有關經驗的感性認識上的意義。這則反思讓我們看到學習者的自我轉化。

以下是學生對於透過「pre-writing」蒐集自己的真實的經驗，並在課堂上以分享故事的方式開啟學習的反應，小致提到：

> 成長過程中，我對於這片土地的認識只在國小的課本中，國高中的升學氣氛導致學生失去機會去認識臺灣，而這堂課讓我得以從中透過中南部同學的經驗、老師的經驗，重新從腦海拾獲小時候的記憶，並在小時候的既定印象上撢去灰塵，塗上重新認識的亮光漆。（小致，2015：宗教禮俗與生命關懷課程學習檔案期末自評）

小致提到帶著自己的經驗來上課，與只是課本的學習不同，它讓學習者與自己成長的土地有更多的連結，並在故事分享中促使自己重新去整理自己的經驗，而賦與自己的經驗新的意義。另外小妍則說：

> 從前的我一直認為，聽別人經驗分享就像在聽故事一樣，聽的時候很輕鬆，笑一笑、覺得有趣，聽完就忘了，似乎也學不到什麼。然而，這學期的課程幾乎都是在一個個小故事中，帶入不同角度的探討。現在，我聽了別人的故事如同參與了他的生命一樣，而我也體驗了把自己的故事跟大家分享；很多趣聞我至今

仍沒有忘，我過去的經驗也被賦予了新的意義。……以前的我一直以為自己沒有什麼特殊值得探究的生命故事，然而在這裡，似乎一切的經驗都是珍貴的、充滿意義的，只是我們不曾察覺罷了。（小妍，2016：宗教禮俗與生命關懷課程學習檔案期末自評）

小妍本來覺得自己的故事「沒有什麼特殊值得探究的」，但因為「這學期的課程幾乎都是在一個個小故事中，帶入不同角度的探討」，讓他發現了「一切的經驗都是珍貴的、充滿意義的」。小妍的反思，讓我們看到故事教學除了做故事的分享外，還要試著做故事的分析與討論，才能創造出「新的意義」。

反思融入經典閱讀，透過「pre-writing」蒐集自己的真實的經驗，並在教室中做與經驗的連結的解釋，對於這樣的學習規劃，阿翔指出：

大學的第一次通識課程，我選擇了這堂課稱作「宗教、禮俗與生命關懷」，剛踏進教室的那一刻，發現這間教室與以往的並不相同，以木頭墊的地板，需要脫鞋進去，沒有所謂「教室」裡該有的課桌椅，只有一個白板。我帶著疑惑的心情上課，老師慢慢的述說著這門課接下來會上到的內容，還記得第一堂課後老師要我們回家詢問自己姓名的意義。這是個不一樣的課程，打從一開始我便這麼認為，就這樣我們一直上著有關禮俗的課程，因為學生有來自不同國家的關係，我們還能了解到不同國家有不同的禮俗文化：因為這堂課感覺自己的國際觀又有了提升。（阿翔，2015：宗教禮俗與生命關懷課程學習檔案期末自評）

透過「pre-writing」蒐集學習眞實的經驗，帶著自己眞實經驗來上課，使古代經典閱讀的課程，成爲一門活生生的多元文化學習課程。小媛也指出：

> 我以前認爲古籍就是……要讓我們了解一字多義以及考背誦默寫的載體。在崩潰的背誦期間，從同學口中聽聞「那種本來就是考過就忘的垃圾」一句，對我造成深遠的影響。……經由字典搜尋字義的過程，除了使我知道名詞的古代意涵外，也使得經典科學化了起來，比起過往的ＸＸ課宛如傳教般宣導，更有邏輯的對經典解釋，我覺得這才是能了解一個作品靈魂的方式。另外先以各種既有經驗的討論，再去討論經典的上課模式，也使我的生命與經典產生了連結，打破經典就是百年前束之高閣的古老產物舊印象。（小媛，2016：宗教禮俗與生命關懷課程學習檔案期末自評）

小媛能掌握課堂學習與個人經驗相連結的重要性，並覺得課堂的理論學習是在解釋自己的生活經驗，從中創造了個人化的意義。

5. 小結

結構化的反思寫作規劃，讓學生在書寫的過程中去經歷有層次的反思思維過程，並透過持續性的書寫以養成習慣，基本上這是一種有利學生反思能力培養的教學設計，但若一直只是依照結構化的引導去做反思寫作，會讓自主性強、思維發展成熟的學習者感到被限制的感覺，甚至有些學習者會出現被動地填空，編造感受或想法把表格填滿，缺乏眞實性及主動性。筆者以爲因應不同年齡、不同思維成熟度以及不同學習階段的學習者，反思寫作結構化引導的表單可以有所調整。例如本單元所介紹的「深

化學習內容本位的反思寫作表單（2006）」比較適合需要加強結構在引導的學習者，而「敘事書寫＋自我提問＋課前書寫」的表單比較適合思維發展較成熟的學習者使用，或者教師於課堂上有比較多的配套教學之課程使用。但請注意，無論提供學習者什麼樣的反思表單，首先表單的設計要具備結構化引導的功能；也需要提供配套教學，介紹可資使用的反思框架，讓反思框架成爲隱含的學習參考架構，以協助學習者做自我監控以及發展批判反思，後設認知反思，自我作者身分反思，以及自我轉化反思。

　　在學習一項新的技能時，模型或框架特別有用，但請注意隨著能力的發展與成熟，模型與框架會失去它們的重要性；再者，使用結構化的反思模型來指導思考也是有危險的，例如反思的主題會被扭曲以適應結構，還有就是依賴特定的結構會限制而不是擴大思考的機會（Scaife, 2010：25）；所以教學者要評估學習者的學習發展、審愼地使用。

第三章

反思寫作與行動中的反思之蘊育

　　在這一章裡我們要探討的反思是專家在實務工作中的「行動中的反思」，所關涉的不只是專業工作者如何應用學術知識的問題，而且關涉到一種根植於（embedded in）實踐中的知識養成。這是一種專家的直覺，屬於行動中的知曉（knowing-in-action），這種知曉（knowing）[1]是一種行知（know how），本書譯為「即行之知」；屬於內隱的、默會的狀態。基本上「行動中的反思」是為行動中的知曉（knowing-in-action）作準備的反思，也是認可行動中的知曉（knowing-in-action）的心智活動。透過「行動中的反思」我們可以覺察實踐行動中的知曉，再輔以其他可感覺符號的轉換，我們可以將「行動中的知曉」外化為可言說的、可表達的狀態，而創造個人化的知識（personal knowledge）。雖然這種專家的實踐知曉是不能教的，但在教學上我們可以經營有利「實踐知曉」發展的條件和學習環境，以「讓人學習」（letting learn）。簡言之，本章的主題關懷是：如何在教學中融入反思寫作，協助學習者發展為「行動中的知曉」作準備和認可它的「行動中的反思」，或者說如何協助學習者發展反思實踐（reflective practice）的能力。

1　本書將knowing譯成知曉或即行之知，是一種實踐認識論下的實踐或行動之知，強調「行動」本身是一種「知的類型」，一種在情境互動中生成發展與湧現的狀態。這種說法強調「行動並對你的行動進行反思」，當默會的行動與「行動中的反思」一起發生，即能轉化為覺察的狀態，而在脫離當下進行「關於行動的反思」時，我們才能回憶並檢視它，將它外化為符號化或可言說的知識（knowledge）。

一、有關行動中的反思

　　尙恩（Donald A. Schon）（Schön, 1930年-1997年）透過專業工作者的個案研究，發現實務工作領域中的行家，都有一種解決疑難問題的技藝：這種解決疑難問題的技藝所依賴的是一種在行動中進行的、藝術性和直覺的實踐認識能力，或稱爲「專業的直觀」（professional intuition）、「實踐中的知曉」（knowing-in-practice）或「行動中的知曉」（knowing-in-action）。這種「實踐中的知曉」不是在理論的指導下，依照一定規則或程序而展開的活動，而是以直覺的方式，或默會（tacit）的方式在情境中快速而整體地做出行動決策的活動。對於這種認識「通常我們說不上來我們知道什麼，當我們嘗試去描述時，卻發現自己困惑了，或產生的敘述顯然是不恰當的。我們的認識通常是默會的（tacit），其隱含於我們行動的模式中，存在於我們對處理事務的感覺裡。這種認識是在行動之中的知曉（knowing is in our action）……。」（夏林清等（譯），2004：14、56）

　　例如：網球選手可以在球場中以全身心的活動參與打球，快速地因應對手的來球，調整自己身體的動作，成功地迎接對手的來球，並做出一個對方不易接到的球；有些熟練的會計人員可以不用花很多時間就抓出複雜損益表中的問題，這些專業技能的運作過程，基本上是一種特殊的認識，用尙恩的話說，是一種「行動中的智能」（intelligence-in-action）。那怕是身體的技術，它都不僅只是身體的運動技術，還包含辨識與判斷（recognition and judgement.）（Schon, 1995）。很多技術專精者或敏捷的操作行動都顯示了這種「超過我們所能說的認識」，波蘭尼稱之爲「默會知識」，Chester Barnard稱這是一種「無法以語言或用推理來表達，僅能從判斷、決策及行動表現中得知」的知識類型（夏林清等（譯），2004：58）。

（一）在行動實踐中二種問題解決的探究模式

在行動實踐的領域中，有關「我該如何行動？」的問題大體有二種解決模式，一者是工具理性的探究模式，二是行動科學的探究模式。

1. 工具理性的探究模式

工具理性的探究模式，認爲在目標清楚的情況下，有關「我該如何行動？」的問題，主要是藉由什麼是最有效地達成目標的手段或方法來決定的。所謂最佳的手段或方法，是依各種方法所產生的後果來決定；而其後果如何，則是可以透過實驗來獲得解決。尚恩以爲當目標清楚時，對科技理性者而言，該如何行動的決定確實可以化約成工具性的問題，並依照一定的科學理論，來設定問題，透過實驗來檢證不同方法所產生的效果來決定最佳的方法（夏林清等（譯），2004：42-45）。

2. 行動科學的探究模式

然而面對複雜的、不確定的、不穩定的、獨特性和價值衝突的情境，問題就不是可以這麼簡單地獲得解決，而是有待實踐者把這個不確定的情境掌握或描述成爲一個能被理解的情境。尚恩認爲這種把不確定的情境掌握或描述爲一個能被理解的情境之活動，這是一個比問題解決更根本的「問題設定」的活動。

「問題設定是我們界定自己面對的選擇到底是什麼、要達成的目標是什麼、以及可選擇方法有那些的一個過程。⋯⋯在這個過程中，『命名事物』（naming the things）與框定脈絡（frame the context）二者交互作用著。」（夏林清等（譯），2004：49-50）

以醫學專業爲例，醫生面對病人進行疾病診斷、治療決策的臨床判斷，並不只是依照固定的原則或依照正常人類或病理的生物科學的知識進行演繹的推理的活動。即使專家製作了各種疾病診斷的流程圖，這些流程圖確實有利資淺醫師作爲診斷的參考，但對於資深的醫師而言，並不是依

照流程圖進行診斷的。醫學教育專家呼籲「醫學院校或住院醫師培訓計畫必須培養學生面對複雜、易變的而往往無結論的臨床推理能力。」（鄭明華（主譯），2010：95）所謂的臨床推理不是簡單的科學推理，而是「一種在具體的、特定的環境條件下採取最佳行動的能力」（鄭明華（主譯），2010：44），這種能力或稱之爲實踐智慧或實踐推理。

　　例如：醫師還沒有發現病人到底有什麼問題時，便需要進行「問題的設定」，醫生首先要直接與病人面對面，對病人進行視診、觸診、問診；在這個過程中醫生需要有敏銳的觀察力，在病人身上發現有利診斷的資訊。「要想形成明確的臨床問題，就必須弄清楚病人的病情，而這就需要醫師的臨床經驗、系統的基礎知識儲備、仔細的甚至是充滿懷疑主義精神的觀察、對變異和異常情況的敏銳洞察力，以及把所有這些都綜合在一起的能力。」（鄭明華（主譯），2010：44）這種能力或稱之爲實踐智慧或實踐推理，「一種在具體的、特定的環境條件下採取最佳行動的能力」（鄭明華（主譯），2010：44）：

　　　　這個具體的、特定的情勢是無法運用普遍適用的方法進行應對處理的。科學推理以精確性和可重複性爲目標，而實際〔踐〕推理卻是在某一具體特定情形下尋求可能的最佳答案。實際〔踐〕推理能力使推理者能夠在某一既定的情境中，把較好的選擇與較差的選擇區別開來。科學推理像律法一樣有章法可循，它可以把知識推廣運用到每一個相似的情形。而實際〔踐〕推理卻是具體性的、解釋性的，它只能適用於小範圍的、被詳細描述、充分界定了的情境。（鄭明華（主譯），2010：44-45）

在這個過程中，「醫生們會運用科學推理或假設推理的理性模式，也會運用實際〔踐〕推理或解釋性、敘事性推理性模式，但是他們真正成為臨床醫師的卻是後者。當然，他們仍然依賴生物學家所能了解和掌握的科學知識，因為雖然醫學本身不是一門科學，但毫無疑問，它是一門理性的、運用了科學的實踐。」（鄭明華（主譯），2010：46）[2]。

「病例敘事」是形成臨床決策的初步的、間接的方法，在病例書寫中，醫生不是將從病理學的客觀事實、生物學上的規律法則開始，而是從與病人面對面，從觀察到的病人症狀、身體檢查所蒐集到的身體表徵和問診過程中所掌握到的訊息開始。在病例書寫中想要理解病人的症狀和身體表徵和做出診斷，需針對這些訊息進行解釋性的推理。「病例即是敘事，它是用以組織、記錄、梳理和思考臨床實踐經驗的」（鄭明華（主譯），2010：48）。Kathryn Montgomery指出醫學的診斷和治療的抉擇並不是單純的科學推理，也不是病人單方面的偏好，而是「一個更廣泛的、更依據情境背景而定的，與歷史、身分、文化、個人價值、生命意義糾纏在一起的考量與權衡。……實踐推理者要憑藉豐富的資訊、經驗和需求進行推理，以他們的視野、觀點和方法評估當前的情勢。」（鄭明華（主譯），2010：50）經驗是實踐智慧的關鍵，病例敘事不僅是醫生累積經驗的形式，而且是臨床推理過程的具體化。

（二）在實踐知曉中發揮作用的二種反思：「行動中的反思」與「關於行動的反思」

在行動科學的探究模式中，專家在行動中進行的、藝術性和直覺的實踐認識活動，或稱為「專業的直觀」（professional intuition）、「實

2　原書譯者將practical reasoning翻譯成實際推理，本書建議譯為實踐推理。

踐中的知曉」（knowing-in-practice）或「行動中的知曉」（knowing-in-action），作爲一種在複雜情境中快速而整體地作出最佳決策的思維，其主張的實踐認識論（epistemology of practice），並不是「審思而後行」的模式；而是一種「行動並對你的行動進行反思」，甚或可以稱之爲主張「行動先於思考」。行動科學的探索模式，肯定有一種機智的行動或行動中的知曉，這種行動本身是一種需要高度技巧及複雜推理才能形成的，但其進行方式又大部分是默會的，因此需要一邊行動一邊反思，才能發現是什麼推理形成了我們的行動（夏林清（譯），2000：42-44）。Max Van Manen指出，教師的機智行動也是一種「實踐中的知曉」，「機智的行動是充滿智慧的、全身心投入的。……機智與其說是一種認知的形式，還不如說是一種行動。它是全身心投入的敏感的實踐。」（李樹英（譯），2001：168）。

尚恩指出在專家機智的行動或行動中的知曉中運作的反思有二個類型：「行動中的反思」（reflection-in-action）和「關於行動的反思」（reflection-on-action）。尚恩雖然把焦點集中在「行動中的反思」之討論，但基本上他認爲實務工作者在具體情境中所展開的「實踐中的知曉」包含「行動中的反思」和「關於行動的反思」二個相關的要素；或者說實務工作者對自己所展開的「實踐中的知曉」之反思是「在行動中」且「關於行動的」（reflection in and on）（夏林清等（譯），2004：67）。

「行動中的反思」是指對「行動當下」（action-present）的思考，「行動中的反思」可以引發機智的行動或行動中的知曉；不僅爲它的發生作準備，也可以認可機智的行動或行動中的知曉。不過尚恩對「當下」的界定並不只是嚴格地特指此時此刻（here and know）的當下，他指出「行動當下」的時間是依情況而有所不同的，「行動當下可以歷時數秒、數小時、數天或甚至數星期、數月，這取決於此實踐所持有的活動步調

和情境界線（situational boundaries）。……行動中反映〔思〕的步調及持續時間，會因著實踐局勢的步調及持續時間而有所不同。」（夏林清等（譯），2004：67）因此，有些歷時比較長的行動，我們會在行動後展開脫離當下情境，以相對平靜和閒散的方式去回顧過去所處理的方案；或者為了準備一個新的方案進行事前的準備的反思，在這個實踐局勢裡所進行的「關於行動的反思」也是「行動中的反思」。（夏林清等（譯），2004：66）。

　　「關於行動的反思」，發生在行動前或行動結束後，以相對安靜和閒散的方式，對自己所曾經歷的行動進行回顧與檢討；行動後的反思可以把「行動中的知曉」（knowing-in-action）轉化為「行動中的知識」（knowledge-in-action）（夏林清等（譯），2004：64）。

（三）實踐認識過程中「行動中的反思」之運作：參與情境的反思性的對話

　　為了探索當下「行動中的反思」之運作模式，尚恩透過專業工作者的個案研究發現，它是一個重新框定的過程，是行動者如何框定情境及設定問題的過程。（夏林清等（譯），2004：127-157）尚恩將「行動中的反思」之運作模式概括為「對獨特而易變動的情境，進行反映〔思〕性對話」（夏林清等（譯），2004：128），「行動中的反思」作為「參與情境的反思性對話」，其共同結構大致如下：

1. 參與情境

　　實務工作者首先直接投身參與到獨特而多變的情境中，把自己當作是該情境的一部分與之互動，立基他目前選擇的框架，去建構情境，並且保持開放的態度，仔細傾聽情境的回應（back-talk）（夏林清等（譯），2004：130）。當他發現這個努力產生了意外的結果，工作者開始進行反

思，於是接著重新設定問題。

2.重新設定問題

「情境會透過行動的意外結果，回應（back-talk）給實務工作者，而實務工作者會反思這些回應（back-talk），也許會在情境中發現新的意義，而形成新的建構，於是他便藉著反思性對話的品質與方向，來判斷問題該如何設定。這種判斷至少有一部分是仰賴他對潛在一致性和協調性的察覺力，他能透過進一步的探索而發現它們。」（夏林清等（譯），2004：132）實務工作者會反思情境的回應，當發現意外的結果，就會開始展開重新設定問題的活動，包含重新建構情境，發現新的意義，制訂一個可以依循其結果及意涵的實驗，於是接著引發問題設定過程的評估（欣賞）實驗。

尚恩指出：實務工作者解決問題的實踐認識活動，是透過操作根據自己經驗所建立的經驗資料庫（repertoire）來展開的；實務工作者的經驗資料庫包含著實例、影像（image）、理解及行動（夏林清等（譯），2004：134）。實務工作者帶著自己的經驗資料庫（repertoire）與情境進行反思性的對話，他除了直接投身到獨特而多變的情境中，把自己當作是該情境的一部分與之互動，傾聽情境的回應（back-talk）外，同時又將情境與自己經驗資料庫相連結；透過「相似地看待著」（seeing-as）和「相似地解決著」（doing-as）的能力，把不熟悉的情境視為和先前熟悉情境相似、卻有個別差異的情境，並在不熟悉的情境中使用以前使用過的方法，使得我們得以將過去的經驗用到現在特殊的案例中。實務工作者的才華即在於他資料庫的深廣和多元性，而且每一次行動中的反思都讓他的資料庫更豐富（夏林清等（譯），2004：134-137）。這種與情境的反思性對話，透過前面杜威所謂的「戲劇性的排演」，把一個新的情境透過「相似地看待著」（seeing-as），把新情境與自己的經驗資料庫相連結，把新

的情境視為如同資料庫中所儲存的某一個情境一般，這時我們就已開始用新的觀點來理解這個情境了；並透過「相似地解決著」（doing-as）的能力，調動經驗資料庫中來形成一個可能的方案。於是接著引發問題設定過程的評估（欣賞）實驗。

3. 問題設定過程的評估（欣賞）實驗

問題設定的評估實驗，其目的是為了解行動會帶來什麼結果，關心的問題是：「假如……會怎樣？」的問題。然而複雜的情境並不是實務工作者所能控制的，而且實務工作者雖然企圖使情境符合他們的假設，但仍隨時保留假設不成立的可能性；因此實務工作者所進行的假設評估實驗並不是自我檢證預言——避免被推翻；也不是控制實驗方法中的中立假設之評估——要求實驗者避免影響研究主題，並進行推翻中立假設的否證。實務工作者進行假設評估實驗時，他與情境之間的關係是交互作用的，在情境對話中，實驗者會塑造情境，而實驗者的假設與評估也是由情境塑造而構成的（夏林清等（譯），2004：144）。

尚恩認為行動中的反思並不是真正的實驗，不是控制實驗的模式，而是融合了「探索性實驗」（exploratory experiment）、行動探測實驗（move-testing experiment）和假設檢定實驗的模式。「探索性實驗」是指採取行動只是為了探索這樣做會有什麼結果，沒有任何的預測或期待，它的成功之處，在於讓我們發現生活中的某些事情。「行動探測實驗」除了隱含著預期結果外，還包含實驗者對結果的肯定與否定之反應，可能出現了預期結果，但實驗者卻引發否定的感受，也可能預期結果沒有出現，但實驗者引發的是肯定的感受。尚恩舉例說明，如果給小孩小錢可以成功地讓小孩不哭，但卻讓他學會用哭泣來賺錢，這樣的結果並不是實驗者肯定的。他提出「行動探測實驗」的邏輯是：「你喜歡你從行動中得到的東西嗎？你將它的結果視為一個整體嗎？如果你的答案是肯定的話，那這行動

便是肯定的。如果你的答案是否定的話，這行動便是被否定的。」因此根據「行動探測實驗」的邏輯，不選擇用給小孩錢的方式來讓小孩不哭。（夏林清等（譯），2004：140-142）。「假設檢定實驗」立基我們的假設所預測的結果，正好符合觀察結果，這個假設即是被證實的；若預測的結果與所觀察結果相衝突，則是無法被證實的。實務工作者的「假設檢定實驗」，「是一種和情境的遊戲。他們企圖使情境符合他們的假設，但仍隨時保留假設不成立的可能性。所以他們的假設檢定行動既不是自我驗證預言（self-fulfilling prophecy）──這確保它們免受被推翻的風險；也不是控制實驗方法中的中立假設之檢定──這要求實驗者盡量避免影響研究的主題，及努力推翻研究的成果。」（夏林清等（譯），2004：144）。

實務工作者進行假設評估實驗時，他與情境之間的關係是交互作用的，在情境對話中，實驗者會塑造情境，而實驗者的假設與評估也是由情境塑造而構成的。（夏林清等（譯），2004：144）這種「框架實驗的評估是紮根於實踐者的欣賞系統（appreciate system）之中的」（夏林清等（譯），2004：132），實務工作者可以透過他對「意料外之行動後果的欣賞」來展開對於重新框定的問題情境之評估。尚恩指出：在情境中的評估是透過一系列的「欣賞－行動－再欣賞」的過程循環來進行問題設定過程中的評估實驗。（夏林清等（譯），2004：133）而實務工作者對自己的「欣賞－行動－再欣賞」的評估系統中，應該選擇那一個解決方案思考的問題如下：

- 我能解決我設定的問題嗎？
- 我喜歡我解決問題後所得到的東西嗎？
- 我是否有讓情境變得協調呢？
- 我是否有讓它和我的基本價值、理論相符呢？

• 我是否有讓整個探索持續前進呢？

（夏林清等（譯），2004：131）

實踐情境中對於問題設定的評估的思考涉及了：實務工作者對自身解決問題能力的自我感受、對效果的想像與主觀感受，對於潛在的一致性和協調性的覺察，價值與理論一致性的判斷，以及對工作持續負責的態度等。

4.引起新的行動

接著引起新的行動：在新的行動中展開新的「行動中的反思」，新的「與情境的反思性的對話」，引發行動——重新設定問題——問題設定實驗的評估（欣賞）——行動的循環，一直到實務工作者暫時完成了一個可理解的、和諧一致的構思。但這並不表示探究結束了，當情境的不確定性又出現了，或者在求好要更好的自我要求下，又會展開新的「行動中的反思」之循環，持續進行（夏林清等（譯），2004：133）。

（四）小結

總之，立基尙恩的研究，所謂的「行動中的反思」是在「實踐中的知曉」發揮作用的反思，它是「在行動中」且是「關於行動的」（reflection in and on）（夏林清等（譯），2004：67），它是一種「與情境的反思性的對話」過程。實踐者對一個情境設定了一個框架，並直接投身到獨特而多變的情境中，把自己當作是該情境的一部分與之互動；透過傾聽情境的回應（back-talk），將情境與自己經驗資料庫相連結（參與情境），並引發「重新框定」，問題設定過程的評估（欣賞）實驗及再行動的循環過程。在「行動中的反思」所展開之問題設定過程的評估實驗，是透過一系列的「欣賞－行動－再欣賞」的過程循環來進行的（夏林清等（譯），2004：133）。這個意義的「行動中的反思」是爲實踐知曉或機智行動作

準備的反思，它作為一種「與情境的反思性的對話」確實具有把一些稍縱即逝的現象減緩下來、看清楚的特色。而有些歷時比較長的行動，我們會在行動後展開脫離當下情境，以相對平靜和閒散的方式去回顧過去所處理的方案，或者為了準備一個新的方案進行事前的準備的反思（或稱深思熟慮）。就這個面向而言，「行動中的反思」亦具有「有關行動的反思」的意義。

但尚恩所指出在實踐知曉或機智行動中發揮作用的「行動中的反思」，也是一種「行動當下」（action-present）的思考，這種當下的反思，是一種特殊的反思，它是與感性認識連結的反思。

尚恩認為「行動中的反思」作為「與情境的反思性對話」，它擔負的是「欣賞－行動－再欣賞」的功能，所啟動的是「欣賞」的活動。什麼是「欣賞」呢？Harold Osborne指出欣賞是一種認識，一種直接的、充分的知覺力或洞察力，也就是審美知覺。這種認識可以在人類不同領域中發揮作用，這種認識的特色是，它首先要求我們把注意力集中於眼前的對象，直到對象的所有特質依照它們各自的強度一目了然地呈顯於我眼前（Osborne, 1970：48）。其次，我們還需要累積豐富的相關經驗，要能「欣賞、感知特定的事物，需要喚起感官記憶，例如，要培養品酒能力，需要品嘗大量的酒，學會分辨酒的特質，同時從味覺記憶（甚至嗅覺及視覺記憶）中回想起其他酒的特質。」（郭禎祥、陳碧珠（譯），2008：222）

尚恩曾指出以「欣賞－行動－再欣賞」模式進行之假設檢驗的評估過程，實務工作者是把情境視為一個特殊的情境在處理。一方面「注意到既有的現象」，同時是「用直覺去理解它們」（夏林清等（譯），2004：142）；所謂「注意到既有的現象」即是把注意力集中於眼前的對象，直到對象的所有特質依照它們各自的強度一目了然地呈顯於我眼前，對外在

現象進行更富細節的觀察；「用直覺去理解它們」即是一種直接的、充分的知覺力或洞察力所形成的感性理解，或稱之為「感受」（feeling）。此外我們還需要有一個「經驗資料庫」，尚恩認為：實務工作者透過操作媒材、語言和資料庫的技能來與情境進行對話；而這種操作媒材、語言和資料庫的技能，是一種實務工作中的感性認識。而其思維的運作方式，是一種情境化的、具體的思維。尚恩指出：實務工作者能利用這些感性認識，建構虛擬的世界，並在其中預演想像中的行動；實務工作者利用虛擬的方式進行現場實驗和行動探究，在這個世界裡，實務工作者能把一些稍縱即逝的現象滅緩下來看清楚。許多無法倒帶重來的行動，如今卻可以被重新檢視、更深入的討論，並重新嘗試（夏林清等（譯），2004：150-154）。在情境中的評估系統，或是行動中的反思，需要一種建構和操控虛擬世界的想像能力和敘事能力。

從以上的分析，我們發現尚恩所謂的在專家實踐知曉或機智行動中發揮作用的「行動中的反思」是多義的，不僅有「關於行動的反思」的意思，其實也可以是Max Van Manen所說的一種不同的反思類型，一種全身心的關注（mindfulness）（李樹英，2001：135）。因為尚恩「行動中的反思」作為「與情境的反思性對話」，是以「欣賞－行動－再欣賞」的方式展開的，所引發的是一方面「注意到既有的現象」，同時是「用直覺去理解它們」（夏林清等（譯），2004：142），一種更富細節的觀察及直接的、充分的知覺力或洞察力所形成的感性理解，以及戲劇排演式的具體性的思維。

「行動中的反思」還有一個功能，就是對當下發生的實踐知曉或機智行動本身的覺察功能。誠如Max Van Manen所說的，瞬間的機智行動不是由反思產生的（李樹英，2001：135）；瞬間的機智的行動本身確實是一種特殊的知的方式，它是「充滿智慧的」（thought-full）及機智的

（tactful）。所謂的機智（tact）是指「包含著敏感性，一種全身心的、審美的感知能力」（李樹英，2001：165），它不僅只是一種認識，更是一種行動，一種「全身心投入的敏感的實踐」（李樹英，2001：168）。德國哲學家伽達默爾（Hans-Georg Gadamer, 1900年-2002年）則將機智理解為「一種對情境的特殊敏感性並且知道在其中如何表現」（Gadamer, 1975：17）。作為認可在瞬間發生的實踐知曉或機智行動本身的「行動中的反思」，它不是與機智的行動保持距離的，而是與瞬間的機智的行動在一起，並發揮「認可」機智的行動的功能。如本書第一部分有關「反思」在感性認識論面向之意涵的討論提到，有一種與對象相對立的反思，可以展開「關於行動的反思」外，還有一種共感反思是與對象相依附的反思。這種反思可以展開「與當下瞬間在一起的反思」（reflection-within-the-moment），一種「意識到我的思考、感受和回應的方式，同時保持著實現我的願景的意圖。它涉及到與自我對話，以確保我對正在發生的事情進行解釋和回應，並使我的思維敏銳地改變我的想法，而不是固定在某些想法上」（Johns, 2009：10）。這種反思可以認可或覺察瞬間發生的實踐知曉或機智行動本身，再透過「有關行動的反思」而使這種默會的實踐知曉或機智行動外化為外顯知識。

　　總之，尚恩所謂的「行動中的反思」，是指在面對複雜的、不確定的、不穩定的、獨特性和價值衝突的情境中的問題解決過程；在行動科學探究的問題解決模式中，「行動中的反思」是指重新框定情境及重新設定問題的活動。分析尚恩所謂的「行動中的反思」（reflection-in-action），其內涵是多義的，除了是指在特定的情況或經歷中暫停，以便理解並重新定義情況的「有關行動的反思」（reflection-on-action），還包含「與當下瞬間在一起的反思」（reflection-within-the-moment）和一種「全身心的關注」（mindfulness）的特殊反思。更重要的是「行動中的反思」作為重新

框定情境及重新設定問題的活動，是一種「與情境的反思性對話」；它是以「欣賞－行動－再欣賞」的方式展開的，所引發的是感性認識的活動，一種更富細節的觀察，直接的、充分的知覺力或洞察力所形成的感性理解，以及戲劇排演式的具體性的思維。

以上多面向的「行動中的反思」或稱之為「反思實踐」（reflective practice），「反思實踐」是反思，自我覺察（self-awarness）和批判思維的綜合（Eby, 2000）；支持「反思實踐」的心智技能除了包含一般的反思——進行與情境相對立的理解與詮釋——之外，還包含批判反思：也就是對自己持以理解現象的假設及所處情境的挑戰，一般反思與批判反思相當於「有關行動的反思」。而所謂的自我覺察（self-awarness），是一種對當下情境及自我的直覺，一種對情境與自我情感反應的直接掌握（Eby, 2000），「自我覺察」是包含「在行動中的反思」，「與當下瞬間在一起的反思」及「全身心的關注」。

二、教學建議

基本上「實踐中的知曉」作為一種認識的活動，它是一種以直覺的方式，或默會（tacit）的方式在情境中快速而整體地做出行動決策及適當行為的能力，這種能力並不是被教出來的，而是學習者在經歷刻意練習的過程中發展出來的。雖然我們並不能直接教導學習者具備「實踐中的知曉」，但是在學校中我們卻可以經營有利於學習者發展「實踐中的知曉」的學習環境，以及培養發展「實踐中的知曉」所需的根本能力。基於以上的理論反省，本書將針對教師如何協助學習者發展「行動中的反思」的能力提出一些建議。

（一）導向雙循環學習

　　大體而言，這個教學建議在本篇第二章：立基杜威反思思維理論的教學建議中，已經提出過說明了（參見本書頁125-131）；就筆者教學的操作經驗而言，原則上也適用在行動反思的學習領域。在實踐認識過程中「行動中的反思」或「有關行動的反思」，所關注的焦點是行動者如何框定情境或設定的問題。在這個問題解決的模式下，首先我們同樣需要引導學習者展開雙循環的學習，而不是單循環的學習（夏林清（譯），2000：44），亦即在行動實踐的過程中，引導學習者反思隱含在行動中的價值和理論，引發重新考量（reconsidering），重新連結（reconnecting）和重新框架（reframing）的活動。經過這種反思程序才會導致典範轉移（paradigm shift），即行之知的湧現（emergent knowing）和產生新的理解（new understanding）（Brockbank & McGill, 2007：43-45）；並且帶來第二序的變化，也就是說改變了系統本身或踏出了系統之外，不再只是在系統內的狀態變化，而促成一種真正的轉化（transformation）（鄭村棋、陳文聰、夏林清（譯），2005：51-52）。據尚恩的研究指出，影響問題設定的因素有：

* 實務工作者用來描述現實與進行實驗的媒材、語言和資料庫。
* 他們帶入之問題設定、探究歷程的評估，以及反映〔思〕性對話中的評估系統。
* 他們賦予現象意義所採用的通盤理論（overaching[overarching] theories）。
* 他們用來設定自己的任務及界定體制情境（institutional setting）的角色框架。

（夏林清等（譯），2004：241）

以上這些因素都是我們在引導學習者進行「行動中的反思」及「有關行動的反思」時應該要引導學習者去關注的要點，亦即：反思自己持以描述世界的媒介（如語言）對描述本身所造成的影響；反思自己持以評估的價值系統；反思自己持以理解現象所採取的使用中的理論，或反思隱含在行動背後、以默會的方式影響著我們行動的價值或理念；反思參與情境互動中的我，意識到在情境互動中自己也是參與者；要之，作為參與者的角色也是決定問題設定的重要因素。

（二）重視感性理解力的培養

　　所謂的「反思是一個有關知性和感性活動的通用術語，反思是在知性和感性的活動中，個人為了導致新的理解和欣賞（appreciations）而致力的經驗探索」（Boud, Keogh, and Walker, 1985b：19）的活動。而在尚恩的理論框架下，「關於行動的反思」所側重的是導向知性理解的探索，而「行動中的反思」則是側重導向欣賞或感性理解的探索。

　　參照尚恩的研究區分，對於實務工作者而言「行動中的反思」，可以分成兩個部分：理解與評估：(1)就理解而言，「行動中的反思」是一種「與情境進行反思性對話」的活動；實務工作者從事的工作就是要直接投身、參與到獨特而多變的情境中，把自己當作是該情境的一部分，並與之互動。因此實務工作者應該以他目前所選擇的框架，去建構情境，並且保持開放的態度，仔細傾聽情境的回應（back-talk）（夏林清等（譯），2004：130）。(2)就評估而言，尚恩曾指出「框架實驗的評估是紮根於實踐者的欣賞系統（appreciate system）之中的」，實務工作者可以透過他對「意料外之行動後果的欣賞」來展開對於重新框定之問題情境的評估。（夏林清等（譯），2004：132）尚恩所謂的「欣賞」即是感性認識論領域中的感性理解力，也就是強調一種更富於細節性的觀察，由直接的、充

分的知覺力或洞察力所形成的感性理解，以及戲劇排演式的具體性的思
維。

參照尚恩的理論，筆者建議爲了培育具備「行動中的反思」的未來工
作者，在學校教育期間所施行的反思教學，除了重視導向知性面向的批判
反思教學外，還要開發導向感性認識的反思，亦即培養「共感反思」，或
稱「與當下瞬間在一起的反思」（reflection-within-the-moment）。目前教
育界已開始重視的覺照練習（mindful practice），它不只是靜心的練習，
或者協助學習者未來參與工作時避免因爲工作壓力而造成崩潰的紓壓練習
而已。所謂的覺照練習基本上是有關「共感反思」，或稱「與當下瞬間在
一起的反思」（reflection-within-the-moment）能力的開發與訓練活動，其
主要目的在培養學習者以初始者的眼光、如實地覺察自己及情境變化的覺
察力。這種能力有助於學習者未來在進入到工作情境中時，能對行動中的
自我、他人及所處情境展開更富細節性的觀察。此外，敘事反思的訓練，
也是開發感性認識的一種方法；敘事反思不只是培養同理心而已；敘事反
思的訓練基本上是在培育具體思維，一種戲劇化排演式的構想，一種感性
理解力的實踐推理。

有關感性理解力的培養，筆者更呼籲大家應該重視立基於具身認知的
身體學習（somatic learning）。[3]實務工作者除了要有敏銳的觀察力，直接
的、充分的知覺力或洞察力，更需要建立一個豐富的「經驗資料庫」，以
利未來進行戲劇排演式的具體性的思維。尚恩指出實務工作者的才華即在
於他資料庫的深廣和多元性，而這個「經驗資料庫」的知識不是Belenky,
Clinchy, Goldberger, 與 Tarule（1986）所說的接收的知識（received
knowledge），也不是在學校裡透過知識傳授的方式所可以習得的；而是

3　有關身體學習的教學，參見本書第二部分第一章的教學實例——古琴與哲學實踐課程之
　　相關說明。

在經驗實作中，在刻意練習中累積起來的一種內隱的（implicit）知識。
為了協助學習者累積經驗資料庫的資料，我們要及早讓學習者進入實際的
場域中，提供親歷其境的、情境化的「身體學習」（somatic learning）的
機會，也就是說不僅只是把多感官及情感帶進學習中，更要思考如何把身
體也帶進學習之中。

　　立基於具身認知的研究成果顯示，身體是我們獲取知識能力的重要
組成部分；雖然目前不同的學科對「身體學習」有不同的理解與規劃，但
從根本上說，「身體學習」不是有關身體的瞭解，也不是不要沒有身體的
學習而已，而是主張經營一種在身體內部或通過身體的學習（Matthews,
1998；Chapman, 1998；Brockman, 2001；Clark, 2001；Siegesmund, 2004；
Horst, 2008）。簡言之，身體學習是經驗性的，涉及到身體的行為和反應
的學習（Matthews, 1998；Michelson, 1998；Crowdes, 2000）。為了協助學
習者發展「行動中的反思」能力，我們需要提供「身體學習」的環境，讓
學習者帶著整個身心合一的身體，投「身」在經驗中去學習，而不只是帶
著「腦袋」在經驗中學習而已。

（三）發展行動研究的態度

　　實務工作者想要發展實踐知識，除了需要「行動中的反思」能力，
還需要「有關行動的反思」能力來外化默會的知識，以促進知識的轉化、
創造及知識的擴散。誠如前文所述，尚恩所謂「有關行動的反思」其實包
含了行動前及行動後的反思，所以如果我們要深化學習者「有關行動的反
思」，筆者建議教學者可以及早培養學習者行動研究或行動學習的能力與
習慣。

　　McKerman指出，行動研究與一般研究不同：一般研究是源於好奇，
於是設計方案，收集信息，分析信息，詳述我們的發現，最後寫成報告。

而行動研究則是由實踐工作者為改善實踐，而進行的系統的和自我反思的科學探索。「行動研究運動幫助實踐工作者對自己的工作採取一種研究的態度，……研究的最終目的是理解；理解是改進行動的基礎。……實踐工作者實施行動研究的目的，是要尋求對事件、情境、問題的理解，以提高實踐的效率」（朱細文等（譯），2004：3）。

其實有關行動研究有很多不同的模式，如科學主義的行動研究，強調以系統的、科學的、理性的方法來取得有關情境的實踐知識；「批判－解放」的行動研究，被視為是一種對參與者進行政治賦能的過程，目的是為了追求更合理、更公正和更民主的教育形式；「實踐－審議」（practical deliberation）的行動研究以為，行動研究不僅只是解決問題而已，而且更要使事情朝更好的方向發展，並要能理解自己的實踐，使自己成為一個反思的實踐者。Elliott曾指出「行動研究者在解決實際問題的過程中發展了個人解釋性的理解，而理論上的理解又是實踐行動與對話的構成要部分」，以教學為例，「教學不可免地是理論性的活動，教師的任務就是要在尋求反思性的自我發展的同時，解釋自己的日常實踐。」而對自己的教學實踐進行「實踐－審議」的行動研究（朱細文等（譯），2004：13-28）。

筆者以為，不只是教師，學習者也應該抱持行動研究的態度來面對自己的學習；以行動研究的態度面對自己的學習，才能展現學習者的自主性、反身性及自我監控的能力。如此一來，學習行為本身才能成為一種道德上的努力——追求自身的完善。在行動研究中研究本身即是一個自我反思的過程，教學者可以引導學習者在自我反思的研究過程裡，對自己的學習實踐進行批判性的分析與評估，反思自己在學習實踐中所使用的理論或觀點，並透過核心觀點的改變，引發學習行動的修改，實現改善自己學習品質的理想。行動研究之態度的養成，也可以為導向情境參與式的、公共

參與式的探究，或是社區參與式的研究（community-engaged research）作準備（Walshok, 1995；Giles, 2008）。

三、教學實踐案例討論——以通識教育課程爲基礎的服務學習

　　筆者所服務的單位是醫學大學的通識教育中心，雖未在專業學系中主授，然而由於所服務的學校長期重視通識教育與專業教育的相互融滲與銜接，因此筆者在教學上一直關注思考如何協助醫學生發展經驗學習的能力與習慣，並參與經營培育實踐智慧的學習環境，以協助學習者培養面向臨床情境的反思實踐（reflective practice）能力：包含反思、批判反思與自我覺察的能力。用尚恩的說法，這個反思實踐的心智活動是一種「行動中的反思」（reflection-in-action），但其內涵是多義的：除了包含在特定的情境或經歷中暫停，以便理解並重新定義情境的「有關行動的反思」（reflection-on-action）之外，還包含「與當下瞬間在一起的反思」（reflection-within-the-moment）和一種「全身心的關注」（mindfulness）的特殊反思；所謂的「行動中的反思」，作爲重新框定情境及重新設定問題的活動，是一種「與情境的反思性對話」；它是以「欣賞－行動－再欣賞」的方式展開的，所引發的是感性認識的活動，一種更富細節的觀察，直接的、充分的知覺力或洞察力所形成的感性理解，以及戲劇排演式的具體性的思維。

　　筆者所服務的學校於2006年開始執行教育部「以通識教育爲核心的全校課程革新計畫」，筆者參與了「行動／問題解決導向課程」的規劃與經營（林文琪，2014a，2014b）。除了在本校必修的經典閱讀課程中全面融入「反思寫作」教學，以培養學習者基本的反思能力外；並透過「以通識教育課程爲基礎的服務學習」，培養學習者早期參與社會的學習，發展反

思實踐能力。筆者2007年開設的第一門「以通識教育課程爲基礎的服務學習」課程爲「兒童美學」。

（一）課程說明與反思寫作規劃

以通識教育課程爲基礎的服務學習所強調的重點是學習，希望學習者帶著通識課程中所學的知識、技能和態度，進入服務學習的場域中展開服務的工作。除了藉此提昇服務的品質外，更希望學習者在服務過程中檢證學習的知識，發現課堂上學習知識的不足，以及有疑惑的問題，再把問題帶回到教室或者知識領域中，進一步的再學習。而課堂也必須提供再學習的機會，深化學習者在通識課程中所學的知識、技能和態度。以下以「兒童美學」課程爲例，說明筆者如何在「以通識教育課程爲基礎的服務學習」中融入反思寫作教學，提升學習者的反思實踐力（反思、批判反思及自我覺察的綜合）或稱「行動中的反思」（含「有關行動的反思」、「行動中的反思」、「與當下瞬在一起的反思」、及「全身心的關注」）。

基本上「兒童美學」課程是一門以哲學領域中的「美學」（aesthetics）爲主題的課程，目的在探討人類感性認識活動爲主軸，因爲課程中引用兒童的繪畫行動和作品作爲探討感性認識的例子，所以稱之爲「兒童美學」。

「兒童美學」作爲「以通識課程爲基礎的服務學習」課程，其教學目標有二：一是有關美學理論的教學，二是如何在服務學習中運用所學。課程的發展旨在引導學習者不僅在課堂上接收與理解美學理論；而且要在「向特殊兒學習」的服務學習方案中，嘗試轉化美學理論成爲理解特殊兒繪畫作品及繪畫行爲的討論與反思框架；並希望學習者在解釋框架的轉移中改變自己對待特殊兒的成見、態度、溝通與互動模式，落實美學的實踐。也就是說，希望學習者能以欣賞的眼光看待自己所陪伴的特殊兒，並

立基於對這些特殊兒感性認識活動的觀察與理解，發展出適合他們的繪畫教案，並助協助他們一起在畫畫的世界中遊玩。而這種人與人遊玩的交往互動，即是一種美學的實踐。更期許這些未來的醫療照顧工作者，當在醫療場合上遇到相類似的病人時，能夠因為了解及欣賞他們的特殊性，而給與他們平等的對待與尊重（林文琪，2009）。

　　本課程主要分成三個部分，(1)美學理論（12週）；服務學習（4週）和總結自評（2週）三個部分，以下即進一步詳述課程內容、執行過程及反思寫作教學的規劃。

1. 與經驗連結的理論學習規劃

　　為了避免學習者只以背誦的方式接收美學理論，又為了強化美學理論向服務學習行動領域的遷移，本課程在美學理論的學習階段，就開始操作經驗學習的上課模式。規劃了與經驗連結的理論學習，課程初始的階段引導學習者從關注發生在自己身上的感性認識活動開始，學習對它進行觀察、描述、分析與解釋；接著才引入美學理論，以擴張學習者對自身感性認識活動的理論性理解，這是一種將美學理論的學習轉化為對自己感性認識活動的反省與解釋。

　　(1)與經驗連結的理論學習規劃

　　本課程的理論部分主要是採取理論與經驗連結的教學模式，目的不在傳遞套裝知識，而是引導學生經歷形成理論的過程（theorizing）。以下為本課程理論部分課程的上課主題：

表8　兒童美學理論課程主題及活動規劃表

主題	活動	相關美學理論
認識自己的學習情境	反省個人學習經驗，引發改變學習行為的動力／介紹經驗學習法	

主題	活動	相關美學理論
美學入門	團體腦力激盪：何謂美學？	劉昌元，現代美學的範圍
感性認識	小組討論 我們是如何認識世界的？我們有那些感官？它們各是怎麼認識世界的？各自認識的結果是什麼？是否還有其他認識世界的方式？	Alexander Baumgarten，美學的定義
摹仿與認識	小組討論 1. 只用眼睛去看蝴蝶和以摹仿的方式去認識蝴蝶，比較這二種認識有何不同？ 2. 摹仿作為一種認識，說明這種認識是如何進行的？（子非魚，焉知魚之樂？）	Lipps，移情說美學
摹仿與身體知覺	創作與作品分析： 1. 畫眼睛看到的樹 2. 摹仿樹，假想你是樹，畫下自己（樹）	Hermann Schmitz，身體現象學
身體律動與線條運動	雙手畫與作品分析	Merleau-Ponty，眼與心
兒童塗鴉線條的身體性	兒童繪畫紀錄片及作品分析	Wolfgang Grozinger，兒童塗鴉
兒童塗鴉線條的觸覺性	兒童繪畫作品分析 恐怖箱活動	Rudolf Arnheim，繪畫的觸覺性
兒童繪畫的發展	兒童繪畫作品分析	W. Lambert Brittain，〈美術發展的階段〉
兒童畫的視覺思維	兒童繪畫作品分析	Rudolf Arnheim，視覺思維

資料來源：林文琪（2009）。「哲學教學的行動化轉向：一個通識美學課程規劃的反思性實踐」。**全人教育學報**，5：125。

為了協助學習者建立美學知識與經驗的連結，本課程的理論教學主要在引導學習者經歷「感性實踐問題化」（problematizing our aesthetic practice）的過程，各單元主題的學習歷程如下：(1)經驗的喚起：經由活動設計喚

起學習者有關美學主題的經驗；(2)描述經驗：藉著反思日誌的撰寫及小組討論，引導學習者描述前述的美學經驗；(3)分析經驗：在課堂上以提問式教學法，引導學習者進一步反省自己經驗的基本特徵或結構；(4)美學理論的閱讀：最後引入描述審美經驗的美學理論，讓學習者一邊接受美學理論，一邊檢視自己的經驗，以加深對自己審美經驗的認識。

(2)融入反思寫作教學模組的學習引導

為了協助學習者在進入服務學習的場域前即已開始發展深度反思的能力與習慣，本課程規劃與經驗連結的理論學習。在理論學習階段規定每週都要撰寫反思日誌，並融入本書第二章所介紹的「反思寫作教學模組」，給與學習者系統化與結構化的反思學習引導。

在這門課程中所使用的反思寫作表單因應不同階段的發展，曾用過的有：深化學習內容本位的反思表單（2006版）、學習內容與學習事件並重的反思表單（2010版）、描述與解釋課堂事件反思表單（2011版）及敘事書寫與自我提問反思表單（2012版）等四種（參見本書頁180-215）。

（二）服務學習──美學知識的轉化與實踐

學生經過十二週的美學理論及反思寫作的培訓，接著進入連續四週「向特殊兒學習」的服務學習階段。對「兒童美學」的課程而言，這是屬於美學實踐的單元，將美學的探究從理論的關注導向社會實踐的關懷，亦即關心如何在社會情境中，落實人與人的和諧互動的練習。

「向特殊兒學習」的服務學習方案，是由筆者與某特殊教育學校合作，利用該特教學校高中部週三下午社區課程的自由時間，由本課程提供為期四週的繪畫工作坊。選修「兒童美學」課程的學生，必須在原上課時段移至該特教學校主辦「向特殊兒學習」的服務學習方案去從事實習，並在繪畫工作坊活動中學習擔任陪伴者及教案設計者。

　　繪畫工作坊的第一次教案由筆者與參與協同教學的美術專業教師共同規劃，然而為了加強選修「兒童美學」課程學生的責任感，第二次開始的教案就轉由參與「兒童美學」課程的學生負責，要求為自己小組所陪伴的特殊兒規劃適才適性的教案。

　　再者，為了協助學習者在服務學習的過程中能啟動「行動中的反思」，展開反思實踐的智能活動，本課程的服務學習單元，刻意安排了學習者經歷雙循環的經驗學習循環：

1. 面對問題情境

　　第一週由本課程主授教師與外聘的專業美術教師規劃統一的教案，修習「兒童美學」課程學生在陪伴特殊兒的過程中，觀察特殊兒在繪畫行動中的表現，包含各種感性認識活動的使用狀況，並嘗試理解他們為什麼如此表現；同時檢視原教案之於自己所陪伴特殊兒的適合性，以及反思自己陪伴特殊兒的方式。

　　「向特殊兒學習」的活動過程中，筆者、美術教師、該校特教老師及課程助理全程陪同，並以協助者、共同參與者的角色，與學習者一起參與服務學習的活動。

2. 觀察、反思與觀念的重構

　　在參與「向特殊兒學習」每週活動後，筆者、美術教師及助理會先做討論，為小組個案討論做準備；先由教師們針對特教兒的表現，預做適性的教案規劃，以備服務學習小組擬不出教案時，可以建議使用。但無論最終教案是採取小組同學或老師的規劃，「兒童美學」的學生都要能解釋為什麼要這麼規劃。

　　每次服務學習過後，每一位學習者都要參與二種「有關行動的反思」：

　　(1)個人反思：每週服務學習後，所有參與服務學習者，都要撰寫「服務學習反思日誌」。「服務學習反思日誌」，不是簡單地書寫心得而

已，而是持續使用理論課程中所使用表單，要求學習者盡可能詳細地記錄服務學習的過程，透過書寫整理自己複雜而混亂的服務學習經驗；並在右手欄做反思的再反思，展開對自己服務學習過程所遇到疑惑經驗進行探索與解釋。

(2)小組「個案討論」：小組個案討論由筆者與「兒童美學」學生一起，以特殊兒作品為媒介，重新檢視大家所共同經歷過的混亂經驗，以反思會談（reflective conversations）的方式展開「有關行動的反思」（含行動後和行動前的反思）。討論的焦點集中在學習者的感受如何、陪伴方式的評估和教案的適合性評估三個主題。

為了協助學習者經歷雙循環的反思，在做方案評估時，筆者總是刻意提出反身性思考或批判性的問題，引發學習者思考：自己為什麼會這樣反應，為什麼會這樣做，特殊兒為什麼會這樣反應；並引導學習者看到不同反應背後所隱含的不同觀察、不同理念與不同的理解，並嘗試改變自己的想法與理解的框架，重新去做現象的解釋，並依此去做不同的教案規劃及不同陪伴方式的調整。

每一位成員都要撰寫小組討論前的個人服務學習反思日誌，並在小組討論後每一小組成員還要輪流撰寫「個案討論紀錄」，把小組討論的過程及結果記錄下來，以利學習者看到自己的改變。

3.新的教案規劃與評估

經由討論形成新教案後，教師引導學生進行「行動前的反思」，評估新教案的可行性、可能遇到的問題及因應的對策。完成討論後，小組要撰寫「個案討論紀錄」，其規劃如下：

特殊兒	（化名）	主持人	
討論時間		討論地點	
參與者			

個案討論紀錄：詳細記錄討論過程中老師與同學們的提問與回答，以問答的方式呈現。

下次教案規劃

為什麼這麼規劃？

執行此教案時，我們計畫要以什麼方式介入陪伴的互動？為什麼？

執行此教案時可能遇到的困難及因應的對策？

下次觀察與試驗的重點？

圖35　個案討論紀錄表單（2008版）

個案討論紀錄表，規定學習者記錄討論的對話過程、最終教案，並且要寫下有關「為什要如此規劃」的討論紀錄，以引導學習者發現每一個教案規劃背後所隱含的對特殊兒各方面表現的觀察與理解，再導向探索行動背後理念的反思。個案討論紀錄表中最後三個問題：「執行此教案時，我們計畫要以什麼方式介入陪伴的互動？為什麼？」、「執行此教案時可能遇到的困難及因應的對策？」、「下次觀察與試驗的重點？」旨在引導學習者調動自己有限的經驗資料庫，發揮想像力去構想下次行動可能會遇到的情境，及自己可能的反應方式，亦即以戲劇排演的方式去進行「行動前的反思」。

4. 試驗

　　兒童美學課程的學習者帶著新的教案，在下一次的服務學習中展開新的行動，並在過程中對實施效果和過程進行自我監控（觀察）。特教班老師、本課程外聘美術教師、本課程主授教師、教學助理一起陪同參與整個過程，適時地協助「兒童美學」課程學生展開服務現場的「行動中的反思」。

　　服務學習共安排四次，每次回來都會展開反思、觀念重構、教案調整，並展開下一次的試驗的學習循環。

5. 總結自評

　　在服務學習的最後階段，本課程引導學習者對自己整學期的美學理論學習與服務學習進行總體的描述、解釋和說明，並引導學習者不只是分享感動，還要能回歸行動學習的核心行動：對自己的行動進行詮釋性的理解。基本上本課程執行二類自評方式：

(1) 小組自我評估口頭報告

　　參與同學以小組為單位，以特教學生的作品為主視覺，以看圖說故事的方式，綜合報告四次陪伴繪畫的過程，自我評估口頭報告的問題線索如下：

- 在四次陪伴做畫的過程中，你們所陪伴小朋友畫了什麼？為什麼這樣畫？你們的反應是什麼？你們做了什麼樣的教案規劃、陪伴方式的調整？基於什麼樣的觀察和想法而有如此的教案規劃或陪伴方式的調整？
- 經過這一次陪伴特殊兒作畫的經驗，你覺得自己有什麼改變（如感受、觀念、行為等）？學到了什麼？請詳細說明。

反思的重點是：學習者自己在服務學習的過程中，以及在服務學習後，如何觀察及理解特殊兒的繪畫活動，以及自己陪伴方式的調整。小組報告過程中，學習者如果對自己的服務學習事件沒有進行詮釋性的說明，則教師會透過提問，邀請學習者做詳細的說明，並透過特殊兒繪畫作品的解釋，協助學習者調動課堂所學的美學知識，進行特殊兒繪畫作品的解釋。

　　同時也會邀請特教老師至課堂上做認識特殊兒的演講，及評論兒童美學課程同學的總結報告。

　　(2) 學習檔案自我評估、家人評估、同儕評估

　　本課程有操作「反思寫作教學模組」，於期末要求學習者要整理理論學習與服務學習的反思日誌，製作學習檔案，並完成學習檔案的自我評估、家人評估及同儕互評。學習檔案的自評、互評格式設計如下：

課程名稱	兒童美學		授課教師	
填　表　人			填表日期	年　　月　　日
一、回顧本學期你所寫的反思日誌（理論課），請羅列你所記錄下的上課主題。				
二、選擇二個你印象深刻的主題，進一步發展你個人的論述。				
三、你認為自己在本課程的理論學習過程中，在思想、觀念、行為上有什收穫、發展或改變？請一一詳細描述，並摘錄反思日誌的記錄為佐證。				
四、你認為書寫反思日誌對你個人學習或其他面向的發展有何意義？				
五、在這門課中，自己覺得仍需要努力的是				

圖36　理論學習自評表單（2008版）

課程名稱	兒童美學	陪伴特殊兒		
填　表　人		填 表 日 期	年　月　日	

一、在四次行動學習的過程中，選擇一個印象深刻的事件，請先給下一個標題，並以說故事的方式呈現；或者寫一個與 x x （特殊兒）相遇的故事，描述四次互動的過程，一樣要下標題。

標題：
……

二、總結與自我評估

……

■故事撰寫文體不拘，字數不限，也可以輔以插圖。

圖37　行動學習自評表單（2010版）

課 程 名 稱		檔案作者		
評　論　人		填寫日期	年　　月　　日	
與作者關係				

看過學習檔案夾內的資料，你會如何描述作者在這門課中所做的努力？

圖38　學習檔案互評表單（夥伴、家人、教師評論表）

期末的學習檔案自評，在理論學習的部分，主要是引導學習者練習：(1)學習主題或經驗的概括；(2)發現主題關懷並發展論述；(3)發現自己的改變，(4)學會如何學習，(5)發現不足，提出未來學習的方向。引導學習者在學習檔案自評中進行第四層次和第五層次的反思，亦就是展開後設反思、反身性思考或批判反思，以及做總結。

課堂上學習者自己做口頭報告，針對服務學習行動進行批判性的自我反思，最後的學習檔案則是邀請學習者以敘事書寫的方式去做總結，指導語是：「在四次行動學習的過程中，選擇一個印象深刻的事件，請先給下

一個標題，並以說故事的方式呈現；或者寫一個與ｘｘ（特殊兒）相遇的故事，描述四次互動的過程，一樣要下標題。」邀請學習者以圖（特殊兒作品照片）文並茂的方式呈現服務學習的故事，以及做最後的總結式自我評估。

（二）反思教學說明

本課程所採取的反思教學方式有：個人反思日誌撰寫、「反思寫作教學模組」的教學、服務學習反思日誌、小組討論紀錄；更重要的是增加了服務學習過程中小組個案討論的「反思會談」，主要目的是在協助學習者發展反思實踐能力：(1)一般的反思：進行與情境相對立的理解與詮釋；(2)批判性反思：對自己持以理解現象的假設及所處情境的批判性挑戰；(3)自我覺察（self-awarness）：既是一種對當下情境及自我的直覺，也是一種對情境與自我情感反應的直接掌握（Eby, 2000）。本課程從教室內的理論學習部分開始就提供了反思實踐力的基本訓練，而至服務學習場域時則是提供再磨練的機會。

在教室內的美學理論單元，採取以個人經驗及兒童繪畫為例的美學教學，引導學習者透過理論反身探索自己的感性認識活動，喚起學習者關注自身當下情境及自我覺察，邀請學習者詳細描述上課過程的反思日誌訓練，也是一種對學習者經驗情境觀察力的提升是有幫助的教學設計。課程中所規劃的美學理論教學，主要是引導學習者從經驗出發，經歷觀察經驗，分析經驗，解釋經驗的理論化學習過程，這個教學規劃提供了學習者一般反思的訓練。本課程進行理論教學時，課堂上所操作的小組討論及由教師引導的大組討論，提供批判反思的訓練，透過學員間的互動，讓學習者看到差異，而進行自我調整。

於服務學習過程中的反思學習，主要在引導學習者展開經驗的學習，亦即啟動學習者的反思實踐活動，或者說是協助學習者經歷包含「有關行

動的反思」、「行動中的反思」、「與當下瞬間在一起的反思」以及「全身心投入的關注」等等反思活動的進行。每次的服務學習都要求學習者做詳細的服務學習過程紀錄，旨在提供學習者自我覺察力的訓練；日誌右手欄的再反思或自我提問練習，主要提供一般反思及批判反思的訓練。服務學習過程中現場教師的即時指導及討論、離開現場的個案討論、整個行動結束後的小組口頭批判分析，以及學習檔案的敘事書寫及總結反思等等，都是筆者刻意經營的教學規劃，也都是旨在引導學習者「學會如何學習」，學會如何操作「行動中的反思」，如何啟動反思實踐的智能。在所有的過程中教師的任務，就是盡可能的給與足以啟動有效學習的規劃與支援。誠如Shuell（1986）所提醒的：

> 如果要學習者以合理有效的方式學習所期望的結果，那麼教師的基本任務就是讓學習者從事可能導致他們實現這些結果的學習活動。……記住，決定學習者學到了什麼，主要還是由學習者做了什麼而決定，不只是教師做了什麼（p.429）。

為了確認學習者「做了什麼」，從事學習檔案的建置是重要的作業規劃，不僅學習者可以看到自己「做了什麼」，教師可以看到學習者「做了什麼」。以下是筆者給與學習者的期末學習檔案評估的評量指標項目。

- 能清楚而詳細地描述上課事件
- 能清楚地陳述自己參與上課所引發想法與感受
- 能將上課所學與個人的經驗聯結
- 能嚴謹地做出推理與論證
- 能發現思想、決策或行動背後隱含的原理、理念或價值觀
- 能蒐集、辨認與使用可信的資訊

- 能找出所學可以修正、改進的空間或肯定其值得借鏡的部份
- 當證據與理由充足時能採取或改變觀點、態度

本課程理論學習階段的教學目標，主要在協助學習者理解美學知識及掌握反思寫作這個學習工具；而服務學習的教學目標則是希望學習者可以將在美學理論課程中所學的美學知識與反思能力，帶到服務學習的活動中：(1)將美學知識轉化為理解特殊兒繪畫作品及繪畫行為的框架；(2)改變自己對待特殊兒的成見、態度、溝通與互動模式；(3)落實美學的實踐，學會以欣賞的眼光看待自己陪伴的特殊兒，與他們一起在畫畫的世界中遊玩。對於以上教學成效的評估，主要是透過：服務學習日誌、小組討論及記錄、服學現場形成性評量、服學自評口頭報告及期末學習檔案自評及同儕互評等方式來執行。以下是專為服務學習本身所設計的考核項目、評量指標及尺規。

學習目標	考核項目	評量指標	評量尺規	評量者
(1)美學知識的轉化	服務學習日誌及小組討論	能以美學知識為框架解釋特殊兒的繪畫作品或行為	(A)主動為之 (B)經指導可以做到 (C)不能做到	老師
		能規劃適性的教案	(A)主動為之 (B)經指導可以做到 (C)不能做到	
		陪伴過程中能因應特殊兒反應做動態調整	(A)主動為之 (B)經指導可以做到 (C)不能做到	
		能解釋自己服學的行為	(A)文字清晰，言之成理 (B)文字暢達，但論述待加強 (C)文字不清晰，說理不明	

學習目標	考核項目	評量指標	評量尺規	評量者
(2)改變自己對待特殊兒的成見、態度、溝通與互動模式	(1)服務學習檔案自評 (2)小組口頭報告	能覺察並以文字表述自己的改變	(A)能明確地描述自己的改變 (B)能指出自己的改變，但表達不甚清楚 (C)沒有太多的表述	(1)同儕 (2)老師
(3)落實美學的實踐，學會以欣賞的眼光看待自己陪伴的特殊兒，與他們一起在畫畫的世界中遊玩	服務學習過程評量	能主動而積極投入服務過程	(A)表現對特殊兒的理解與接納 (B)表現尚可 (C)仍無法投入陪伴的活動	助教

　　筆者以為立基經驗學習及「成人」教育的精神，大學教育的學習成效評估，應該更重視培養學生自我評估與自我監控的能力，以上評量指標及尺規主要是作為學生學習的引導。

（三）學習者的反應

　　有關學習者對反思寫作融入理論課程學習，建立理論與經驗連結之教學的反應，已在本篇第二章討論過（參見本書頁180-215），此處將集中於分析學習者對於反思寫作融入服務學習教學的反應。「兒童美學」課程從2008年開始融入服務學習方案，至2016年，共執行8年。

1. 總體分析

　　以下主要針對2014年26位選修兒童美學課程者的學習檔案進行分析。在期末學習檔案開放性的自評中，學習者自述有關「向特殊兒學習」服務學習方案的收穫，大致如下：學會如何與特殊兒互動（14人）；更了解特殊兒（12人）；學會如何助人（4人）；掌握助人的意義（7人）；在服務中看到自己的改變（7人）：如從被動到主動、從害怕到不害怕、從不知所措到自在相處、從氣餒到接受等；在服務中發現自己的不足（7人）：如粗心、沒有耐心、知識不足、不為人著想等；更重視自己（5人），如發現自己是幸運的。也有同學表示自己的觀察力提升（1人）；把課程的理論帶到服務學習中，對特殊兒的理解更多（4人）。也有同學表示有挫折感、想幫他但無法做什麼（1人）。

　　對照本課程的教學目標：希望學習者能在「向特殊兒學習」的服務學習方案中，嘗試轉化美學理論成為理解特殊兒繪畫作品及繪畫行為的框架；在解釋框架的轉移中改變自己對待特殊兒的成見、態度、溝通與互動模式，落實美學的實踐──學習者能以欣賞的眼光看待自己所陪伴的特殊兒，立基對他們感性認識的觀察與理解發展適合他們繪畫教案，協助他們一起在畫畫的世界中遊玩。由以上學習者的自評看起來，可以說學習者的反應與教學目標的一致性很高。

2. 個案分析

　　以下將以認真參與反思寫作的小潘同學為個案，分析他四次服務學習日誌，展示他在這門課程中如何「嘗試轉化美學理論成為理解特殊兒繪畫作品及繪畫行為的框架，在解釋框架的轉移中改變自己對待特殊兒的成見、態度、溝通與互動模式，落實美學的實踐」。茲將小潘在理論單元及服務學習單元的反思日誌各一次的範例，附於本章文後，讀者可以自行參閱。

(1) 在行動中反思與學習的小潘

由小潘四次服務學習日誌，我們可以看到他在過程中不僅只是陪伴特殊兒，而且在陪伴的過程中也會試著調動理論學習的經驗去觀察及解釋特殊兒的繪畫行為，並以此解釋為基礎去規劃教案，更在服務學習的過程中展開複雜的「行動中的反思」（含「有關行動的反思」）。

・第一次，面對面接觸──束手無策，專家介入指導

基本上，在本課程的服務學習方案中，刻意不引導學習者以特殊兒的障礙類別去做概括的分類，而是引導學習者直接去觀察特殊兒的反應。相關障礙的分類，在最後總評報告時才會由特教老師與同學們討論。所以如此安排，是希望學習者學會與特殊兒直接面對面的相處。小潘他在第一次服務學習日誌中寫道：

> 　　助教叫我們去負責另一位小朋友，第一眼看到他的印象是覺得他還蠻乖巧的，坐在位置上甚麼都不說。於是我們就拿了一些玩具給他玩，然後拿了蠟筆給他畫畫。但那位小朋友只沉醉在自己的世界裡玩車子，好像沒有聽到我們說話。後來我們就試著把蠟筆放在他手上，這樣他就可以一邊玩車子一邊把車子遊走過的痕跡畫出來了。但是沒想到當我們把蠟筆塞到他手中的時候，他就自己畫起畫了，他不斷地在紙上塗抹。後來我們又給他不同顏色的蠟筆，他繼續不停地塗抹，不到半小時的時間，他就快把整幅畫〔紙〕塗滿了。這時候有一位特教老師走過來跟我們說，其實他的能力是這裡的小朋友中最好的，如果肯耐心地去教他，他可以畫出很複雜的東西。<u>他之所以一直拿蠟筆在紙上塗</u>

抹，那是因爲我們沒有給他設定一個目標，如果我們能有步驟地
去教他，他一定會給我們不一樣的驚喜。（小潘，2014：兒童美
學課程服務學習日誌5/8）

小潘詳細描述與特殊兒東東第一次接觸所觀察到的現象，指出：原先預期
要拿玩具給東東玩，然後再拿蠟筆給他，請他跟著車子畫下車子走過的痕
跡。東東的反應先是「沉醉在自己的世界裡玩車子」，並不能完成指定任
務。於是小潘組員們把蠟筆塞到東東的手裡時，見他拿起筆後就只會不停
地塗抹，而且花了半小時的時間「把整張畫紙塗滿了」。特殊兒東東的這
個反應，是小潘組員們所遇到的一個考驗。

在這個事件裡，小潘組員們並沒有下「這是自閉兒反應」的判斷，而
是直接面對小潘的反應，並想辦法與之互動。對這些新手學習者而言，當
然出現束手無策的困境。

在現場特教老師介入給與指導，告訴小潘等人：「東東是小朋友中能
力最好的」，並解釋東東之所以一直塗抹，是因爲指導者沒有給他設定一
個目標，如果能有步驟地去教東東，他會做得很好的。基本上小潘組員們
接受特教老師的解釋及指導，於是他們開始調整自己的行動，要求他畫圈
圈（不是塗滿整張紙），並抓著他的手畫。這次的調整是成功的。

・第二次，教案的評估與解釋框架的調整——行動中的反思

第二次服務學習，小潘自定的目標是要協助特殊兒畫出其他的圖形，
但特殊兒一開始依然慣性地重複畫圈圈，並認眞地把整張畫紙塗滿。小潘
等人將個案討論中所發展的繪畫指導策略嘗試用來指導東東，結果這次東
東有了改變。小潘的日誌記錄如下：

在畫之前我們想先訓練他畫一些幾何圖形，先從比較簡單
的三角形開始，起初他還不斷地畫圓圈，但很快地當我們抓住
他的手不斷地跟著節拍1、2、3畫三角形，他又重拾了上週的
感覺，開始畫起三角形來，起初他不能畫出三條都是直線的三
角形，但在多次的練習後，他終於能畫出完美的三角形。（小
潘，2014：兒童美學課程服務學習日誌5/14）

小潘小組同學們在現場使用了數節拍的策略來協助小朋友畫出三角形。這
個教學策略是上美學理論課程所學的應用，也在小組討論中與小潘組員們
再次討論。

從認識的發展而言，畫出東西的外形是立基在觸覺的觸摸經驗上，
而觸覺與身體動覺是相伴發生的；基於這個理論，若要協助別人認識形狀
或畫出形狀，能輔以觸摸的動作，並透過數數來協助他掌握畫畫時的身體
動作與節奏，將有助於形狀的觸覺認知及協助他人畫出物體的形狀。在教
學時，若能把畫畫的身體動作放大，則更有助於觀察者做動作的模仿與學
習。為了證實這個假設，小潘與同學們做了以下的試驗：

完成畫三角形的任務，我們試著讓小童畫正方形。教他的
方法跟畫三角形一樣，我們先抓住他的手，然後數著節拍1、2、
3、4一筆一筆教他畫正方形。起初因為他聽到我們數1、2、3，
他就會畫成三角形，於是我們又重新抓住他的手再畫一次，試了
幾次之後他就掌握了畫正方形的技巧了。（小潘，2014：兒童美
學課程服務學習日誌5/14）

沿用數節拍的教學策略，「先抓住他的手，然後數著節拍1、2、3、4一筆

一筆教他畫正方形」。現場小潘觀察到，東東的慣性反應，不等數到4，依然用三拍子的動作去畫出三角形；但多試幾次之後，小潘組員們成功地引導特殊兒畫出了正方形。在調整教學策略的過程中，小潘做了核對理論假設的觀察，他刻意去觀察特殊兒的畫畫行為，而不只是看到畫出來的作品；小潘發現東東確實比較重視畫畫動作的模仿而不是畫面上的形狀。他指出：

> 我們發現東東在畫圖形的時候其實是在模仿我們的動作，
> 為了讓他更能掌握各種圖形的畫法，我們決定在下次教他畫的
> 時候儘量誇大自己的動作，讓他更熟悉各種圖形的肢體語言。
> （小潘，2014：兒童美學課程服務學習日誌5/14）

「東東在畫圖形的時候其實是在模仿我們的動作」，這個觀察是小潘以美學課堂中所學的「模仿與認識」及「兒童繪畫發展」理論作為觀察框架的發現。我們通常需要一些背景才能看見什麼，立基課堂中相關理論的學習，引導著小潘去注意特殊兒的繪畫動作。基於所陪伴特殊兒善於動作模仿的觀察及解釋，小潘組員們決定做繪畫示範時，採取「儘量誇大自己的動作，讓他更熟悉各種圖形的肢體語言」的策略，以利東東觀察模仿。

‧第三次，持續觀察與評估自己發展的教學策略──教案的評估

由小潘的服務學習日誌可以發現，他一直到第三次服務學習，都還持續關注「模仿與認識」以及「觸覺、身體韻動與線條的關係」的美學議題，並持續用這個理論假設去發展教學策略，並去做測試，探索是否能持續成功地協助特殊兒東東畫出其他圖形。小潘第三次服務學習日誌中寫

道：

> 　　之前我們都讓東東畫各種不同的幾何圖形，東東在嘗試多
> 次後往往都能把它們畫出來。但經過討論過後，我們覺得小童可
> 能只是在模仿我們的動作。為了測試他能否自己畫出最簡單的直
> 線和曲線，我們首先抓住他的手畫了幾條直線，接著叫他在空白
> 的地方跟著畫，小童很聰明，一畫就能把直線畫出來。這證明他
> 對於直線的認知是沒有問題。接下他我們以同樣的方法挑戰畫曲
> 線（我們讓他畫英文的W和漩渦），但小童好像不太能掌握，他
> 都會把曲線畫成圓圈，這讓我們更肯定小童其實是模仿我們的動
> 作。於是我們特意把我們的動作放大，希望小童能分出它們，但
> 小童始終都不能分辨。（小潘，2014：兒童美學課程服務學習日
> 誌5/21）

前面成功的指導經驗，並沒有讓小潘組員們直接肯定這位特殊兒是用模仿
動作的方式來作畫；小潘小組同學們在個案討論及服務學習的過程中，一
直持續進行著探索。幾經試探後，暫時的主張是：此位特殊兒只是模仿動
作而已，亦即在畫畫時側重的是畫畫過程中的身體動覺。立基在這個解釋
上，於是小潘組員們決定繼續採取作出誇大畫畫動作的教學策略，以利特
殊兒模仿學習。用這個教學策略指導特殊兒畫三角形及畫直線都是成功
的，但畫到連續的曲線時卻失敗了，特殊兒只能畫出圈圈。小潘組員們又
遇到了障礙。

　　在服務學習現場，雖使用相同的策略，但特殊兒畫不出曲線的問題
並沒有被繼續試探與嘗試解決。小潘組員們回到此位小朋友擅長的線條畫
上，並換了一個把圖形組合起來的教案；以及因應該特殊兒擅於畫直線的

特質，發展畫字的教案。基本上這是很成功的調整，因為我們繪畫工作坊的目的不是教導畫畫技巧，而是要觀察特殊兒的強項及特質，發展適性的教案。

　　為什麼特殊兒東東畫不出曲線或鋸齒狀的線條呢？這個問題在小潘的日誌中並沒有持續的追問。但在小組個案討論中，筆者介入與小潘組員們持續討論這個問題。透過提問，引導小潘組員們思考，面對這個現象，原先的假設是否還成立呢？如果理論假定是成立的，那麼該如何調整教導方式，引導該特殊兒做出畫曲線的身體動作呢？除了數數，還有沒有其他的教學策略呢？或者是我們對小朋友繪畫行為的解釋是有問題的？有沒有其他可能的解釋？其合理性在那裡？

・第四次，存疑──暫時的句點

　　依進度第四次服務學習沒有安排發展新教案，只引導特殊兒整理自己前三次的作品，做階段性的回顧，以及舉辦工作坊結業式活動，因此前次服務學習所引發的問題並沒有再試探的機會，而被保留下來了。

・總結檢討，有關行動的反思──解釋與理解

　　在期末的服務學習總結報告中，教師再次與同學們在結束服務學習方案後進行了「有關行動的反思」，針對這個方案所引生的問題，作了進一步的探索。為了協助學習者理解在這個服務學習方案裡所留下的問題，筆者引導同學們回憶理論學習單元中有關兒童塗鴉發展的介紹；從兒童塗鴉與動作發展的關係之研究可知，兒童曲線或鋸齒狀的塗鴉是比較晚期才出現的塗鴉，而且這類塗鴉與行走、跳躍等更自由、更大的身體動作有相

關性。基於這個理論，當特殊兒畫不出曲線或鋸齒狀，我們的假設可以是「他做不出來，或不習慣做出更自由的、大動作的行走或跳躍等動作」。這時我們得評估實際上特殊兒的動作特質及發展，如果沒有肢體結構或功能上的問題，則可以思考如何引導小朋友做出身體動作上的改變。

　　筆者也分享過去在服務學習過程中，所曾遇過的相類似個案，不少特殊兒並非肢體障礙，但卻呈現小而變化少的動作習慣。爲了快速改善動作習慣的問題，曾發展出有效改變特殊兒身體律動的教案，如離開坐位去做運動遊戲，改採站姿畫畫，或者更換媒材（如直接用手塗抹等），都可以獲得不錯的效果。在期末的服務學習總結報告中，教師與同學針對此問題，作了進一步的討論。

(2) 綜合評述

　　這門課程的服務學習單元是以學習爲主，因此我們必須回到自我解釋與理解的部分做爲總結。

　　小潘是一位能嘗試將課堂所學的美學理論應用於服務學習工作中的學習者，他不僅嘗試將課堂所學的理論，作爲解釋現象、規劃教案的理論框架，更重要的是他並沒有把理論當作不變的真理，在服務學習的過程中持續觀察特殊兒的表現，並據此去檢視自己解釋框架的適切性，以及做教學方式的動態調整。由此可見小潘在這門課程中，不只是接收美學理論，而且能思考美學問題；更重要的是他能在服務學習的過程中嘗試把美學理論內化爲解釋特殊兒繪畫表現的框架，並進行框架有效性的試驗。

　　從小潘的服務學習日誌，可以看到他「行動中反思」活動的展開。他直接投身參與到獨特而多變的情境中，「與情境進行反思性對話」，把自己當作是該情境的一部分與之互動。同時也會立基他目前選擇的框架去建構情境，並且保持開放的態度，仔細傾聽情境的回應（back-talk），並調動自己的經驗資料庫來進行推理。當他在情境中發現到新的意義，而形

成可能的問題設定；接著引發問題設定過程的評估（欣賞）實驗——引發新的行動。在新的行動中展開新的「行動中的反思」，新的「與情境的反思性的對話」，引發了「行動－重新設定問題－問題設定實驗的評估（欣賞）－行動」的循環。

然而小潘本身還只是大學第一年的新生，還是個新手，在他個人經驗資料庫中的理論框架不夠多，經驗案例也不足；因此在這個服務學習的過程中通常是處在不確定的、不穩定的問題情境中，基本上經常會出現卡關的經驗，但只要認真思考每一次的卡關都可以轉化為他進一步學習與改變的機會。

並不是每一個人都能正面迎向這種卡關的感覺，有些人甚至會因此而有挫折感，甚至出現逃避的反應。因此在行動學習的過程中，我們要培養學習者面對失敗的勇氣。如本書第二部分第二章所建議的，要培養學習者面對不確定感的耐心及主動探索的熱情。甚至為了避免草率行事，還要主動地訓練自己「擱置判斷」、「擱置下結論的態度」、「保持懷疑的狀態」，以使反思或探究可以持續地進行。杜威建議我們要以一種「能夠享受疑惑」的方法來界定問題（引自楊柳新（譯），2010：50），耐心地投身在問題情境中，不僅要能忍受陌生、困惑、懷疑和不確定感，更要迎向這種感受，快樂地迎接新的問題和新的探究。因為認同這種的想法，因此筆者在規劃服務學習單元的總結時，總是安排理性的反省與檢討，以引導學習者對於自己的學習行動進行自我解釋；包含對過程中引生的問題展開「有關行動的反思」，及時補充相關知識，以減輕學習者無知的焦慮；更安排學習者以敘事的方式去整理自己的經驗，引導學習者「看見自己的改變」而引生自得之樂。

小潘在他的期末學習檔案自評中提到：「起初以為兒童美學這堂課只是單純地學學怎麼去看兒童的畫。但沒想到學到的東西竟是那麼多。」

（小潘，2014：兒童美學課程學習檔案期末自評）小潘的收穫，主要是因為他自己「做了什麼」。他的學習檔案證明了他的努力，從理論學習到服務學習，每一次都能詳細地記錄學習過程（見本章附錄，小潘的理論學習與服務學習範例）；由於他在服務學習前對理論的用心，並在服務學習過程中能將理論與經驗連結並持續思考，如此不僅讓他提供了更有品質的服務，也因理解特殊兒的框架調整，而影響她與特殊兒的互動。小潘在最後一次服務學習日誌中也提到：

> 在他們身上，我也發現了不一樣的自己，由第一次看到他們很害怕，在過程中逐漸變得不陌生，到最後跟他們主動地陪他們畫畫、玩遊戲，這個自己是我之前都沒有發現到的，沒想到自己也可以這麼主動地去關心別人，與其說我們為他們帶來了什麼改變，倒不如說他們為我們帶來了怎樣的轉變，這一切都無法言語。（小潘，2014：兒童美學服務學習日誌5/28）

小潘能在服務學習的過程中啟動「行動中的反思」和「有關行動反思」，反身看到自己，看到自己所經歷的知識、情感及自我認同上的轉化，並做到與特殊兒和諧互動，而沉浸在無言的喜悅之中──美學的實踐。

　　從理論到實踐之間的轉化並不是簡單的事情，如同班的學習者小張在服務學習期末自評中所提到的：

> 我覺得理論歸理論，實際接觸時有些事是完全不相同的。
（小張，2014：兒童美學課程學習檔案期末自評）

小張說「理論歸理論，實際接觸時有些事是完全不相同的」，這種說法，

有對，也有不對的地方。行動實踐在某些時候，並不只是知識的直接應用，反而是另外有一種不同的實踐知識或理論，它們是在實踐中才發展出來的。有豐富實作經驗的工作者，輔以「行動中的反思」及「有關行動的反思」，一樣可以發展有特色的個人化的知識，這類個人化的知識或理論，就不是與實踐無關的知識了，但關鍵是要輔以「行動中的反思」及「有關行動的反思」。

其實學術理論也不是純然與實踐無關的，有時帶著理論的框架，會讓我們比較容易看見什麼，有些理論可以幫助我們用不同的觀點來解釋現象，進而發展出一些解決方案。例如小潘同學的例子，因為他關心「模仿與認識」以及「觸覺、身體韻動與線條的關係」的美學議題，因此讓他看到特殊兒在畫畫時在模仿他們動作的特性。框架提供了一個觀點或背景，讓我們比較容易看見。凡事有利有弊，雖然框架能讓我們看見，但在另一方面卻也遮蔽了我們，讓我們看不到其他的面向。因此我們需要培養反身性思考、後設認知的反思以及批判反思的能力，引導學習者轉換知識觀點，了解知識或理論的學習並不是獲取有關世界的全部真理，而是一種有關世界的解釋性的理解。我們要保持批判的態度，不斷地去找尋其他可能的解釋，以擴大我們的理解視野。在問題解決過程中，認知到我們持以解釋世界的知識或理論是不斷地接受挑戰的，所持以解釋現象的理論假設都是暫時的，必須要因應現實狀況不斷修正與調整。

（四）小結

筆者「兒童美學」課程的發展曾經歷過幾次的調整與變革：原先是為了解決學生們覺得哲學課程過度抽象、難以理解的問題；而後來適逢學校在通識教育中倡導服務學習，正好提供了一個理論應用的場域，致使筆者從2006年開始構思如何改善哲學課程的教學，讓哲學成為我們持以理解世

界的框架性知識；一直到2008年，終於正式開設「以通識教育為基礎的服務學習」課程，促進哲學教學的行動化轉向，讓哲學融入行動學習中，不僅作為學習者持以理解世界的框架，更進而引導學習者在行動學習中透過有深度的反思而「做哲學」。

筆者之所以選擇「美學」課程作為引導學習者展開「行動中的反思」或「反思實踐」訓練的課程，主要是有見「行動中的反思」或「反思實踐」中，對於自我覺察或感性認識智能的重視。「美學」（aesthetics）這門在十八世紀中葉才出現的學科，因為翻譯名稱的關係，使得它原先作為研究感性認識之學科的意義，未被彰顯出來。美學作為研究感性認識學科的意義在臺灣一直到近一、二十年來，才漸漸走出哲學領域，普遍地被其他領域的朋友看見。但事實上目前在臺灣仍然有很多人把「美學」理解成是有關「美是什麼」或「美的意識」的研究，或者限定在只是與藝術相關的活動意義上。其實感性認識並不僅只是在藝術領域中才發揮作用的認識活動，感性認識也不僅只是理性認識的初階，而是有其自身特色的一種認識方式，是人類認識世界不可忽視的途徑之一。在我們強化經驗學習、行動學習及社會參與式學習的教育改革行動之際，除了重視批判反思的訓練，重視發現問題、定義問題、解決問題的理性認知過程之外，也應該要重視情境框定及問題設定過程中的感性認識面向。我們應該強化訓練學習者具備更敏銳的觀察力、自我覺察力（self-awarness）：也就是一種對當下情境及自我的直覺，一種對情境與自我情感反應的直接掌握力（Eby, 2000）；以利學習者參與情境時，能夠打開全身心的感官知覺，仔細傾聽情境的回應（back-talk），展開「參與情境的反思性對話」。

如果我們的教學目標是要培育學習者在實際工作場域中的「行動中的反思」能力，那麼感性認識的訓練絕對是不能忽視的一環。而感性認識能力的提升不是用知識傳授式教學方法所能達致的，也不是一次工作坊訓練

所能練就的；而是需要給與長期的實作訓練，提供具指導性的引導和持續的刻意的練習才能習得。誠如Hannaford所指出的，通過感官（含身體）去探索世界，則這些最初的感覺模式會被繪製在複雜的神經網絡上。這些感覺模式構成了我們個人資訊系統的中心，並隨著每一次新的體驗而變得更加複雜和豐富。每一種感官模式也都為所有的學習、思想和創造力提供了一個背景（Hannaford, 1995）。有關與感性認識連結的反思，可參考本篇第一章所介紹的一種深化感性認識的教學模組：包含整合藝術實作、反思寫作及後設理論的感性認識教學——古琴與哲學實踐。

此外，合作學習也是行動研究或行動學習的重要構成要素，尤其是在合作學習中的反思會談。經由小組成員間的談話，創造了人際互動中觀點、想法的流動；也由於小組成員間彼此所給與對方的批判性回饋，促進了學習者觀點的轉化，而製造有利的情境也促進了反身思考及批判思考的開展。要之，學習者反思會談的品質，也是決定有效行動學習的關鍵。而筆者所規劃融入課程中的「反思寫作教學模組」目的就是在為培養個人反思、自我提問、自我督導及同儕回饋能力做務本紮根的訓練，希望對提升反思會談的品質有實質的幫助，有興趣的讀者可以參考。

〈附錄1〉：小潘的理論學習日誌

課程名稱	兒童美學		授課教師	林文琪	記錄者	小潘
上課日期	2014年03月12日		上課地點	美學教室		

記錄上課事件。自由書寫。 依課堂進行的程序，盡可能詳細的記錄課堂上發生的事件如：教室中老和同學們在做什麼、自己在做什麼、課程內容；自己對以上課堂事件的感受、想法或評價；與個人經驗連結的的說明；概括的解釋或發表論述等等。	自我提問練習（重讀左邊的自我記錄，先標明提問練習的目的，盡可能清晰而明白地寫下問題並嘗試回答。如what, when, who, where；how, why, what if等問題。）
今天一到課室門就開了，課室裡的燈還沒開，製造了一種神祕的氛圍。坐下沒多久，老師便叫我們如〔再〕前一堂那樣在三分鐘的時間向自己的partner分享自己上堂課的心得。雖然我才剛寫了這篇反思沒多久，但當我看到自己的反思，卻有一種陌生的感覺，好像自己不曾寫過。而通過重新閱讀自己的反思，上一堂的記憶被重新喚起，並〔在〕從中發現了不一樣的感覺。 　　上一節老師提及現代美學的範圍，包括審美欣賞、藝術品的社會功能、藝術家的創作活動等等…而今堂的重點則是放在審美欣賞。接著，老師開始談及美學，美學是研究感性認識的學科、是低級認識論、更是自由藝術的理論。什麼是感性認識？感性認識包括了個人感受、情緒反應和感官的經驗，包括了喜怒哀樂。接著，老師便把重點放在自由藝術的理論。老師反覆詢問我們對自由藝術的看法，但都沒有人回答，於是老師便叫我們分組討論。對於自由藝術，第一樣讓我聯想起的便是塗鴉【1】。但原來我們都想錯方向了，自由藝術的英文是Liberal Art，Liberal並不等於Free，對於Liberal Art更貼切的解釋應該是限制之後的解放。我們的身體知覺或許有很多的限制和不完美，通過自己對於自己的改造，令不足得到改善，我們可以令自己變得更美，這就是自由藝術的真諦。 　　老師提及美學的目標是感性認識的完善，亦即是美。什麼是感性認識的完善？簡單來說，感性認識的完善就是改善人類的感性認識，我們可以透過不同的途徑，例如參加一些課程，令自己的感官功能發揮得越來越好，突破自己的限制，使內涵得到提升，這就是美。從前我以為美多數指的是人的	・本週提問練習的目的：增加自己對該領域的認識。 ・提問練習 Q【1】：為什麼會覺得塗鴉是一種自由藝術呢？ Ans：當初我認為自由藝術就是一種不限身分、物品、不受拘束的自由創作。而無論你是學生還是醫師，你都可以在允許的情況下進行塗鴉創作，在過程中得到情感上的宣洩，所以我才認為塗鴉是一種自由藝術。但後來我才發現自由藝術的定義是非常廣泛的。當然，最後我發現塗鴉也算是一種自由藝術，因為在過程中我們也可以得到感官知覺的提升，亦算是一種自由藝術。

外觀，但相對於外表，內涵得到提升而散發出來的氣質才真的稱得上是美【2】。而老師最後有問為什麼美學是研究Liberal Art？我覺得由於美學的目標是感性認識的完善，通過對自己的改造，突破自己感官的界限，使自己的內在美提升，變成更好的自己，這就是原因所在。

　　讓我意想不到的是原來通識教育（Liberal Education）與美學也有關係。北醫在通識教育領域的發展很完善，我雖然也修了不少的通識課程，但一直以來我都不太重視它。坦白說，如果不是為了學分，我也許不會修通識。但老師的話卻讓我深深地反思。如果我們只上專業課，沒有任何的通識課程，我們只能得到專業知識的增加，但在其他方面，卻是停滯不前。而通過參與不同領域的通識課，我們可以解除不同領域的限制，使自己表現得更好，得到內涵的提升，令自己變得更美。通識課程更允許學生有自主權，通過選擇自己感興趣的領域，令自己有更大的進步和提升。

　　老師接著便提到視覺思維，老師問我們目不轉睛看得到嗎？我第一反應是當然可以，平常如果我要專注看一樣東西，我都會目不轉睛地盯著它看。但其實不然，我們的眼睛需要轉動才能捕捉影像，經過腦部的整合而能形成真實的圖像。平常我們以為自己在目不轉睛地看東西，其實我們的眼球也有在轉動。而看是一種選擇與解釋，為什麼這樣說？原來我們在看圖像的時候會選擇把焦點放在比較亮的東西，於是大腦會自動整合出一張焦點在比較亮的東西的圖像。但若我們看圖像的時候把焦點放在比較暗的東西，也許會看到不一樣的東西，這就是選擇性的看。老師在講這個的時候放了一張黑白的圖片，我不知不覺地把焦點放在白色的地方，把圖片解釋為一個杯子，但換個角度看，把焦點放在黑色的地方，卻可看出兩個人相互對望，這就是大腦的神奇之處。

　　這堂課讓我更明白美學究竟是甚麼了，這一堂介紹視覺思維的部分讓我很感興趣。希望在接下來的課能學到更多更有趣的東西。

Q【2】：外在的美可以用很多方法去衡量，但內在美要如何衡量呢？
Ans：內在美的確是很難去衡量的。但是雖然別人不能從肉眼看到內在美，他會從你的談吐舉止中感受到，而自己亦會感受到內在美的提升。此外，外貌會隨年月老去，只有內在美才是永恆不變。只有通過完善感性認識，我們才能讓自己變得更美。

圖39　小潘理論學習日誌範例

資料來源：小潘，2014：兒童美學課程學習檔案。

〈附錄2〉：小潘的服務學習日誌

課程名稱	兒童美學	授課教師	林文琪	記錄者	小潘
上課日期	2014年05月21日	上課地點	××特教		

記錄上課事件。自由書寫。 依課堂進行的程序，盡可能詳細的記錄課堂上發生的事件如：教室中老和同學們在做什麼、自己在做什麼、課程內容；自己對以上課堂事件的感受、想法或評價；與個人經驗連結的的說明；概括的解釋或發表論述等等。	自我提問練習（重讀左邊的自我記錄，先標明提問練習的目的，盡可能清晰而明白地寫下問題並嘗試回答。如what, when, who, where；how, why, what if 等問題。）
今天天公不作美，整天都下大雨，以致我們到服學地點的時間遲了。在課室等了一下，又看到熟悉的笑臉，曆童今天跟上星期一樣推著一個坐在輪椅上的小朋友歡歡樂樂地走進來。看到東東天真無邪的笑容，心中的陰霾頓時一掃而空了。 　　我們帶東東到他的坐位上，我們拿了一盒蠟筆放在他的面前，他拿起了最左邊的蠟筆，在紙上開始畫起了圓圈，然後把它們塗滿了。本來是要打算讓他畫別的東西，但看到他畫得那麼起勁，我們也不好意思阻止他。當他把每一種顏色都畫過後，我們開始我們今天的教案。之前我們都讓東東畫各種不同的幾何圖形，東東在嘗試多次後往往都能把它們畫出來。但經過討論過後，我們覺得東東可能只是在模仿我們的動作。為了測試他能否自己畫出最簡單的直線和曲線，我們首先抓住他的手畫了幾條直線，接著叫他在空白的地方跟著畫，東東很聰明，一畫就能把直線畫出來。這證明他對於直線的認知是沒有問題。接下我們以同樣的方法挑戰畫曲線（我們讓他畫英文的W和漩渦），但東東好像不太能掌握，他都會把曲線畫成圓圈，這讓我們更肯定東東其實是模仿我們的動作。於是我們特意把我們的動作放大，希望東東能分出它們，但東東始終都不能分辨。 　　這時候我們想到讓他用直線畫「米」字，我們抓住他的手畫了好幾次，之後讓他自己畫，在我們的輔助下，東東成功把它畫出來了，雖然不太對稱，但總算把形狀給畫出來了。我們之後又讓他寫「大」字，由於「大」跟三角形的繪畫動作很相	・本週提問練習的目的：檢討第三次去服學的探訪。 ・提問練習 【1】對於東東不懂畫曲線，你有想到甚麼解決方法嗎？ Ans：除了儘量誇大我們的動作，讓他能分出圓圈和曲線的分別外。我想我還可以把抓住他的手在紙上畫曲線，讓他感受一下指尖在紙上劃過的感覺，可能這樣能幫助他對於曲線的認知吧。

似，他有好幾次都錯畫成三角形了，但最後他也成功畫出來了。

　　今天的終極任務是讓他試著把兩個幾何圖形組合起來，上次我們選了房子，但東東好像還是不太能把它們分開來。於是這次我們試著讓他畫車子（由長方形和圓形組成），由於東東上次就已經學會畫正方形，他很快就學會了畫長方形了，而圓圈他也早會畫了。經過我們幾次的教導後，這次他很成功地畫出來了。看到他從只會畫圈圈和塗滿到現在能畫車子，心裡有種莫名的感動。我們給東東鼓掌，東東也很高興為自己鼓掌。我想我們這次來文山的目的就是這樣吧──讓他們肯定自己。下星期就是最後一堂，心中有種不捨的感覺，希望自己能再待久一點為他們帶來更多的改變。

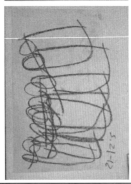

圖40　小潘服務學習日誌範例

資料來源：小潘，2014：兒童美學課程學習檔案

結 語

　　整體而言，本書主要揭示了一種立基於哲學認識論所發展出的教學實踐行動，它也是筆者多年來在教學實踐上，經過不斷自我反思與調整自己教學過程的行動研究成果。

　　本書分成二個部分，第一部分基礎篇，主要在做基本觀念的澄清，邀請讀者一起探索：什麼是反思，什麼是寫作，反思、寫作與學習的關係，什麼以及為什麼反思寫作等問題，藉此邀請讀者正視「反思寫作」為與人類感知、認識、思維及生命發展相關聯的理解進路，並思考「寫作教學的可能方向」；第二部分實踐篇，透過展示個人對於反思寫作教學設計之思考及實踐經驗，主要介紹如何在大學通識教育課程中融入反思寫作以協助學習者建構自我知識，發展深思熟慮的反思思維，以及發展行動中的反思（或稱反思實踐）等教學，藉此拋磚引玉，邀請讀者一起探索反思寫作的可能實踐形式。

　　在本書中所介紹的「反思寫作」，基本上是一種學習工具，一種參與課程的行動（一種有目的行為）；希望藉由引導學習者在透過記錄與分析自己學習事件的過程中，投身自反身性思維，培養批判性的自我反思，建構自我知識，甚至為自己帶來知識、觀念、價值觀、信念、態度或行為的轉變。

　　如果您是一位學習者，筆者誠懇的建議在進行反思寫作時，要能採取一種自我探索的態度，將寫作當作一種面對自己的反思行動。隨著每週學

習主題的前書寫、閱讀、小組討論、上課對話及課後的反思書寫，學習展開描述情境及自我反應的覺察練習，展開檢視自己對經驗的解釋、知識、觀點和假設的後設認知反思；也練習展開檢視自己的自我認同與價值，檢視自己與他人及環境關係的批判反思。反思能力的提升就如同練習任何技能一般，反思作為一種思維技能，同樣是要在不斷嘗試錯誤的調整過程中才能習得的；所以還請學習者保持對自己的耐心，多給自己一些時間。想像自己是一位大腦雕刻家，每次投身反思寫作時，就是在激活自己大腦前額頁皮層的功能，讓大腦開始運作連結，而我們人性化的大腦也因此獲得了發展的機會。或想像您是自己的「知識管家」，在反思寫作中，不僅吐出自己的感受或想法，而且一定要找時間與機會透過「再反思」與「再書寫」持續深化它，創造個人化的知識與意義。更希望您能帶著反思寫作這個學習工具，繼續走向知識創造和自我教養（self-cultivation）的學習之旅。

　　如果您是一位教學者，筆者要提醒您本書所說明與介紹的相關教學規劃都只是僅供參考而已。如果您也有興趣在您的課程中融入反思寫作，建議您不要只是複製筆者所使用的反思寫作表單或教學規劃。事實上這些教學規劃或表單未必然完全適合您的課程及學生，建議您針對自己教授課程的特性、教學現場的情境，做適度的、符合課程與學生需求的調整。建議您關注本書所提供的理論反省、教學建議、課程設計的「方法」，及教學規劃背後的思考等內容；這些訊息可以作為您教學規劃、教學實踐時的參考。建議您務必面對自己的教學場域，檢視自己教學現場中的學生需要什麼樣的反思能力；並進一步去思考與探索：這些反思的心智活動是如何展開的？如何經營適合自己的課程及學生屬性的反思教學模組，以啟動自己的學生，「讓他們學習」，練習展開這些反思活動。更重要的是還要教會學生「學會如何學習」，學會如何更有系統地使用「反思寫作」這個學習

工具，展開自我導向的學習。最後謹提供一個簡易的「反思寫作融入課程規劃線索」，敬供參考，或許有助於您規劃將反思寫作融入現有的課程教學中。

---

1. 設定教學目標
   1-1 課程名稱：我想在什麼課程中融入反思寫作？
   1-2 原課程的內容及教學目標：這門課程原來的內容及教學目標是什麼？
   1-3 融入反思寫作的目的：希望融入反思寫作來改善課程本身的什麼問題？提供學生什麼訓練？

2. 學習目標的後設反省
   2-1 學習目標：希望透過反思寫作訓練學生什麼反思能力？
   2-2 學習目標的描述性定義：你希望訓練的反思是什麼樣的心智活動？

3. 反思寫作表單的設計
   3-1 選擇有利你學習目標的參考框架（或根據學習目標自己規劃）
   3-2 反思寫作表單設計及寫作指導語設計：設計足以啓動結構化思考的反思表單及有效引導反思的問題。
   3-3 融入課程學習的規劃：你希望學生書寫的頻率？什麼時候寫（上課前、中、後）？在那裡寫（現場或回家寫）？想想看，你為什麼這樣規劃？

4. 配套教學規劃
   4-1 反思寫作教學模組的設計：需要給學生什麼先備訓練或寫作引導，才能使學生寫得更有深度？
   4-2 融入現有課程的學習規劃：以上反思教學規劃，如何融入現有的課程中？想想看，你為什麼這樣規劃？

5. 反思回饋規劃
   5-1 回饋機制：如何給與學生回饋？為什麼這麼規劃？
   5-2 融入現有課程的學習規劃：以上回饋機制如何融入課程的進程中？為什麼這麼規劃？

圖41　反思寫作融入課程規劃線索（林文琪編製，2017）

　　總之，基於教育是哲學的實踐之理念，筆者經營反思寫作教學十多

年，持續發展寓哲學思維於反思寫作的教學模式；所謂教學相長，在教學的過程中，有幸能得到許多師長、同儕、同學的指正與回饋、建議，讓筆者能順利的發展出反思寫作的教學模組。茲將多年來在困頓中發展及形成的教學理念、教學規劃、教學實踐經驗等整理出版，一者希望保留並展示筆者自我批判與自我轉化的軌跡，二者希望藉此書邀請讀者一起參與反思寫作教學的研究與發展，為深化臺灣學生的觀察力、自我覺察力、思維力和感受力的品質而盡一分心力。

參考書目

中文：

1. 中央教育科學研究所加拿大多倫多國際學院（譯）（2004）。**變革的力量：透視教育變革**（原作者：M. Fullan）。北京：教育科學出版社。（原著出版年：1993）

2. 王俊、陸月宏（譯）（2009）。**哲學的場景**（原作者：Richard Rorty）。上海：上海譯文出版社。（原著出版年：2000）

3. 王柯平、王惠芳、朱林（譯）（2006）。**鑑賞的藝術**（原書作者：Harold Osborne）。四川：四川人民出版社。（原著出版年：1970）

4. 王岳川（1997）。現代詮釋學之維。載於王岳川（主編），**文化話語與意義蹤跡**（186-228頁）。四川：四川人民出版社。

5. 方永泉（譯）（2003）。**受壓迫者教育學**（原作者：Paulo Freire）。臺北：巨流圖書公司。（原著出版年：1963）

6. 朱細文（譯）（2004）。**課程行動研究**（原作者：James McKernan）。北京：北京師範大學出版社。（原著出版年：1991/1996）

7. 佘碧平（譯）（2005）。**主體詮釋學**（原作者：Michel Foucault）。上海：上海人民出版社。（原著出版年：2001）

8. 李秋零主編（2013a）。**康德著作全集**（第3卷）。北京：中國人民大學出版社。

9. 李秋零主編（2013b）。**康德著作全集（第5卷）**。北京：中國人民大學出版社。

10. 李樹英（譯）（2001）。**教學機智：教育智慧的意蘊**（原作者：Max Van Manen）。北京：教育科學出版社。（原著出版年：1992）

11. 李淑珺（譯）（2011）。**喜悅的腦：大腦神經學與冥想的整合運用**（原書作者：Daniel J. Siegel）。臺北：心靈工坊出版社。（原著出版年：2007）

12. 李維（譯）（1997）。**思維與語言**（原作者：L.S. Vygotsky）。杭州：浙江教育出版社。（英譯出版年：1961）

13. 李錦虹、王志嘉、鄒國英、邱浩彰、林明德（2013）。醫學生臨床倫理經驗之分析：結構式「關鍵事件報告」之應用。**教育心理學報**，**44**，4，812-828。

14. 何春蕤（1990）。口述與書寫──一個理論的再思。**中外文學**，**19**，2，73-91。doi:10.6637/CWLQ.1990.19(2).73-91

15. 汪民安主編（2016）。**福柯文選（Ⅲ）：自我技術**。（原作者：M. Foucault）。北京：北京大學出版社。

16. 汪堂家、李之喆（譯）（2011）。**承認的過程**（原作者：Paul Ricoeur）。北京：中國人民大學出版社（原著出版年：2004）

17. 林文琪（2006）。《莊子》有關技術現象的人文主義關懷──通過技術操作的自我教養。**哲學與文化**，**33**，7，43-63。

18. 林文琪（2009）。哲學教育的行動化轉向──一個通識美學課程規劃的反思性實踐。全人教育學報，**5**，115-146。

19. 林文琪（2010）。透過藝術的倫理行動教育構想與教學實踐──二種可能的課程形態。**關渡通識學刊**，**6**，27-58。DOI：10.6477/KGEJ.201012.0027

20. 林文琪（2014a）。行動／問題解決導向課程中的理論學習規劃。載於陳恆安、林秀娟（主編），課的反身（161-175頁）。台南：成功大學醫學科技與社會研究中心。

21. 林文琪（2014b）。行動／問題解決導向課程的一些思考與建議。載於陳恆安、林秀娟（主編），課的反身（198-209頁）。台南：成功大學學科技與社會研究中心。

22. 林文琪、陳偉誠、蒲浩明（2014）。透過藝術實作的大學美感素課群——實踐與反思並重的經驗學習模式。關渡通識學刊，10，87-121。

23. 林文琪（2015a）。散播反思寫作教學的種子。載於林文琪（主編），散播反思寫作的種子（6-13頁）。臺北：臺北醫學大學。

24. 林文琪（2015a）。以琴反身。由技入道。載於林文琪（主編），散播反思寫作的種子（3-18頁）。臺北：臺北醫學大學。

25. 林文琪（2017a）。當敘事與臨床技能教學相遇：跨域共創課程之教學行動研究。2017年「專業知能敘事——跨域課程論文研討會」發表之論文，臺中，靜宜大學。

26. 林文琪（2017b）。一場進行中的「大腦雕塑家」培育計畫：反思寫作融入高中週記教學模式先導研究，載於林文琪（主編），反思寫作論集（一）（3-40頁）。臺北：臺北醫學大學。

27. 林文琪（2018）。書法的倫理教育功能及其施教原則初探。關渡通識學刊，13，1-26。

28. 姚本先（1995）。論學生問題意識的培養。教育研究，10，40-43。

29. 倪梁康（2002）。自識與反思：近代西方哲學的基本問題。北京：商務印書館。

30. 夏林清（譯）（2000）。行動科學（原作者：Chris Agyris, Robert

Putnam & Diana McLain Smith）。臺北：遠流出版公司。（原書出版年：1985）

31. 夏林清（譯）（2004）。**反映的實踐者：專業工作者如何在行動中思考**（原作者：Donald A. Schon）。臺北：遠流出版公司。（原著出版年：1983）

32. 夏小燕（譯）（2015）。**從文本到行動**（原作者：Paul Ricoeur）。上海：華東師範大學出版社。（原著出版年：1986）

33. 陳禎祥、陳碧珠（譯）（2008）。**教育想像力**（原作者：Elliot W. Eisner）。臺北：洪葉文化事業有限公司。（原著出版年：2002）。

34. 陳玉秀、呂家誌（2011）。**身心量覺的迴路**。花蓮：財團法人原住民音樂文教基會。

35. 陳淑婷、林思伶（譯）。**學問：100種提問力／創造200倍企業力**（原作者：Brian Stangield主編）。臺北：開放智慧引導科技。（原著出版年：2002）

36. 高淑清、連雅惠、林月琴（譯）（2004）。**探究生活經驗：建立敏思行動教育學的人文科學**（原作者：Max Van Manen）。嘉義市：濤石文化。（原著出版年：1997）

37. 徐竹（譯）（2013）。**自我知識**（原作者：Brie Gertler）。北京：華夏出版社。（原著出版年：2011）

38. 徐鵬、馬如俊（譯）（2010）。**杜威與道德想像力**（原作者：Steven Fesmire）。北京：北京大學出版社。（原著出版年：2003）

39. 郭禎祥、陳碧珠（譯）（2008）。**教育想像力：學校課程、教學的設計與評鑑**（原作者：Elliot W. Eisner）。臺北：洪業文化事業有限公司。（原書出版年：1985/2002）

40. 陳嘉映、王慶節（譯）（1990）。**存在與時間**（原作者：M.

Heidegger）。臺北：桂冠圖書公司。（原書出版年：1927）

41. 彭鋒等（譯）（2002）。**哲學實踐：實用主義和哲學生活**（原作者：
Richard Shusterman）。北京：北京大學出版社。（原著出版年：
1997）

42. 彭倩文（譯）（2001）。**哈利波特：火盃的考驗**（原作者：JK
Rowling）。臺北：皇冠文化出版有限公司。（原著出版年：2000）

43. 彭正梅（譯）（2009）。**民主・經驗・教育**（原作者：John
Dewey）。上海：上海人民出版社。（原著出版年：1916）

44. 黃瑞祺（1986）。**批判社會學：批判理論與現代社會學**。臺北：巨
流。

45. 黃瑞祺（主編）（2005）。**再見傅柯：傅柯晚期思想新論**。臺北：松
慧文化有限公司。

46. 楊柳新（譯）（2010）。**理解杜威：自然與協作的智慧**（原作者：
James Campbell）。北京：北京大學出版社。（原著出版年：1995）

47. 鄒國英、穆淑琪、王宗倫、連恆輝、陳德芳、林隆煌（2014）。醫學
倫理學 如何提昇學生的倫理敏感度與思辨力投影片（PPT）。取自：
http://www.teachers.fju.edu.tw/FDIRC/files/1031/1021PPT-1.pdf

48. 鄭村棋、陳文聰、夏林清（譯）（2005）。**與改變共舞**（原作者：
Paul Watzlawick, John H. Weakland, & Richard Fisch）。臺北：遠流出版
公司。（原著出版年：1974）

49. 鄭英耀，蔡佩玲（譯）（2000）。**檔案教學**（原作者：C. Danielson, L.
Abrutyn）。臺北：心理出版社。（原書出版年：1997）

50. 鄭明華（主譯）（2010）。**醫生該如何思考：臨床決策與醫學實踐**
（原作者：Kathryn Montgomery）。北京：人民衛生出版社。（原著
出版年：2006）

51. 劉昌元（1994）。**西方美學導論**。臺北：聯經出版社。

52. 蔡文菁（譯）（2008）。**主體性與自身性**（原作者：Dan Zahavi）。上海：上海譯文出版社。（原著出版年：2005）

53. 韓連慶（譯）（2010）。**杜威的實用主義技術**（原作者：Larry A. Hickman）。北京：北京大學出版社。（原著出版年：1990）

54. 關文運（譯）（2012）。**人類理解論**（原作者：John Locke）。北京：商務印書館。（原書出版年：1959）

西文：

1. Argyris, C., & Schon, D. A. (1974). *Theory in practice: Increasing professional effectiveness*. San Francisco: Jossey-Bass.

2. Arnone, M. P. (2003). *Using instructional design strategies to foster curiosity*. Syracuse, NY: ERIC Clearinghouse on Information and Technology. (ERIC Document Reproduction Service No. ED479842).

3. Asemissen, H. U. (1958). Egologische reflexion. *Kant-Studien*, 50, 262-272.

4. Bain, J. D., Ballantyne, R., Packer, J., & Mills, C. (1999). Using journal writing to enhance student teachers' reflectivity during field experience placements. *Teachers and Teaching*, 5(1), 51-73.

5. Bain, John D., Ballantyne, Roy, Mills, Colleen and Lester, Nita C. (2002). *Reflecting on Practice: Student Teachers' Perspectives*. Flaxton, Qlld: Post Pressed.

6. Barnett, R. (1997) .*Higher Education: A Critical Business*. Buckingham: Open University Press.

7. Barnacle, R. (2009). Gut instinct: The body and learning. *Educational philosophy and theory*, 41(1), 22-33.

8. Bass, J., Fenwick, J., & Sidebotham, M. (2017). Development of a model of

holistic reflection to facilitate transformative learning in student midwives. *Women and Birth*, 30(3), 227-235.

9. Baxter Magolda, M. B. (2008). Three elements of self-authorship. *Journal of College Student Development*, 49(4), 269-284.

10. Belenky, M. F., Clinchy, B. M., Goldberger, N. R., & Tarule, J. M. (1986). *Women's ways of knowing: The development of self, voice, and mind*. New York: Basic books.

11. Berrill, D. P., & Addison, E. (2010). Repertoires of practice: Re-framing teaching portfolios. *Teaching and Teacher Education*, 26, 1178-1185.

12. Biggs, J. B. (1993). From theory to practice: A cognitive systems approach. *Higher Education Research & Development*, 12, 73-86.

13. Biggs, J. (1999). What the student does: teaching for enhanced learning. *Higher Education Research & Development*, 18(1), 57-75.

14. Borton, T. (1970). *Reach, touch, and teach: Student concerns and process education*. New York: McGraw-Hill.

15. Boud, D., Keogh, R., & Walker, D. (1985a). What is reflection in learning? In D. Boud, R. Keogh, & D. Walker (Eds.), *Reflection: Turning experience into learning* (pp. 7-17). London, England: Kogan Page.

16. Boud, D., Keogh, R., & Walker, D. (1985b). Promoting reflection in learning: A model. In D. Boud, R. Keogh, & D. Walker (Eds.), *Reflection: Turning experience into learning* (pp. 18-40). London, England: Kogan Page.

17. Brannon, L., & Knoblauch, C. H. (1982). On students' rights to their own texts: A model of teacher response. *College Composition and Communication*, 33(2), 157-166.

18. Bresler, L. (Ed.) (2004). *Knowing bodies, moving minds: Embodied*

knowledge in education. Dordrecht/Boston/London: Kluwer Academic Publishers.

19. Britton, J. (1970). *Language and learning*. London: Allen Lane.

20. Britton, J., Burgess, T., Martin, N., McLeod, A., Rosen, H. (1975). *The development of writing abilities (11-18)*. London: Macmillan Education Ltd.

21. Britton, J. (1993). *Language and learning: The importance of speech in children's development*. Portsmouth, NH: Boynton/Cook.

22. Bruner, J. (1986). *Actual minds, possible worlds*. Cambridge, Mass: Harvard University Press.

23. Brockbank, A., & McGill, I. (2007). *Facilitating reflective learning in higher education*. McGraw-Hill Education (UK).

24. Brookfield, S. (1995). *Becoming a critically reflective teacher*. San Francisco: Jossey-Bass.

25. Carper B (1978). Fundamental ways of knowing m nursing. *Advances m Nursing Science*, 1(1), 13-23.

26. Carter, Duncan and Gradin, Sherrie (2001). *Writing as reflective action*. New York: Longman.

27. Clark, C. (2001). Off the beaten path: Some creative approaches to adult learning. *New Directions for Adult and Continuing Education*, 89, 83-91.

28. Crowdes, M.S. (2000). Embodying sociological imagination: Pedagogical support for linking bodies to minds. *Teaching Sociology*, 28(1), 24-40.

29. Dall'Alba, G. (2004) Understanding professional practice: investigations before and after an educational programme. *Studies in Higher Education*, 29(6), 679-692.

30. Dall'Alba, G. (2005). Improving teaching: enhancing ways of being

university teachers. *Higher Education Research and Development*, 24(4), 361-372.

31. Dall'Alba, G., & Barnacle, R. (2007). An ontological turn for higher education. *Studies in Higher Education*, 32(6), 679-691.

32. Damasio, A. (1999). *The feeling of what happens: Body and emotion in the making of consciousness*. New York: Harcourt Brace.

33. Dewey, J. (1958). *Experience and nature (Vol. 1)*. New York: Dover Publications.

34. Dewey, J. (1910/1995). *How we think*. Boston: Heath.

35. Dominicé, P. F. (2000). *Learning from Our Lives: Using Educational Biographies with Adults.* San Francisco: Jossey-Bass.

36. Cooper, L. H. (2005). *Towards a theory of pedagogy, learning and knowledge in an "everyday" context: A case study of a South African trade union* (Doctoral dissertation). University of Cape Town, Cape Town, South Africa.

37. Draper, S. (2013). *Deep and Surface Learning: The Literature.* Retrieved from http://www.psy.gla.ac.uk/~steve/courses/archive/CERE12-13-safari-archive/topic9/webarchive-index.html

38. Dreyfus, H. L. (2009). How representational cognitivism failed and is being replaced by body/world coupling. *After cognitivism* (pp. 39-73). Springer, Dordrecht.

39. Dufrenne, Mikel (1973). *The Phenomenology of Aesthetic Experience* (Edward S.Casey, Albert A.) Evanston [Ill.]: Northwestern University Press.

40. Eby, M.A. (2000). Understanding professional development. In A. Brechin, H. Brown and M.A. Eby (eds.) *Critical practice in health and social care*

(pp.48-70). London: Sage.

41. Elbow, P. (1981). *Writing with power: Techniques for mastering the writing process.* NY: Oxford University Press.

42. Entwistle, N. (1988). Motivational factors in students' approaches to learning. In R. R. Schmeck (Ed.), *Perspectives on individual differences. Learning strategies and learning styles* (pp. 21-51). New York, NY, US: Plenum Press.

43. Entwistle, N. J., McCune, V. & Walker, P. (2000). Conceptions, styles and approaches within higher education: analytic abstractions and everyday experience. In R. J. Sternberg & L-F. Zhang (Eds.), *Perspectives on Cognitive, Learning, and Thinking Styles* (pp.103-136). Mahwah, N. J.: Lawrence Erlbaum

44. Ericsson, K. A., Krampe, R. T., & Tesch-Römer, C. (1993). The role of deliberate practice in the acquisition of expert performance. *Psychological review*, 100(3), 363-406.

45. Ertmer, P. A., & Newby, T. J. (1996). The expert learner: Strategic, self-regulated, and reflective. *Instructional science*, 24(1), 1-24.

46. Emig, J. (1977). Writing as a mode of learning. *College composition and communication*, 28(2), 122-128.

47. Flavell, J. H. (1981). Cognition monitoring. In W. P. Dickson (Eds.), *Children's oral communication skills* (pp. 35-60). New York, NY: Academic Press.

48. Gadamer, Hans-Georg (1975). *Truth and Method* (translated and edited by G. Barden and J. Cumming). New York: Seabury Press.

49. Gagnon, G. W., & Collay, M. (2001). *Designing for learning: Six elements in*

constructivist classrooms. CA: Corwin Press.

50. Gagné, R.M. (1985). *The Conditions of Learning and Theory of Instruction* (4th Ed.). New York: Holt, Rinehart & Winston.

51. Gibbs, G. (1988). *Learning by doing: A guide to teaching and learning methods.* Oxford, UK: Further Education Unit Oxford Polytechnic.

52. Giles Jr, D. E. (2008). Understanding an emerging field of scholarship: Toward a research agenda for engaged, public scholarship. *Journal of Higher Education Outreach and Engagement*, 12(2), 97-106.

53. Griffin, M. L. (2003). Using critical incidents to promote and assess reflective thinking in preservice teachers. *Reflective Practice*, 4(2), 207-220.

54. Griffin, M. L., & Scherr, T. G. (2010). Using critical incident reporting to promote objectivity and self-knowledge in pre-service school psychologists. *School Psychology International*, 31(1), 3-20.

55. Grossman, R. (2009). Structures for facilitating student reflection. *College Teaching*, 57(1), 15-22.

56. Habermas, J. (1974). *Theory and Practice* (trans. J. Viertel). London: Heinemann.

57. Hacker, D. J. (1998). Metacognition: Definitions and empirical foundations. In D. J. Hacker, J. Dunlosky, & A. C. Graesser (Eds.), *Metacognition in educational theory and practice* (pp. 1-24). Boca Raton: Routledge.

58. Hannaford, C. (1995). *Smart Moves: Why learning is not all in your head.* Arlington, VA: Great Ocean Publishers.

59. Hoover, L. (1994). Reflective writing as a window on preservice teachers' thought processes. *Teaching and Teacher Education*, 10(1), 83-93.

60. Horst, Tara L. (2008). The Body in Adult Education: Introducing a

Somatic Learning Model. *Adult Education Research Conference*. http://newprairiepress.org/aerc/2008/papers/28

61. Imel, S. (1992). *Reflective Practice in Adult Education.* ERIC Clearinghouse on Adult Career and Vocational Education Columbus OH. (ERIC Document Reproduction Service No. ED346319).

62. Ixer, G. (1999). There's no such thing as reflection. *British Journal of Social Work*, 29, 513-527.

63. Jarvis, P., Holford, J., & Griffin, C. (2003). *The theory and practice of learning* (2nd Ed.). London: Kogan Page Limited.

64. Jordi, R. (2011). Reframing the concept of reflection: Consciousness, experiential learning, and reflective learning practices. *Adult education quarterly*, 61(2), 181-197.

65. Johns, C. (1993a). Professional supervision. *Journal of Nursing Management*, 1(1), 9-18.

66. Johns, C. (1993b). On becoming effective in taking ethical action. *Journal of Clinical Nursing*, 2(5), 307-312.

67. Johns, C. (1995). Framing learning through reflection within Carper's fundamental ways of knowing in nursing. *Journal of advanced nursing*, 22(2), 226-234.

68. Johns, C. (2009). *Becoming a reflective practitioner (3nd ed.).*Oxford, UK: John Wiley & Sons.

69. John Biggs (1999). What the Student Does: teaching for enhanced learning. *Higher Education Research & Development*, 18(1), 57-75.

70. Johns, C. (2004). *Becoming a reflective practitioner* (2nd Ed.). Oxford, UK: Blackwell.

71. Johns, C. (2009). *Becoming a reflective practitioner* (3rd Ed.). Chichester, UK: John Wiley & Sons.

72. Jürgen Habermas (1971). *Knowledge and Human Interests*. J. J. Shapiro (trans.). Boston: Beacon.

73. Kegan, R. (1994). *In over our heads: The mental demands of modern life*. Cambridge, MA: Harvard University Press.

74. King, P.M. (1990). Assessing development from a cognitive developmental perspective. In D. Creamer and Associates (Eds.), *College student development: Theory and practice for the 1990's* (pp.81-98). Alexandria, VA: ACPA Media.

75. King, P. M., & Kitchener, K. S. (1994). *Developing Reflective Judgment: Understanding and Promoting Intellectual Growth and Critical Thinking in Adolescents and Adults.* Jossey-Bass Higher and Adult Education Series and Jossey-Bass Social and Behavioral Science Series. Jossey-Bass, 350 Sansome Street, San Francisco, CA 94104-1310.

76. Kitchener, K. S. (1983). Cognition, metacognition, and epistemic cognition: A three-level model of cognitive processing. *Human Development*, 26(4), 222-232.
http://dx.doi.org/10.1159/000272885

77. Knox, A. (1979). *Helping adults learn*. San Francisco: Jossey-Bass.

78. Koch, Donal F., ed. (1976). *John Dewey's lectures on psychological and political ethics: 1898*. New York: Hafner press.

79. Kolb, D.A. (1984). *Experiential learning: experience as the source of learning and development.* Englewood Cliffs, NJ: Prentice-Hall.

80. Kolb, D. A., & Wolfe, D. M. (1981). Professional Education and Career

Development: A Cross Sectional Study of Adaptive Competencies in *Experiential Learning. Lifelong Learning and Adult Development Project.* Final Report.

81. Kottkamp, R. B. (1990). Means for facilitating reflection. *Education and urban society*, 22(2), 182-203.

82. Lakoff, G., & Johnson, M. (1999). *Philosophy in the flesh: The embodied mind and its challenge to Western thought*. New York: Basic Books.

83. Langer, J. A., & Applebee, A. N. (1987). *How Writing Shapes Thinking: A Study of Teaching and Learning*. Urbana, Ill.: National Council of Teachers of English.

84. Leitan, N. D., & Chaffey, L. (2014). Embodied Cognition and its applications: A brief review. *Sensoria: A Journal of Mind, Brain & Culture*, 10(1), 3-10.

85. Lelwica, M. M. (2009). Embodying learning: Post Cartesian pedagogy and the academic study of religion. *Teaching Theology & Religion*, 12(2), 123-136.

86. Levett-Jones, T. L. (2007). Facilitating reflective practice and self-assessment of competence through the use of narratives. *Nurse education in practice*, 7(2), 112-119.

87. Main, A. (1985). Reflection and the development of learning skills. In Boud, D., Keogh, R., & Walker, D. (Eds.). *Reflection: Turning experience into learning*, 91-99.

88. Magolda, Marcia B. Baxter (2008). Three elements of self-authorship. *Journal of College Student Development*, 49(4), 269-284.

89. Marton, F., & Säljö, R. (1976). On qualitative differences in learning:

Outcome and process. *British Journal of Educational Psychology*, 46, 4-11.

90. Marton, F., & Säljö, R. (1984). Approaches to Learning. In F. Marton, D. J. Hounsell, & N. J. Entwistle (Eds.), *The Experience of Learning* (pp. 36-55). Edinburgh: Scottish Academic Press.

91. Marton, F., Dall'Alba, G., & Beaty, E. (1993). Knowledge about learning. *International Journal of Educational Research*, 46, 4-11.

92. Matthews, J.C. (1998). Somatic knowing and education. *The Educational Forum*, 62 (3), 236-242.

93. Mattingly, C. (1991a). The narrative nature of clinical reasoning. *American Journal of Occupational Therapy*, 45(11), 998-1005.

94. Mattingly, C. (1991b). What is clinical reasoning? *American Journal of Occupational Therapy*, 45(11), 979-986.

95. McDrury, J., Alterio, M. (2003). *Learning through Storytelling in Higher Education*. London: Kogan Page.

96. Menary, R. (2008). Embodied Narratives. *Journal of Consciousness Studies*, 15(6), 63-84.

97. Mezirow, Jack (1990). How critical reflection triggers transformative learning. In J. Mezirow (Ed.), *Fostering Critical Reflection in Adulthood* (pp.1-20). San Fransisco: Jossey-Bass Publishers.

98. Mezirow, J. (1997). Transformative learning: Theory to practice. *New directions for adult and continuing education*, 74, 5-12.

99. Mezirow, J. (2000). *Learning as Transformation: Critical Perspectives on a Theory in Progress*. San Francisco: Jossey-Bass.

100. Michelson, E. (1998). Re-membering: The return of the body to experiential learning. *Studies in Continuing Education*, 20, 217-233.

101. Miller, S. (1982). How writers evaluate their own writing. *College Composition and Communication*, 33(2), 176-183.

102. Moon, J.A. (1999). *Reflection in learning and professional development: theory and practice*. London: Kogan Page.

103. Moon, J. (2001). *PDP working paper 4: Reflection in higher education learning*. Higher Education Academy. Retrieved from: https://www. researchgate.net/profile/Jenny_Moon2/publication/255648945_ PDP_Working_Paper_4_Reflection_in_Higher_Education_Learning/ links/5596672f08ae99aa62c76f45/PDP-Working-Paper-4-Reflection-in-Higher-Education-Learning.pdf

104. Moran, R. (2001). *Authority and estrangement: An essay on self-knowledge*. Princeton University Press.

105. Natorp, P. (1912). *Allgemeine psychologie*. Tubingen, Germany: J. C. B. Mohr.

106. Orland-Barak, L. (2005). Portfolios as evidence of reflective practice: What remains 'untold'. *Educational Research*, 47(1), 25-44.

107. Osborne, H. (1970). *The Oxford companion to art*. New York: Oxford University Press.

108. Osterman, K. F. (1990). Reflective practice: A new agenda for education. *Education and urban society*, 22(2), 133-152.

109. Pask, G. (1976). Styles and strategies of learning. *British journal of educational psychology*, 46(2), 128-148.

110. Pask, G. (1988). Learning strategies, teaching strategies, and conceptual or learning style. *Learning strategies and learning styles*, 1(988), 83-99.

111. Peltier, J. W., Hay, A., & Drago, W. (2005). The reflective learning

continuum: Reflecting on reflection. *Journal of marketing education*, 27(3), 250-263.

112. Peters, J. M. (1991). Strategies for reflective practice. *New directions for adult and continuing education*, 51, 89-96.

113. Pianko, S. (1979). Reflection: A critical component of the composing process. *College composition and communication*, 30(3), 275-278.

114. Polanyi, M. (1959).*The study of man.* Chicago: University of Chicago Press.

115. Ramsden, P. (1992). *Learning to Teach in Higher Education*. London: Routledge.

116. Ramsden, P. (1988). *Improving learning: New perspectives.* Nichols Pub Co.

117. Rodgers, C. (2002). Defining Reflection: Another look at John Dewey and reflective thinking. *Teachers College Record*, 104 (4):842-866.

118. Rogers, C. R. (1969). *Freedom to learn: A view of what education might become* (Vol. 69). Columbus, OH: Merrill.

119. Rolfe, G., Freshwater, D., & Jasper, M. (2001). *Critical reflection for nursing and the helping professions: A user's guide.* Basingstoke: Palgrave.

120. Rosenwald, G. C. and, Ochberg, R. L. (1992) Introduction: life stories, cultural politics, and self-understanding. In: Rosenwald, G. C. and Ochberg R. L. (eds) *Storied Lives: The Cultural Politics of Self-understanding*. Yale University Press, New Haven, Connecticut, pp. 1-21.

121. Rossiter, M. (1999) A Narrative Approach to Development: Implications for Adult Education. *Adult Education Quarterly*, 50(1), 56-71.

122. Rowlands, M., & Mark, R. (1999). *The body in mind: Understanding*

cognitive processes. Cambridge University Press.

123. Säljö, R. (1979). *Learning in the learner's perspective: Some common sense conceptions*. (Report No.76), Institute of Education, University of Goteborg.

124. Schon, D. A. (1983). *The reflective practitioner: How professionals think in action*. New York: Basic Books.

125. Schön, D. A. (1995). Knowing-in-action: The new scholarship requires a new epistemology. *Change: The Magazine of Higher Learning*, 27(6), 27-34.

126. Schlattner, C.J. (1994). The body in transformative learning. *Adult Education Research Conference.*

127. Shuell, T. J. (1986). Cognitive conceptions of learning. *Review of educational research*, 56(4), 411-436.

128. Siegesmund, R. (2004). Somatic knowledge and qualitative reasoning: From theory to practice. *Journal of Aesthetic Education*, 38(4), 80-96.

129. Silverman, S. L., & Casazza, M. E. (2000). *Learning and development.* San Francisco, CA: Jossey Bass.

130. Sodhi, M. K. (2006). *Embodied knowledge: An exploration of how social work practitioners incorporate embodied knowledge into practice* (Unpublished doctoral dissertation). University of Georgia, Athens.

131. Sommers, J. (1988). Behind the paper: Using the student-teacher memo. *College Composition and Communication*, 39(1), 77-80.

132. Sommers, J. (1989). The writer's memo: Collaboration, response, and development. *Writing and response: Theory, practice, and research*, 174-186.

133. Thelen, E., Schöner, G., Scheier, C., & Smith, L. B. (2001). The dynamics of embodiment: A field theory of infant perseverative reaching. *Behavioral and brain sciences*, 24(1), 1-34.

134. Thompson, E. (2001). Empathy and consciousness. *Journal of Consciousness Studies*, 8(5-7), 1-32.

135. Thomson, I. (2001). Heidegger on ontological education, or: How we become what we are. *Inquiry*, 44(3), 243-268.

136. Tobin, K. (1987). The role of wait time in higher cognitive level learning. *Review of educational research*, 57(1), 69-95.

137. Valli, L. (1997). Listening to other voices: A description of teacher reflection in the United States. *Peabody journal of Education*, 72(1), 67-88.

138. Van Rossum, E. J., & Schenk, S. M. (1984). The relationship between learning conceptions, study strategy and learning outcome. *British Journal of Educational Psychology*, 54, 78-83.

139. Varela, F. J., Thompson, E., & Rosch, E. (1991). *The embodied mind: Cognitive science and human experience*. Cambridge, MA: The MIT.

140. Walker, D. (1985). Writing and reflection. *Reflection: Turning experience into learning*, 52-68.

141. Walshok, M. L. (1995). *Knowledge without Boundaries: What America's Research Universities Can Do for the Economy, the Workplace, and the Community*. San Francisco: Jossey-Bass.

142. Yancey, K. B. (1998). *Reflection in the writing classroom*. Logan, Utah: Utah State University Press.

143. Zimmerman, B. J. (2002). Becoming a self-regulated learner: An overview. *Theory into practice*, 41(2), 64-70. DOI: 10.1207/s15430421tip4102_2

144. Zull, J. E. (2002). *The art of changing the brain: Enriching teaching by exploring the biology of learning*. Sterling, Va.: Stylus Pub.

國家圖書館出版品預行編目資料

我寫‧我思‧我在：反思寫作教學的理論與實
踐／林文琪著. ――初版. ――臺北市：五南,
2019.01
　面；　公分
ISBN 978-957-763-311-8（平裝）
1.寫作法
811.1　　　　　　　　　108002594

4BOB

我寫‧我思‧我在：
反思寫作教學的理論與實踐

作　　者 ― 林文琪

發 行 人 ― 楊榮川

總 經 理 ― 楊士清

副總編輯 ― 王俐文

責任編輯 ― 金明芬

封面設計 ― 斐類設計工作室

出 版 者 ― 五南圖書出版股份有限公司

地　　址：106臺北市大安區和平東路二段339號4樓

電　　話：(02)2705-5066　　傳　　真：(02)2706-6100

網　　址：http://www.wunan.com.tw

電子郵件：wunan@wunan.com.tw

劃撥帳號：01068953

戶　　名：五南圖書出版股份有限公司

法律顧問：林勝安律師事務所　林勝安律師

出版日期：2019年1月初版一刷

定　　價：新臺幣380元